MÔNICA DE CASTRO
PELO ESPÍRITO LEONEL

ILUSÃO

QUANDO AS TESTEMUNHAS
NÃO PODEM FALAR

)|(Academia

Copyright © Mônica de Castro, 2019
Copyright © Editora Planeta do Brasil, 2019
Todos os direitos reservados.

Preparação: Marcelo Cezar
Revisão: Maria Gloria Nolla Pires e Fernanda Guerriero Antunes
Diagramação: Vivian Oliveira
Capa: Departamento de criação da Editora Planeta do Brasil
Imagens de capa: Mark Owen / Trevillion Images

DADOS INTERNACIONAIS DE CATALOGAÇÃO NA PUBLICAÇÃO (CIP)
Angélica Ilacqua CRB-8/7057

Castro, Mônica de
    Ilusão / Mônica de Castro. -- São Paulo : Planeta do Brasil, 2019.
   320 p.

ISBN: 978-85-422-1716-2

1. Ficção brasileira I. Título

19-1537   CDD B869.3

Índices para catálogo sistemático:
1. Ficção brasileira

2019
Todos os direitos desta edição reservados à
Editora Planeta do Brasil Ltda.
Rua Bela Cintra 986, 4º andar – Consolação
São Paulo – SP – 01415-002
www.planetadelivros.com.br
faleconosco@editoraplaneta.com.br

*Para Mônica Fernandes,
amiga de sempre e para sempre.*

1

O domínio das ruas pertencia ao silêncio e à quietude. As horas avançavam madrugada adentro, deixando brumas misteriosas ao redor dos muros. Pela janela, o ar noturno carregava o frescor da brisa, que se dissiparia tão logo o sol despertasse e desse início à renovação da vida que acontecia todas as manhãs.

Como era costume naquelas ocasiões, Conceição se sentou em um banco embaixo da janela, de onde costumava assistir, pelas cortinas enfumaçadas, à noite se desmanchando frente às primeiras luzes do dia. As horas de sono, que já eram poucas, diminuíam ainda mais às vésperas da viagem.

Todos os anos, Conceição e a irmã viajavam a Aparecida para agradecer pelas bênçãos recebidas. As duas haviam sido criadas dentro dos mais rígidos princípios católicos, na pequenina cidade de Alagoinha, interior da Paraíba. Mudaram-se para o Rio de Janeiro e progrediram na vida. Não se casaram, contudo, arranjaram empregos razoáveis, juntaram dinheiro e deram entrada no pequenino apartamento que agora dividiam, financiando o restante pela Caixa Econômica Federal. Por tudo isso, tinham muito a agradecer.

O ônibus partiria às 5h45, e elas pretendiam chegar à rodoviária com trinta minutos de antecedência, a fim de prevenir possíveis contratempos. O medo de perder a hora tirava o pouco sono de Conceição, que não conseguira dormir muito depois da meia-noite. A irmã, ao contrário, dormia sem maiores preocupações, roncando alto no quarto ao lado.

Ainda faltava muito para o horário de levantar, mas Conceição já estava pronta para sair. Depois de conferir a mala várias vezes, fez o café e sentou-se no banquinho embaixo da janela, segurando nas mãos a caneca fumegante. O mundo inteiro parecia adormecido. Só a brisa cálida imprimia movimento à estagnação do cenário. Nada acontecia numa noite escura, àquela hora deserta, em frente ao cemitério.

O acontecimento menos comum por ali, em momentos assim, eram carros circulando pela rua. Às vezes, um ou outro veículo solitário passava em alta velocidade, como que tentando escapar, o mais rapidamente possível, do refúgio silencioso da morte. Ninguém queria perder tempo perto de um cemitério, como se a morte precisasse disso para levar alguém com ela.

Foi por isso que ver um carro parando do outro lado da rua causou à Conceição a maior estranheza. Oculta pelas cortinas e pela escuridão do quarto atrás dela, prestou atenção. O motor do automóvel silenciou, contudo, ela não percebeu nenhum movimento em seu interior.

Sentada dentro do carro, as mãos tão trêmulas que mal seguravam o volante, uma pessoa aguardava a tensão se dissipar. Estava ofegante demais, o que a impedia de sair imediatamente. Aproveitou para perscrutar a redondeza, esperando a respiração normalizar. Não havia muita coisa por ali além de uns prédios miseráveis, aparentemente tão sem vida quanto o cemitério adiante. Mesmo assim, olhou com atenção. Quase todas as janelas estavam fechadas, nenhuma com a luz acesa. Procurou fixar a vista nas que estavam abertas, à procura de algum morador insone, mas não viu nenhum. Conceição estava fora de suas vistas, protegida pelas sombras de seu casulo.

Os olhos dessa pessoa não se detiveram na presença invisível de Conceição. Mesmo quando o vento balançou as cortinas, nada se revelou além de paredes incógnitas, naquele momento tingidas de preto. Deu-se por satisfeita. Estava segura. Podia sair agora.

Mais calma, a pessoa respirou fundo algumas vezes, enchendo-se de coragem, saltou do veículo e ajeitou a mochila nas costas. Com muita cautela, retirou a mala de rodinhas do porta-malas do carro e esgueirou-se pela rua deserta, confiante nas trevas que se misturavam ao asfalto. Ao seu lado, o muro alto do cemitério indicou o caminho, embora não fosse possível ver-lhe o fim, que sumia na escuridão.

Quando a porta do carro subitamente se abriu, Conceição levou um susto. Uma pessoa havia saltado, hesitante, olhando para todos os lados. A idosa tentou focá-la, para ver se a reconhecia, mas a vista, cansada das desilusões diárias, insistia em duplicar as coisas. Mesmo após colocar os óculos, não conseguiu enxergar muito bem.

Só foi capaz de identificar um vulto vestido de preto. Não dava para ver-lhe o rosto, nem se era branco ou negro. Não muito alta, nem gorda, nem magra, uma silhueta praticamente indiscernível àquela distância. A forma humana abrira a mala do carro e de lá retirara uma gigantesca mala, dessas de rodinhas. Apoiou-a mansamente no chão, tornou a estudar os arredores e saiu puxando-a, ladeando o muro do cemitério.

Enquanto o vulto caminhava, Conceição teve a impressão de que era uma mulher. Depois, duvidou da conclusão apressada, já que apenas um homem teria força suficiente para arrastar, com tanta facilidade, uma mala de aparência tão pesada. A silhueta, no entanto, se mostrava feminina, com seios e um corpo bem-feito de violão.

Tentando enxergar o mais nitidamente que seus olhos embaciados permitiam, Conceição acompanhou os passos da indiscernível forma. Apesar de ela puxar a mala sem nenhuma dificuldade, o corpo que se balançava não parecia masculino. As ancas arredondadas bamboleavam feito as de uma vedete, e, contra as sombras, o perfil delineava um busto empinado e farto. Após cuidadosa análise, Conceição se decidiu: sem nenhuma dúvida, ia ali uma mulher.

A pessoa continuou seguindo o muro, apalpando-o de vez em quando e olhando para cima, como se estivesse à procura de algo, até que foi engolida pelas trevas noturnas. Desse ponto em diante, Conceição nada mais viu. Não podia negar que ficara curiosa, porém, não tinha tempo para ocupar-se com as esquisitices alheias. Talvez devesse chamar a polícia, porque o episódio era, no mínimo, suspeito. Mas a polícia faria perguntas; possivelmente, elas perderiam o horário do ônibus, e a irmã jamais a perdoaria.

— Não deve ser nada — disse para si mesma. — Provavelmente, mais uma infeliz desiludida com a vida. Como se já não houvesse o suficiente por aqui.

Mesmo não estando lá muito convencida, Conceição resolveu não dar maior importância ao fato. O máximo que fez foi continuar olhando a rua, bem na direção em que o vulto desaparecera. Mas, depois de alguns minutos, desistiu de olhar, permitindo que os pensamentos flutuassem pelo tempo, levando-a de volta ao passado e à juventude perdida.

Alheia à vigilância de Conceição, a pessoa continuou arrastando a mala, avaliando cada pedacinho da alvenaria malcuidada, até atingir seu ponto mais vulnerável. Ali, parou e estudou o muro com atenção, certificando-se de que se encontrava no local mais escuro e deserto. O poste mais próximo estava com a lâmpada queimada, o que acentuava o negrume, misturando as formas para transformá-las em uma projeção rudimentar da vida noturna. De um lado a outro, a solidão invadia as calçadas. Nem carros nem transeuntes. Apenas a poeira, varrida pelo vento, roçava a ponta de seus sapatos, deixando sobre eles vestígios quase imperceptíveis de sua presença.

O lugar era perfeito. A primeira coisa que fez foi puxar o meião de futebol que havia vestido, ajeitando-o por cima da bainha da calça. Depois, abotoou os punhos da camisa de mangas compridas. Sacou do bolso uma meia-calça feminina e um par de luvas de látex, ajeitando-os cuidadosamente, primeiro na cabeça, depois, cobrindo as mãos. Não podia correr o risco de deixar impressões digitais nem nada que pudesse fornecer o seu DNA.

Em seguida, prendeu a alça da mala com uma corda retirada da mochila, dando dois nós bem apertados. Deixou uma folga e enrolou o restante ao redor do ombro. Sem perder tempo, tratou de subir na mala, equilibrando-se para que ela não tombasse. Ela não virou de imediato, mas as rodinhas soltaram um ruído estranho, reclamando do peso extra, como se fossem rachar, as quatro de uma vez.

Temendo perder o apoio dos pés, a pessoa deu impulso e saltou, agarrando-se ao topo do muro, as pernas balançando no ar. A mala tombou para o lado, mas parecia intacta. Precisava içá-la o mais rapidamente possível. A ponta de um dos pés encontrou uma rachadura no muro e ali se enfiou, trazendo de volta o equilíbrio. Ela fez força com os braços, erguendo-se devagar e cada vez mais, até que, vencida a escalada, alçou o corpo até o alto, onde se sentou, exausta, e olhou para baixo.

A mala jazia no chão, ainda presa ao cabo, agora esticado, e a seu ombro. O vulto enxugou o suor da testa, secou as mãos na calça e tratou de desenrolar a corda com cuidado, para não a deixar cair. Prendeu bem a ponta em uma das mãos e pôs-se a puxar. A mala atendeu, relutante. Cambaleou um pouco, mas não resistiu. Ele era mais forte. Quando a mala se desprendeu da segurança do solo, exigiu dele força redobrada para vencer a gravidade.

O vulto deu o que a mala pediu. Não foi fácil nem impossível, apenas um pouco trabalhoso. O peso do fardo e o calor diminuíam sua resistência, mas não eram nada que não pudesse vencer. Alçada a mala, arrastou-a por cima do muro e virou-a para o outro lado, descendo-a com cuidado. Em seguida, jogou a corda e saltou. Desfez os nós, guardando a corda de volta na mochila. Enlaçou a alça com a mão e afastou-se do muro, puxando com vigor. Atrás dele, a mala seguia, contrariada, estalando as rodinhas danificadas nas pedras soltas do cimento.

A noite caminhava com a pessoa, serena e escura, envolvendo-a numa nebulosidade sinistra e quente, que fazia as alamedas parecerem encruzilhadas entrelaçadas no labirinto da morte. Por toda parte, túmulos silenciosos espreitavam de dentro da escuridão, lançando indagações indizíveis que se perdiam no ar soturno da madrugada que avançava. Tudo era quietude, mansidão, treva. Apenas o vento fugia à regra, soprando as árvores gigantescas e fazendo-as projetar sombras deformadas diante dele.

A pessoa não se assustava facilmente. Ao contrário, sentia até um certo prazer em integrar-se à atmosfera lúgubre. O contato com a morte sempre lhe agradara, os elementos fantasmagóricos que aterrorizavam multidões a enchiam de prazer. Talvez ela não fosse normal. Quem sabe não seria psicopata ou *serial killer*? Ou talvez fosse apenas uma pessoa solitária que gostava tanto de filmes de terror, que resolvera transformar a própria vida em um deles.

Apesar da quietude e da escuridão, o vulto não se sentia seguro. A todo instante, o pio de uma coruja ou o rasante de um morcego mais atrevido o levavam ao sobressalto. Andando cautelosamente por entre as sepulturas, embrenhou-se na atmosfera turva e sem luz, confiante de que, assim, seria mais difícil ser visto.

O suor já ultrapassara a gola da camisa, ameaçando infiltrar-se por entre as fibras do tecido para atingir sua pele. Ignorando a irritação que se acercava dele, continuou puxando, seguindo em direção ao fundo do cemitério, uma área abandonada, onde o mato invadia as sepulturas quebradas e esquecidas dos indigentes. Sentiu-se estranhamente reconfortado naquele lugar, no qual a solidão abolia as regras, livre do medo e da raiva, feliz como uma das criaturas invisíveis que tinham por função acomodar a morte.

Balançando a cabeça para afastar lembranças incômodas, deixou a solidez da alameda para penetrar no terreno agreste, onde cadáveres anônimos repousavam sem reclamar. E depois diziam que a morte igualava a todos. Besteira! Bastava comparar os mausoléus da frente com as ruínas de trás para perceber que a fortuna acompanhava não apenas a vida, mas também prosseguia na morte.

Quase encostado ao muro, descobriu um túmulo que parecia perfeito. Oculto entre arbustos espinhosos, enfiado em cova rasa, a tampa rachada, sem lápide nem qualquer identificação, estava tão embrenhado no mato que se tornara praticamente invisível. Ali jazia outro joão-ninguém que a vida não quis e a morte rejeitou. O estado de conservação era tão precário, que os restos mortais do desafortunado sobressaíam do caixão praticamente desmanchado pela podridão.

— É, meu velho — disse, em voz alta —, lamento informar, mas você vai ser despejado.

Em seguida, deu início ao trabalho. Ajeitou as luvas e recolheu os ossos maiores do cadáver, depositando-os numa sacola. Deitou a mala no chão, cerrou os olhos, como se estivesse em prece, e, finalmente, abriu-a. Retirou três sacos pretos lá de dentro, recitando mentalmente: *Cabeça, tronco e membros... Aula de Ciências na escola...* Em um outro, de menor tamanho, acomodara as roupas e os documentos do infeliz.

Enquanto trabalhava, ia pensando no que fora obrigado a fazer para preservar-se. O danado do sujeito escolhera aquele destino no momento em que resolvera chantageá-lo. Se tivesse ficado na dele, ainda estaria levando aquela sua vidinha insossa e ridícula, mas, pelo menos, estaria vivo. Ao optar pela chantagem, seguira ao encontro da morte.

Seu segredo era precioso demais para que ele permitisse que alguém o conhecesse. Muito menos que o revelasse. E Ney, o infeliz ali, não apenas o conhecia, mas ameaçara revelá-lo, caso ele não lhe pagasse uma pequena importância. O coitado nem teve tempo de mudar de ideia. A reação dele fora tão imediata, que a única coisa que o outro pôde fazer foi morrer depressa. Também, quem mandou ser burro? Por que o subestimara tanto? Só porque estavam no apartamento dele, não significava que teria medo de se defender.

Ney o abordara na rua, quando ele voltava do trabalho, dizendo conhecê-lo de muito tempo atrás. Sua fisionomia não era estranha, realmente, embora ele não conseguisse associar o nome ao rosto. A revelação, contudo, foi perigosa o suficiente para lhe causar medo. Muito tempo atrás significava outra vida, uma vida que ele queria esquecer. As coisas que fizera quando vivera aquela vida faziam parte de um passado a que ele jamais permitiria retornar. Ele era outra pessoa agora, mais limpa, sem máculas nem pecados. Dera-se uma nova chance de ser alguém respeitável e normal.

A pessoa vinha seguindo assim fazia já alguns anos, sem que ninguém soubesse de seu passado. Não fora por outro motivo que trocara Porto Velho, em Rondônia, pelo Rio de Janeiro, na certeza de que a distância a afastaria de velhos conhecidos que poderiam reviver sua história. Foram quase doze anos de tranquilidade, de alegria, de segurança. Até o dia anterior, quando Ney batera à sua porta, insistindo que a conhecia de Porto Velho, fazendo-lhe acusações tenebrosas.

Logo de início, ela tentou negar. Depois, ante a insistência de Ney, chorou e atirou-se a seus pés, implorando que a deixasse em paz. Em nenhum momento, assumiu ser quem o outro dizia que ela era. Não podia. Não queria. Não era justo. Mas era ela mesma, e o fato de Ney ter tanta certeza acionou o instinto de proteção, que se manifestou de forma rápida, impensada, quase mecânica.

Ela correra para a cozinha, com Ney atrás. Debruçada sobre a pia, chorava angustiada, beirando a histeria. Atrás dela, Ney contava sobre o susto que levara ao dar de cara com ela na rua, sem querer. A princípio, não a reconhecera, até que a viu mais de perto. Resolvera segui-la e descobrira onde ela morava. Como parecia estar bem de vida agora, nada mais justo do que pagar pelo seu serviço de manter a boca fechada e guardar seu segredo.

— Você o levaria para o túmulo? — indagou a pessoa, a voz agora calma, suave, quase um sussurro.

— Se você me pagar, sim. Pego o dinheiro e você nunca mais vai me ver. Desapareço da sua vida, prometo.

— Você não devia ter vindo aqui, Ney.

— Por quê? Pretende chamar a polícia?

— Não. Pretendo matar você.

Na mesma hora em que disse isso, a pessoa avançou sobre Ney com uma faca na mão, enterrando-a diretamente em seu coração. Tomado de surpresa, o outro tentou recuar, chocando-se contra a geladeira. A passos trôpegos, conseguira retornar à sala, mas a pessoa o alcançara antes que ele chegasse à porta. Mais uma vez, enfiou a faca no tórax de Ney, infiltrando-a em seus órgãos, esfacelando suas costelas. Ney abriu a boca, sem que nada além de sangue saísse por ela. Esmorecia nos braços dela, que torcia a faca dentro do corpo dele, dilacerando seu interior. Depois, ela o soltou, e Ney cambaleou para trás, segurando a ferida aberta no peito, na vã tentativa de conter o sangramento.

— Você enlouqueceu...? — estertorou, quase sem forças. — Vai... me matar...?

A pessoa assassina saltou sobre o inimigo com fúria incontida, nele enterrando a faca várias vezes, até que Ney se aquietou, o corpo agitado apenas pelas estocadas que recebia. Levou algum tempo até que ela conseguisse se acalmar e parar de esfaqueá-lo, o que só fez quando teve certeza de que o outro não respirava mais.

Com um suspiro de cansaço, soltou a faca e encarou a vítima. Ney jazia numa poça de sangue, cheio de cortes perfurando a roupa. Ela levou a mão à testa, pensando no que faria para esconder o corpo. Nenhum remorso, nenhum sentimento de culpa, nenhuma piedade, nada. Só o alívio de livrar-se daquela grande ameaça ao seu segredo.

O que veio a seguir não merecia ser lembrado. Desmembrar o corpo de Ney não foi lá muito agradável, mas tinha que ser feito. Limpar a sujeira, então, foi pior ainda. Havia sangue respingado pelo apartamento inteiro. Em alguns pontos da parede, teria que retocar a pintura branca. O sujeito surgira em sua vida apenas para lhe dar mais trabalho.

2

Lá estava o vulto, rememorando o crime que cometera, aparentemente, muitos séculos atrás. Jamais se imaginara em semelhante situação, juntando o que sobrara do homem que havia matado aos pedacinhos enlameados de um desconhecido, para formar um quebra-cabeça que ninguém se interessaria em montar. Retirou dali o crânio, a caixa torácica e os membros do homem enterrado, para evitar que eventuais curiosos estranhassem um defunto com duas cabeças, quatro braços e quatro pernas. Os ossinhos miúdos não eram problema. Quem por ali conhecia o suficiente de anatomia para perceber que lá estava um esqueleto duplicado? Mas, pensando bem, seria melhor levá-los também e tentar remontar, da melhor forma, o esqueleto despejado.

Recolhidos os ossos, a pessoa se preparou para ajeitar os que trouxera dentro do caixão em ruínas. Feito de madeira barata, carcomida pelos vermes e pelos cupins, o esquife foi se desmanchando em suas mãos. Rapidamente, ela afastou as tábuas e cavou um buraco mais ou menos fundo. Ali dentro, depositou o saco que continha os pertences pessoais de Ney. Cobriu tudo com terra e reconstruiu, da melhor forma que pôde, o caixão desmantelado.

A pessoa acomodou o corpo esquartejado de Ney dentro do caixão reconstituído. O cadáver ainda estava fresco, não fazia nem vinte e quatro horas que o desgraçado havia morrido. Não demoraria muito e o mau cheiro brotaria, e ela não tinha a menor intenção de ficar ali para experimentar o odor nojento da putrefação. Dentro de alguns meses, esperava que Ney estivesse irreconhecível, o que não devia ser motivo de preocupação, já que, pelo estado de conservação daquele fim de mundo, levaria muitos anos até que ele fosse descoberto. Ou, quem sabe, nunca o seria.

— Agora você vai cumprir sua promessa — anunciou ela. — Vai levar meu segredo para o túmulo.

Por alguns instantes, permitiu-se contemplar o corpo mutilado de Ney, deitado em seu leito improvisado de eterno descanso. Depois, ajeitou a tampa rachada de concreto sobre o sepulcro, espalhando em sua superfície algumas folhas e galhos. Pôs a mochila nas costas, apanhou a mala vazia, a sacola com a ossada antiga e fez o caminho de volta, procurando o melhor local para se desfazer dos restos mortais do indigente. Havia vários túmulos deteriorados, de forma que era só escolher o mais adequado.

Ziguezagueando entre as catacumbas, escolheu um túmulo vazio no meio de outros túmulos, todos abertos, refletindo o mesmo descaso, sem qualquer tipo de proteção. Ao menos aquele possuía uma tampa de concreto fino, rachada na vertical, que não lhe pareceu muito difícil de levantar. Ao tentar movê-la, ela se deslocou facilmente, revelando uma leveza que surpreendeu a pessoa de maneira favorável. Rapidamente, a placa escorregou para o lado, debilitando ainda mais o local marcado pela fissura.

Ali escondeu os ossos roubados, bem fechados dentro da sacola, imaginando se não havia esquecido nenhum no túmulo de Ney. Havia tantos! E tão pequenos! Naquela escuridão, não seria impossível deixar um ossinho ou outro dentro do caixão arruinado. Melhor não pensar naquilo. Não tinha tempo de voltar e conferir o local, mas tinha quase certeza de que lá não ficara nenhum vestígio ósseo.

Depois de espremer bem o saco em um dos cantos, cobrindo-o parcialmente com a terra seca, o ser saltou para fora e apoiou-se na tampa, pronto para empurrá-la de volta e cobrir o sepulcro. Mas o concreto de que a placa fora feito agregava muito mais areia e água do que cimento em sua composição. Uma peça assim tão ordinária, ainda mais enfraquecida pela enorme rachadura e comprometida pela exposição ao tempo, logo demonstrou sua fragilidade. Submetida a um vaivém descuidado, o resultado não podia ser outro além de sua fragmentação.

O evento era previsível, contudo, a pessoa não estava atenta a minúcias, estimulada pela facilidade com que a placa cedia a seus empurrões. Quase sem resistência alguma, a tampa deslizou lindamente para cima da sepultura. A linha da rachadura raspou no concreto da borda, produzindo um ruído de rocha esfacelada que os ouvidos dela, se captaram, não souberam discernir.

Abalada pela oscilação e pelo atrito, a fenda alastrou-se por praticamente todo o comprimento da peça, enfraquecendo ainda mais a resistência da tampa. Com um estrondo, ela se dividiu em duas metades, que tombaram simultaneamente para dentro, uma de encontro à outra, misturando poeira e pedras.

Maldizendo a sorte, ou a falta dela, o vulto estacou, abismado. Debruçado na borda da sepultura, tentava ver se o saco de ossos havia sido danificado. A angústia era tanta, que ele apertou os dedos contra o concreto da borda do túmulo, ignorando a dor provocada pelas rugosidades pontiagudas da estrutura malfeita. Finalmente, conseguiu identificar o estado da tragédia. A placa, esfacelada por completo, soterrara quase inteiramente a sacola, dando a ele uma sensação de inesperado alívio.

Foi nesse momento que percebeu, com horror, o infortúnio que o havia arrebatado. Perdido no desespero, não se dera conta de que, ao apertar a borda áspera da sepultura, o atrito fizera com que as luvas se rompessem, ferindo a pele por debaixo delas. Pequeninas gotas de sangue brotavam dos buraquinhos no látex, deixando gotículas quase imperceptíveis na superfície irregular do túmulo.

Por ali não havia nada que a pessoa pudesse usar para limpar o sangue. Esfregar as gotas com as mãos só serviria para ferir ainda mais a pele, aumentando a quantidade de vestígios. Tentou limpar com a manga da camisa, mas a aspereza das pedras ocultou as gotinhas em suas reentrâncias, deixando nas pontas fragmentos do tecido.

A madrugada avançava com rapidez astronômica. Em breve, a pessoa perderia a camuflagem da noite, e todo seu trabalho acabaria exposto pela luz do dia. Precisava agir rapidamente, sem se permitir o desespero. Não podia esquecer que se encontrava numa área aonde não ia ninguém, um pedaço abandonado de um cemitério humilde, onde os mortos apodreciam, negligenciados e esquecidos, imóveis em sepulturas por todos ignoradas. Pensando nisso, concluiu que ninguém rastrearia seus passos até ali. Ney jazia, incógnito, em um túmulo usurpado, cujo morador de nada reclamaria.

Com o dia prestes a nascer, a escuridão cederia ante a luz da manhã, e o vulto deixaria de ser vulto. Afastando qualquer pensamento contrário ao sucesso, a pessoa agarrou a alça da mala e fez o caminho de volta, procurando seguir o mesmo trajeto da vinda, só que não pôde. Por onde descera, não havia ponto de subida. Caminhou ao lado do muro, buscando uma reentrância que lhe servisse de apoio, quando avistou algo melhor. Quase encostado ao muro, um túmulo com lápide de mármore negro formava um degrau perfeito.

Mais que depressa, a pessoa seguiu para lá, puxando a mala com irritação. Subiu na sepultura, de onde seria fácil alcançar o topo. Tornou a amarrar a corda na alça da mala, deu impulso e saltou, tomando o cuidado de não deixar cair a outra ponta da corda. Sem o peso do corpo, a mala ficou bem mais leve, permitindo-se alçar sem maiores dificuldades.

Do outro lado, a rua continuava deserta, embora algumas luzes já se houvessem acendido nas residências mais próximas. O mais rápido que pôde, desceu a mala até a calçada, saltando a seu lado em seguida. Pela rua, um ônibus passou zunindo, as luzes internas revelando rostos semiadormecidos encostados na janela. O motorista não lhe prestou atenção; os passageiros nem sequer se deram conta de que havia um ser vivo ali.

Em poucos minutos, alcançou o carro. Jogou tudo dentro do porta-malas, de qualquer jeito, e embarcou. Quando acionou a ignição, o motor soltou um ronco suave, como um suspiro de alívio pela perda do peso extra. Na janela em frente, onde Conceição estivera momentos antes, já não havia mais ninguém.

Dominada pela calma da confiança, a pessoa saiu dirigindo despreocupadamente pela rua. Pelas calçadas, uns poucos transeuntes começavam a surgir, madrugadores apressados a caminho do trabalho. Cada vez mais rápido, a noite cedia espaço ao crepúsculo da manhã. A claridade não a assustava mais. O mundo inteiro podia despertar numa explosão única de luz, que ela não se importava. Não precisava mais das sombras para se tornar invisível. Podia agora se dar ao luxo de penetrar na claridade do dia e exibir sua cara radiante de felicidade. Era livre novamente. Era como aquele sol que despontava lá longe, exibindo timidamente sua face ainda jovem, que logo assumiria a aura confiante da pessoa que nascera para brilhar.

3

Era um sonho gostoso com a mãe, uma lembrança tão vívida que anulava a ilusão do tempo e da realidade. Confundindo-se com memórias represadas de outras épocas, a imaginação sem limites transformava tudo numa única entidade chamada existência. Como o corpo fluídico desprendera-se do físico com tanta naturalidade e leveza, Gael acabou, simplesmente, deixando-o ali, estendido sobre a cama, placidamente adormecido, enquanto vasculhava, com toda liberdade, os meandros da vida astral.

Dormindo um sono pesado, as horas perderam o significado e a importância. Tinha a impressão de que a lua ainda imperava no céu, acompanhada apenas de um cortejo de estrelas distantes. Na solidão daquele reinado, devia prevalecer o silêncio, pois a corte da noite não costumava transgredir a ordem da natureza e perturbar os sonhos com ruídos impertinentes.

Não era, contudo, o que acontecia. A visão diáfana da mãe, que parecia deslizar sobre um campo de flores amarelas miudinhas, de repente perdeu a leveza, como se estivesse sendo arrastada para uma caverna escura de sons agudos e ecos dissonantes. Ele tentou segurá-la e libertá-la do estrépito calcinante, contudo, seus dedos apenas a roçaram levemente. Ela parecia dizer-lhe algo que ele não compreendeu. Aos poucos, a imagem cristalina da mãe desaparecia diante de seus olhos. Só muito tempo depois foi que ele percebeu que não era ela que sumia, mas ele que a perdia, puxado de volta ao mundo físico pelo som estrídulo da campainha.

Alguém estava à sua porta, àquela hora da madrugada. Vozes altercadas somaram-se à balbúrdia, cada qual reclamando à sua maneira:

— Pelo amor de Deus, dá para fazer silêncio?

— Que confusão é essa aí?

— Ei, rapaz, sabe que horas são?

Gael deu um salto da cama e abriu a porta às pressas. Queria acabar logo com aquele alvoroço.

— Só podia ser você, Fabiano — queixou-se, fitando o visitante com uma certa irritação desprovida de surpresa. — Quem mais passaria pela portaria sem que o porteiro interfonasse?

— Posso entrar? — suplicou o outro, já empurrando Gael e se atirando no sofá.

Ele olhou para o visitante sem muita surpresa. Já estava acostumado aos rompantes de Fabiano.

— Desculpe aí, pessoal — falou Gael, para os vizinhos emburrados. — Não vai acontecer de novo, tá?

Era melhor não esperar resposta. Corria o risco de alguém o xingar ou o mandar para um lugar pelo qual ele não possuía nenhum apreço. Lentamente, fechou a porta e se voltou para Fabiano:

— O que foi desta vez?

Fabiano enxugou os olhos e abaixou a cabeça, evitando encarar seu primo Gael. Não sabia por onde começar.

— Eu... Nós...

— Não precisa me contar — interrompeu Gael, com um gesto irritado. — Seu namorado colocou você para fora de casa de novo, não foi?

— Foi — confirmou ele, ainda sem levantar os olhos. — Tivemos uma briga feia desta vez.

— Feia quanto?

Fabiano não respondeu.

— Ele bateu em você? Vamos, Fabiano, responda!

O máximo que Fabiano conseguiu fazer foi anuir lentamente. Não tinha forças para encarar o primo, depois de tantos conselhos. Gael, por sua vez, não sabia mais o que fazer para convencer o outro de que Waldir não prestava. Com o primo sentado a seu lado, Fabiano se permitiu desabafar por alguns instantes, deitado no colo dele como se fosse seu filho.

— Me ajude, Gael, por favor — suplicou. — Não sei mais o que fazer, não tenho para onde ir.

— Isso não pode continuar assim — censurou Gael, identificando, agora, os hematomas ao redor dos olhos do outro. — Um dia, Waldir vai acabar matando você.

— Eu me decidi. Não volto mais para aquela casa, de jeito nenhum!

— E o emprego?

— Eu, hein? Waldir que arrume outro trouxa para explorar. Nem assinar minha carteira ele assinou. Nunca mais pretendo pôr os pés naquele salão mixuruca e fedido.

— Você diz isso agora, porque está magoado e com medo. Daqui a pouco o Waldir telefona e você sai correndo.

— Não, dessa vez é diferente, eu juro — afirmou Fabiano, sentando-se lentamente, apoiando as costas com uma das mãos. — Não sou saco de pancadas de Waldir.

— O que foi que ele fez? Além de espancar o seu rosto, quero dizer.

De olhos baixos, roído pela vergonha, Fabiano pensou em não responder, depois mudou de ideia.

— Ele me acertou as costas com um cabo de vassoura — contou, a vozinha miúda revelando a dor da humilhação.

— Ele o quê? — indignou-se Gael. — Mas isso é um absurdo! Por que ele fez uma coisa dessas?

— Por nada, Gael, eu juro! Eu só queria que ele pagasse o que me devia. Não aguentava mais trabalhar sem receber direito o meu salário. Waldir pensa que só porque me deu emprego pode abusar de mim.

— Isso é violência doméstica, Fabiano! — Gael explodiu, indignado. — Você tem que dar parte dele.

— E dizer o quê? Que levei uma surra do meu amante veado?

— Que seu companheiro espancou você. Isso é crime. Se você fosse mulher, eu enquadrava o cara na Lei Maria da Penha. — Gael fitou-o, em dúvida por alguns instantes, e acabou por concluir, hesitante: — Talvez eu possa posso indiciá-lo por lesões corporais...

— Você é um ótimo amigo, Gael, mas não, obrigado. Um cara com a minha aparência... Não quero servir de chacota para policiais machões numa delegacia.

— E, por causa disso, vai permitir que Waldir continue a bater nos outros por aí? É por isso que ele faz o que faz, porque sabe que ninguém vai dar parte ele. É um covarde, que se esconde atrás da vergonha dos outros.

— Você está certo, mas acho que eu não daria conta de mais essa humilhação, sabe? Para você parece fácil, porque não é como eu. Ninguém vai rir nem debochar se você aparecer machucado. Mas eu... Todo mundo goza da minha cara, muitos dizem que é bem feito, para eu deixar de ser um veado sem-vergonha, e já houve até quem beliscasse meus peitinhos... — arrematou, fazendo beicinho.

— Pare com isso, Fabiano! É você mesmo quem se humilha. Do jeito como se desvaloriza, fica difícil impor respeito. Antes de tudo, você precisa aprender a se respeitar e a se valorizar. Você não é diferente de ninguém. É só mais uma pessoa.

— Como eu gostaria de ser assim! Mas não posso.

— Pode, sim. É só mudar a perspectiva sobre como encara a si mesmo.

— E como é que eu faço isso, posso saber?

— A primeira coisa que você precisa aprender é a não utilizar rótulos. Todo mundo é gente, Fabiano. Não tem essa de negros, gays, gordos, pobres. Quanto mais se tenta diminuir as diferenças, mais elas crescem, porque esses rótulos dividem as pessoas em classes. Para se alcançar a verdadeira igualdade, o que o ser humano precisa é reconhecer que todo mundo é gente e pronto. Ninguém nasce com etiqueta, né? Por que carimbar as pessoas apenas pelas suas características externas? Quando olho alguém, só o que vejo ali é um ser humano.

— Você é diferente, Gael. Sabe disso, não sabe?

— Bobagem — rebateu, encabulado. — É só uma maneira de pensar. Foi o que minha mãe me ensinou.

Fabiano sorriu sem vontade. Orgulhava-se de ter um primo feito Gael que, acima de tudo, era seu amigo. Outro, no lugar dele, nem sequer o reconheceria como parte da família. Inventaria uma desculpa, caso fosse do tipo educado, e trataria de se afastar. Esse não era o caso de Gael, a quem ele aprendera a amar e respeitar como um irmão mais velho, embora fosse seis anos mais moço.

Já se acostumara a ouvir o primo falar com tanta sabedoria sobre coisas que ele considerava completamente desconhecidas e misteriosas.

Ele era tão sábio, tão inteligente! Gael podia negar, mas era diferente, sim. Uma pessoa boa, amiga, acolhedora e muito decidida.

Quando se viram pela primeira vez, nem sabiam que eram primos. Irmã do pai de Gael, a mãe de Fabiano sumira no mundo tão logo alcançara a maioridade, para ir atrás de um contrabandista paraguaio de nome Lorenzo, que, chegando ao Brasil, substituíra o contrabando pela prática do jogo do bicho. O ano era 1972, e Ofélia, aos vinte e um anos, alimentava a ilusão de que a vida ao lado de um contraventor devia ser mais emocionante do que a monotonia da faculdade e o tédio do casamento.

Cinco anos mais velha do que Benício, pai de Gael, Ofélia pouco convivera com o irmão. Gostava dele, contudo, não era apegada nem a ele nem a ninguém da família. À vontade de ser livre e independente acrescentou a imprudência, que a levou a ignorar os conselhos do pai para que buscasse essa independência através do estudo e do trabalho honesto, e ela preferiu o caminho fácil da contravenção. Ante a guerra declarada, Ofélia acabou cortando relações com a família.

O relacionamento com Lorenzo desenvolvera-se de forma conturbada e violenta. Ele era um homem rude, autoritário, machão. Sempre que enchia a cara ou algo não saía conforme ele esperava, esbravejava e descontava no rosto de Ofélia. No começo, ela estrilou, mas acabou se acostumando aos xingamentos e às surras.

Perseguido pela polícia, Lorenzo acabou fugindo para o Paraguai, deixando Ofélia sozinha com um barrigão de quase sete meses de gestação. Sem aviso, numa noite, simplesmente desapareceu. No travesseiro ao lado de Ofélia, apenas um pequeno bilhete com os dizeres lacônicos e ríspidos: "Cansei. Fui embora. Não me procure mais".

Ela não procurou. Nem a ele nem a ninguém. Muito menos a família. Morria de vergonha de expor a humilhação a que se submetera por tantos anos. Sem ter com quem contar, Ofélia viu-se obrigada a se virar como pôde para sustentar a si e a criança, o que incluía vender o corpo e a dignidade.

Com o passar dos anos, Fabiano se tornou adulto, tirou carteira de motorista profissional, fez alguns cursos específicos e arranjou emprego de motorista de caminhão numa empresa que transportava cargas para todo o país. Ganhou as estradas e foi viver a própria vida, viajando de norte a sul do Brasil, sem esquentar lugar por muito tempo. Nunca teve o menor contato com a família, nem sequer sabia que possuía uma. Até o dia em que, *por acaso*, conhecera Gael.

Dispensado do trabalho por uma justa causa com a qual não se conformava, procurou ajuda no Escritório Modelo de uma faculdade de Direito. Quem o atendeu foi o primo desconhecido, então um promissor estudante de Direito. Muito acanhadamente, Fabiano lhe contara que havia sido mandado embora por justa causa, acusado de incontinência de conduta, quando, na verdade, a dispensa ocorrera porque o patrão descobrira que ele era gay.

Tudo acontecera num dia em que Fabiano aguardava o carregamento do caminhão no escritório central da empresa. Para surpresa do patrão, Fabiano se apresentara de sobrancelhas feitas, olhos delineados levemente de preto e unhas manicuradas, cintilando sob a base transparente. Havia decidido assumir não apenas sua condição de gay, como também exibir sua alma verdadeiramente feminina.

Horrorizado, o patrão analisara Fabiano com um misto de repulsa e fascínio. Como muitos, escondia as próprias tendências sob o manto de uma virilidade exacerbada, descontando, nos que tinham a coragem de revelar a verdadeira identidade, suas frustrações em forma de preconceito. Incomodado com a nova aparência de Fabiano, quis dispensá-lo e chegou a apanhar o papel onde, formalmente, lhe comunicaria o aviso-prévio. Depois, considerou que não seria justo premiar uma *bicha safada*, que o enganara por quase quinze anos, com o pagamento de uma considerável soma de indenização.

Foi por isso que inventou uma história mirabolante, que justificaria a despedida sem levantar suspeitas quanto a uma possível discriminação. Em troca de pouca quantidade de dinheiro, combinou a farsa com dois empregados antigos, um dos quais hesitara em aceitar, mas acabara concordando em face da gratificação que lhe fora oferecida. As pessoas se vendiam por muito pouco.

Armada a farsa, o patrão forjou o flagrante de uma suposta atitude indecorosa entre Fabiano e o outro empregado, dentro do banheiro, onde não havia câmeras. As testemunhas, muito bem pagas e ensaiadas, sustentaram a mentira de forma tão convincente, que até Fabiano teria acreditado nela, não soubesse ele que tudo não passava de armação. Aplicada a justa causa, ele foi despedido sem receber nenhuma indenização. A mentira gerara, ainda, um inquérito policial, em que Fabiano fora indiciado pela prática do crime de ato libidinoso, pois uma das testemunhas, a suposta vítima, dissera que ele havia tentado beijá-la à força, enquanto a outra jurara haver presenciado o incidente. O inquérito não dera em nada, mas servira para macular seu nome e sua honra.

À narrativa, seguira-se um silêncio embaraçoso, no qual Gael refletia sobre a melhor estratégia para vencer o processo, já que em nenhum momento duvidara de sua veracidade. Para Fabiano, contudo, o mutismo soou como descrença e, muito provavelmente, como suspeita do estagiário de que tudo não passava de invencionice de uma bicha inconformada por ter sido surpreendida em atitudes indecorosas dentro do ambiente de trabalho. Pensou em se levantar e ir embora, e o teria feito, não fosse Gael sacar uma ficha de dentro de uma gaveta, apanhar uma caneta e, gentilmente, pedir que Fabiano lhe passasse seus dados. Ele ia pegar o seu caso.

A primeira coisa que Gael anotou foi o nome completo do cliente: Fabiano da Silva Travassos Pascal. Enquanto anotava, juntava as sobrancelhas, denotando estranheza diante do que ouvia. Escreveu tudo, parou, leu, releu, fez cara de dúvida e encarou Fabiano fixamente, deixando-o pouco à vontade. Depois de um tempo, comentou, desconfiado:

— Você tem o mesmo sobrenome que eu: Travassos Pascal. Só não tenho o Silva, substituído pelo Matos, que herdei da minha mãe, embora me pai também tivesse o Silva. O nome dele era idêntico ao seu. Será que somos parentes?

Fabiano gelou. Seria possível que, de todas as pessoas do mundo, ele fosse se deparar justamente com um parente perdido, se é que possuía algum? Fora registrado apenas com o sobrenome da mãe, já que o pai desaparecera antes que ele nascesse.

— É o sobrenome da minha mãe — dissera ele, sem conseguir disfarçar a vozinha aguda, tomada de pavor e indignação.

— Sua mãe? — tornou Gael, entre incrédulo e desconfiado. — Por acaso ela se chama Ofélia?

— Conheceu a minha mãe? — tornou Fabiano, arregalando tanto os olhos, que Gael chegou a questionar se não lhe saltariam das órbitas.

— Não acredito! — exultou Gael, perplexo. — Você é mesmo filho da tia Ofélia?

Fabiano não sabia o que dizer. Soava antinatural aquele estranho chamar sua mãe de tia Ofélia. Nunca lhe constou que ela tivesse irmãos ou irmãs, muito menos que ele poderia ter primos.

— Tia Ofélia? — Fabiano repetiu, atônito. — Não entendo. Minha mãe não tinha parentes.

— Se sua mãe se chamava Ofélia da Silva Travassos Pascal, então, existe uma grande possibilidade de ela ser irmã de meu pai. Não acha que é muita coincidência, duas pessoas com o mesmo sobrenome? Ainda se fossem nomes comuns...

— Não sei — rebateu Fabiano, cada vez mais atônito, sem saber o que dizer.

— Não está curioso para saber se é verdade?

— Você me deixou sem ação. Jamais me passou pela cabeça que eu pudesse ter algum parente. Minha mãe nunca me falou de um irmão. Nem de meus avós ela falava.

— Pois meu pai me contou toda a história. Ele era mais novo do que a irmã, mas se lembrava bem de quando ela fugiu com o contrabandista paraguaio.

— Contrabandista paraguaio? — devolveu Fabiano, agora quase tão desconfiado e admirado quanto Gael. — Meu pai era paraguaio. Pelo menos, foi o que minha mãe me disse.

— Era mesmo? Então, você só pode ser filho da tia Ofélia. São coincidências demais, você não acha?

Gael falava como se o fato de a tia haver fugido com um contraventor não tivesse a menor importância. Parecia até que era a coisa mais normal do mundo. A atitude espontânea dele deixava Fabiano cada vez mais desconcertado. Queria fazê-lo parar de falar, mas Gael parecia empolgado com a possível descoberta de um primo ignorado.

— É claro que nunca soubemos de você — prosseguiu Gael, alheio ao constrangimento do outro. — Sua mãe sumiu e nunca mais deu notícias. Meu pai ainda tentou localizá-la, mas foi inútil. E como ela está?

— Morreu.

— Que pena! Lamento muito ouvir isso. Meu pai também já faleceu.

— Sinto muito.

— Eu também.

De repente, toda a empolgação de Gael sumiu debaixo de uma nuvem de tristeza que estacionou perante seus olhos. Diante dele, Fabiano sentia uma perturbação indescritível. Procurava nas palavras algo que servisse ao momento, mas não encontrou nada. Só o que foi capaz de oferecer foi o silêncio, a dúvida e o medo.

Aquele, porém, fora o início de uma grande amizade. Gael dedicara-se ao caso de Fabiano com o cuidado de sempre. Era meticuloso, interessado e de espírito muito, mas muito aguçado. Quando se dispunha a investigar, nada lhe passava despercebido. Foi por isso que convencera o juiz a requisitar as gravações das câmeras de segurança do corredor onde ficavam os banheiros no lugar onde Fabiano trabalhara, que eram mantidas por um ano nos arquivos da empresa que prestava esse serviço. Ao exibi-las, as imagens mostraram um corredor vazio, comprovando que, no dia e na hora em que Fabiano fora acusado da conduta imprópria, ele nem sequer havia chegado perto do banheiro. Desfeita a farsa, ele ganhou a causa e recebeu todas as verbas a que tinha direito, além de uma polpuda indenização por danos morais.

Mas o que o deixara mais aliviado fora o arquivamento do inquérito policial. Uma vez comprovada sua inocência, o patrão é que acabou indiciado pelo crime de denunciação caluniosa, pois não havia dúvidas de que, maliciosamente, acusara Fabiano de um crime que ele jamais havia cometido. E o patrão só não respondeu, ainda, por crime de calúnia, devido à generosidade de Fabiano, que não buscava vingança, apenas justiça.

A partir de então, uma forte amizade se formou entre os primos. No começo, Fabiano confundira as coisas, pensando que Gael também fosse gay, o que o animou a tentar uma investida. Qual não foi sua surpresa ao ouvir a declaração do primo de que era heterossexual, mas que não tinha nenhum tipo de preconceito contra quem quer que fosse. Mesmo a cantada que Fabiano lhe passara não o ofendeu. Ele simplesmente dissera que se sentia lisonjeado, mas que seu interesse era por mulheres. Esclarecidas as coisas, Fabiano perdeu qualquer interesse sexual que chegara a ter pelo primo, e a amizade se solidificou.

Tudo aquilo acontecera fazia muito tempo, mas Fabiano jamais esquecia. Sempre que se via em alguma situação embaraçosa, pensava que ainda havia pessoas boas no mundo, o que lhe dava um certo ânimo. Naquele momento, atirou a lembrança de volta ao pequeno espaço de sua mente reservado às coisas boas e, largado no sofá como uma matrona cansada, indagou:

— Vai sair para trabalhar?

— Daqui a pouco — respondeu Gael, com cara de quem diz o óbvio. — E até eu voltar, você fica aqui.

— Está bem — concordou, os lábios trêmulos segurando as lágrimas. — Não tenho mesmo para onde ir. Sem contar que minhas costas estão doendo da pancada. Não sei nem como consegui chegar até aqui.

— Pensando bem, talvez seja uma boa ideia você ir ao posto de saúde — considerou. — Se me esperar chegar, posso levar você.

— Não precisa. Vou tomar um remédio e, se não der resultado, posso muito bem pegar um ônibus e ir ao hospital.

— Tem certeza? Não corre o risco de Waldir estar esperando você numa esquina qualquer?

— Não acredito nisso, não. Acho que, no fundo, ele ficou satisfeito de me ver partir.

— Se é assim, você devia mesmo ir. Esses hematomas estão bem feios.

— Irei, se conseguir me mexer. Mas pode ir trabalhar sossegado. Ficarei bem.

— Certo. Eu realmente não posso faltar hoje, senão ficaria aqui com você. É que é meu primeiro dia, sabe?

— Primeiro dia em quê? Você mudou de emprego e não me contou nada?

— Não é isso. É que, finalmente, fui transferido para a Homicídios.

— Meu Deus, Gael, meus parabéns! Era tudo o que você queria, não era?

— Sim. Esse sempre foi o meu sonho.

— Deve ser maravilhoso poder realizar um sonho — divagou ele. — Um dia, ainda vou conseguir realizar o meu.

— Que é...?

— Não quero falar sobre isso agora. Importante é que você conseguiu, e estou muito feliz. Isso merece uma comemoração.

— Eu bem que gostaria, mas não vai dar. O dia está clareando, e você está machucado. Fique aqui, veja televisão, leia um livro. No início da noite, estarei de volta. E qualquer coisa, pode me ligar.

— Está certo, Gael. — Ele se aproximou e tomou as mãos do primo nas suas, falando com incontida emoção: — Todas as palavras do mundo não seriam suficientes para demonstrar minha gratidão.

— Deixe disso, Fabiano — revidou ele, puxando as mãos, sem jeito diante do rompante de sinceridade. — Que coisa mais clichê!

— Pode ser clichê, mas é verdade. Você é um homem nota mil!

— Exagerado.

Gael deu as costas a Fabiano, mas algo em seu coração explodia de contentamento. O sentimento que o unia ao primo era inexplicável. Tinha-o na conta de um irmão mais velho, apesar de ser ele quem cuidava do outro. Era algo que ele não sabia definir, um afeto que ia muito além de qualquer coisa que pudesse ser experienciada pelas limitadas emoções da matéria. Não era paixão nem piedade, nem obrigação. Era, simplesmente, a mais genuína expressão do amor.

4

Parado defronte à Delegacia de Homicídios, Gael sentiu um calafrio de excitação, uma euforia ditada pelo indescritível prazer do sonho realizado. Sempre soubera que fora para isso que nascera. Havia nele um pendor natural, uma vocação inata para a investigação criminal. Aliado a isso, um forte desejo de fazer justiça, ainda que, no Brasil, ela estivesse bem longe do que ele considerava uma justiça ideal. Gael conhecia bem o seu ofício, a instituição a que pertencia, os problemas e as soluções alcançadas através dos esforços conjuntos daqueles que, como ele, acreditavam que era possível desenvolver um bom trabalho baseado na honestidade e na retidão de princípios.

Recolhendo os pensamentos aos recantos íntimos da mente, Gael respirou fundo, agradeceu a Deus e entrou. Os olhares se viraram em sua direção, alguns demonstrando reconhecimento, outros retornando a seus afazeres após uma breve e desinteressada avaliação. Ele cumprimentou a todos com um bom-dia sonoro e tomou o rumo de sua sala, que ele já conhecia das vezes anteriores em que estivera ali.

Antes que um rapazinho o abordasse para perguntar o que ele desejava, um homem veio de trás da delegacia, empurrando o rapaz para o lado e estendendo a mão para Gael.

— Bom dia, doutor! — cumprimentou solenemente. — Seja bem-vindo à Homicídios. Me chamo Laureano e sou o inspetor-chefe daqui. O senhor é o delegado Gael, não é?

— Eu mesmo. Muito prazer.

O rosto do rapaz que quase o abordara ficou lívido, mas Gael não deu importância ao fato. Não era culpa do garoto se ele não conhecia o novo delegado, e era até bom que ele cuidasse para que nenhum estranho adentrasse as dependências da delegacia.

Após breves apresentações, Laureano acompanhou Gael até sua sala. Nem bem ele se sentou, Laureano começou a falar:

— Lamento muito que seu primeiro dia de trabalho aqui seja assim, doutor, mas não tem jeito.

— Assim como? O que foi que houve?

— Um homicídio escabroso... — calou-se, experimentando o efeito de suas palavras no novo delegado.

— Você não tem que se lamentar, Laureano — objetou Gael, com tanta firmeza e segurança, que impressionou o inspetor. — Estou aqui para isso, não estou? É a minha função. Vamos lá. O que temos?

— Um corpo foi encontrado numa sepultura aberta, numa parte abandonada de um cemitério no subúrbio, esquartejado — revelou ele, sem titubear.

— Quem encontrou o corpo?

— Um guri. Estava agachado atrás de uma moita, defecando, quando sentiu o cheiro.

— E como é que ele sabe que o corpo não é o do próprio defunto enterrado ali?

— Isso eu não sei. A PM acabou de passar um rádio para a gente. Estamos só esperando a ordem para podermos partir.

— Pois, então, não espere mais. Vamos logo!

Na viatura, sentado ao lado do motorista, Gael ia relembrando as aulas dos vários cursos de Criminologia que fizera, para se certificar de que não esqueceria nada. Ele havia lido muitos livros sobre o assunto e se considerava preparado, contudo, sempre havia a possibilidade de deixar passar algo.

Chegando ao cemitério, Gael foi seguindo os policiais militares que os receberam e os conduziram, a ele e a sua equipe, a uma área bem aos fundos, onde as sepulturas não tinham nome e pareciam ter sido cavadas aleatoriamente, em meio à desordem e à sujeira. Caixões sobressaíam de covas rachadas e o mato abundava ao redor de pequenas cruzes sem nome, que reduziam os mortos a números frios.

Por fim, alcançaram o local do crime, já isolado pela fita zebrada utilizada pela polícia. Mais adiante, um menino de seus quatorze anos estava sentando sobre uma sepultura, conversando com um policial militar. Gael deu-lhe uma olhada breve e, acompanhado da polícia técnica, ultrapassou a fita e penetrou na cena do crime, caminhando cuidadosamente até a sepultura. Enquanto seguia, ia observando cada detalhe com atenção, procurando registrar as minúcias, à procura do imperceptível. Com precisão e profissionalismo, a perícia iniciou seu trabalho, enquanto ele aguardava, ao lado da cova, que o perito criminal fizesse o exame externo do cadáver.

Enquanto isso, outros membros da equipe tiravam fotografias e vasculhavam o terreno, à procura de pegadas, impressões digitais, armas, material para coleta de DNA ou qualquer outro elemento que pudesse servir de prova. Com todo mundo muito ocupado, Gael voltou-se para o menino que encontrara o corpo. Sentado ainda no mesmo lugar, dava mostras do quão impressionado ficara com a descoberta. Com todo cuidado, Gael deixou o local que estava sendo periciado e seguiu na direção do garoto. O policial militar o cumprimentou e pediu licença, deixando os dois a sós.

— Oi — disse o delegado. — Meu nome é Gael. Posso saber como você se chama?

— Todo mundo me chama de Leleco.

— Como vai, Leleco? Soube que foi você quem encontrou o corpo.

— Foi.

— Sei que você já conversou com outros policiais, mas agora está falando com o delegado, e eu preciso saber de algumas coisas. Tudo bem?

— Tudo.

— Pode me contar como foi que o encontrou?

— Eu estava apertado, sabe? Uma dor de barriga danada. Às vezes, quando volto da escola e me sinto mal assim, pulo o muro e faço ali mesmo. Não é legal, mas é melhor do que me borrar todo, não é?

— Claro que é. E aí? O que aconteceu?

— Senti um cheiro horrível. No começo, pensei que era o meu... o senhor sabe.

Gael segurou o riso e assentiu.

— Mas depois, achei que estava fedorento demais. Tinha cheiro de coisa podre, igual a rato morto. Não podia ser meu.

— E o que você fez?

— Bem, quando terminei, segui na direção de onde vinha aquele fedor. Chegando mais perto, vi um montão de moscas saindo de um buraco na tampa da cova. Fiquei curioso, porque nunca tinha visto tanta mosca assim. Empurrei a tampa para o lado... Não é pesada, sabe?

Gael concordou com a cabeça.

— Quando ela abriu um pouquinho, quase desmaiei. O fedor aumentou, as moscas voaram para cima de mim e vi aquela cabeça horrível, toda preta, gosmenta, cheia de bichos, coberta de lama, igualzinho aos filmes de terror. Levei um susto danado e saí correndo. Avisei um dos guardas do cemitério, e acho que foi ele quem chamou a polícia.

— Quem é esse guarda?

— Ele está ali, conversando com outro cara.

Gael seguiu a direção apontada por Leleco. Do outro lado, um sujeito conversava com um investigador. Não tinha cara de culpado. Encerrando a conversa com o menino, Gael voltou para perto da sepultura, onde o perito terminava de recolher seu equipamento e autorizara a remoção do cadáver.

— E então, doutor, o que pode me adiantar? — questionou o delegado, calçando luvas de látex.

— Você é novo por aqui, não? — tornou o outro, retirando as luvas e enfiando-as no bolso.

— Vim transferido. Hoje é o meu primeiro dia.

— Seja bem-vindo. Sou o Doutor Otávio, perito criminal.

— Muito prazer, doutor. Delegado Gael. Pode me dizer há quanto tempo o sujeito está morto?

— Bem, Doutor Gael, pelo estado de decomposição, eu diria que há umas quarenta e oito horas.

— Homem ou mulher?

— Homem.

— Já pode adiantar a causa da morte?

— Hemorragia causada por objeto perfurocortante. Tudo indica uma faca de cozinha. E o corpo foi esquartejado antes de chegar aqui. Quem fez isso substituiu os ossos do esqueleto enterrado pelos do infeliz ali.

— Havia outro corpo enterrado aqui?

O legista assentiu.

— Como é que o senhor pode ter certeza?

— Está vendo isso aqui? — Ele levantou dois sacos *ziplock*, cada qual contendo um ossinho minúsculo. — São ossos do ouvido médio. Este aqui é o martelo, que é bem pequenininho, e este é o estribo, o menor osso do corpo humano. Foram ambos encontrados meio enterrados, ao lado do crânio da vítima. São tão pequenos que o assassino, provavelmente, não os viu e os deixou passar.

— E cadê o restante da ossada?

— Não faço a menor ideia.

— O assassino fez isso para despistar? Não chamar a atenção?

— Provavelmente. Um esqueleto com duas cabeças, quatro braços e quatro pernas seria esquisito, não acha?

— Então, ele deve ter largado os outros ossos por aí. Vou determinar uma busca.

— Ei, doutor, dá só uma olhada nisso aqui!

O chamado veio de um dos investigadores, que segurava, na mão enluvada, o saco contendo os pertences do defunto.

— O que temos aí? — questionou Gael, aproximando-se.

— A identificação do morto — exultou o investigador, retirando uma carteira do saco e entregando-a ao delegado.

Gael segurou-a com cuidado. Era leve, de plástico vagabundo, a costura corroída nas pontas. Abrindo-a, examinou seu conteúdo. Dinheiro, não havia. Apenas uns papeizinhos amassados, contendo alguns números de telefone, todos de mulheres, e uma cédula de identidade.

— Ney Ramos da Silva Cabral — leu em voz alta. — Quarenta e sete anos.

— Que sorte a nossa, hein? E que estupidez do assassino.

— Não sei. Primeiro, precisamos ter certeza de que essa é a identidade do morto. Mande isso para análise. Talvez o criminoso tenha se descuidado e deixado mais pistas para nós.

Depois que o investigador saiu, Gael deu ordem para que se iniciassem as buscas e pôs-se a caminhar de um lado a outro, à procura de qualquer vestígio significativo. Pisava com tanta leveza, que mais parecia flutuar. Ultrapassou os limites fixados pela fita zebrada e prosseguiu pelos arredores, os olhos grudados no chão, a cabeça tão curvada que quase o fez cair.

Durante um bom tempo, nada foi digno de atenção. Prosseguindo na investigação, afastou-se ainda mais, sempre alerta, os sentidos tão aguçados que nem uma formiga passaria despercebida. Ao longe, ouvia as vozes dos policiais, à procura da ossada original da sepultura invadida. De repente, parou, em dúvida. À sua frente, duas pequenas riscas formavam sulcos irregulares, porém paralelos, quase invisíveis na terra. Mais adiante, desapareceram.

Gael procurou traçar uma reta e continuou seguindo. Lá na frente, os sulcos reapareceram. Pareciam linhas frisadas, irregulares, imprecisas. Em determinado ponto, as duas riscas se transformaram em quatro, quase sobrepostas, sendo que duas pareciam mais profundas. Mal contendo a excitação, ele foi em frente, olhando para todos os lados com uma argúcia pouco comum em um ser humano. Os sulcos ora apareciam, ora desapareciam. Ora eram dois, ora quatro. Ora seguiam paralelos, ora se cruzavam, ora se sobrepunham.

Ao atingir a alameda cimentada, os sulcos desvaneceram. Gael endireitou o corpo e deitou a vista por toda a extensão do cemitério. De algum lugar daquela vastidão, alguém viera puxando atrás de si uma mala de rodinhas. Por outro lado, a diferença de profundidades impressas na terra deixava claro que a mala chegara pesada e partira mais leve. Viera trazendo o corpo esquartejado e voltara vazia, pelo mesmo caminho.

A um gesto seu, Laureano já estava a seu lado.

— Pois não, doutor?

— Está vendo essas marcas? — indagou, apontado para os sulcos na terra. — Parece que são de uma mala de rodinhas, onde o assassino pode ter transportado o corpo e depois, quem sabe, o esqueleto. Elas se perderam no chão de cimento, vê?

Laureano fez que sim.

— Mande alguém procurar marcas semelhantes na terra ao redor dessa alameda e talvez encontremos o lugar onde ele largou os ossos.

— Sim, senhor.

De volta ao local do crime, Gael reuniu-se à sua equipe.

— E então? O que conseguiram apurar?

— Encontramos algumas pegadas parciais, porque o lugar está coberto de mato — informou um dos peritos. — Já fotografamos e fizemos moldes.

— E câmeras? Alguma de trânsito, de vigilância?

— Nas proximidades, nenhuma, infelizmente. É um lugar meio largado, sabe?

— O que é uma pena — lamentou Gael, bastante frustrado. — Quero alguém interrogando as pessoas da vizinhança. Provavelmente, o cara trouxe o corpo em uma mala de rodinhas. Pode ser que alguém tenha visto alguma coisa.

— Como é que o senhor sabe disso? — interessou-se um agente, curioso.

— Vi as marcas lá na frente. Vou mostrar aos peritos. Quero tudo fotografado e classificado.

Nem bem havia acabado de falar, quando Laureano chegou correndo.

— Encontramos, doutor! — exclamou, excitado.

— Onde?

— Numa sepultura, ali atrás. O senhor estava certo. As marcas de rodinhas reapareceram um pouco mais adiante, seguimos o rastro e lá estava!

— Vamos.

Ele e a equipe técnica seguiram para lá, onde acharam os ossos, enfiados dentro de um saco, parcialmente soterrado pela montoeira de pedras na qual se transformara a tampa quebrada. O perito entrou na cova devagar e examinou a ossatura.

— Vou precisar fazer uma análise, mas, pelo aspecto, tenho quase certeza de que são esses mesmos — avaliou o perito.

— Quero um pente fino nessa sepultura — ordenou Gael. — Não deixem nada escapar.

Gael se afastou com Laureano, permitindo à equipe técnica trabalhar na outra cova. Havia duas sepulturas para analisar. Não era possível que o criminoso não houvesse deixado vestígios em nenhuma delas, por menores que fossem. O exame no outro túmulo, onde a vítima fora deixada, acabara de ser concluído. Todo material possível de ser coletado já estava em poder da polícia, mas nada de realmente significativo fora encontrado. A única esperança de se descobrir alguma prova residia agora na sepultura abandonada, onde o assassino não parecia ter sido tão cuidadoso, já que deixara o saco exposto, meio coberto por restos de uma tampa de concreto esfacelada.

— Novidades, doutor — Laureano anunciou novamente, sem ocultar o ar de satisfação. — Dessa vez, encontramos sangue.

Era tudo de que ele precisava. E, levando em consideração que o sangue fora detectado em uma sepultura abandonada, onde nenhum cadáver fresco fora depositado, havia uma grande chance de ele pertencer ao assassino. Na verdade, Gael acreditava, ou melhor, sabia, que era.

5

Gael levou um susto assim que abriu a porta de casa. A sala, usualmente empoeirada, estava brilhando de tão limpa. As almofadas haviam sido afofadas, o tapete, varrido, os móveis, espanados. Até o relógio de parede, parado havia mais de um mês, voltara a funcionar. No pequeno aparador, onde a poeira costumava estender uma toalha cinzenta, o vidro brilhava e, sobre ele, um gracioso jarro de flores dava um toque mais alegre ao ambiente. Do outro lado, a mesa de jantar, usualmente abarrotada de papéis, fora preparada para a refeição de duas pessoas.

Pisando de mansinho, seguiu para o quarto. A cama, sempre revirada, ostentava uma colcha limpa e perfumada. As roupas, normalmente espalhadas pelos cantos, haviam sido recolhidas. Algumas tinham retornado ao armário, outras, desapareceram. No banheiro, a fragrância floral de desinfetante recém-aplicado fez tão bem a suas narinas, que ele precisou se conter para não se despir na mesma hora e se atirar de cabeça embaixo do chuveiro, só para ver a água escorrendo pelo piso alvo do boxe.

Cada vez mais atônito, voltou pelo corredor, não sem antes dar uma espiada no banheiro social e no segundo quarto, que fazia as vezes de escritório, onde a pilha de papéis retirada da sala fora harmonicamente empilhada. Ao aproximar-se da cozinha, um aroma gostoso de comida substituiu qualquer outro que antes o houvesse impressionado. Era tão bom, que ele se permitiu um tempo parado, de olhos fechados, aspirando aquele perfume, que só experimentara na casa da mãe.

Lentamente, abriu a porta. Da área, o ruído da máquina de lavar indicava o destino das roupas desaparecidas. O varal, repleto de lençóis, exalava um perfume suave de amaciante. Todo o apartamento recendia limpeza e ordem. Mas onde estaria Fabiano?

O primo pareceu ouvir a indagação mental, porque, subitamente, atravessou a porta do quarto de empregada, cantarolando, baixinho, um samba antigo.

— Então é você a fada madrinha? — gracejou Gael.

— Ai, Gael, que susto! — Fabiano deu um gritinho, levando a mão ao coração. — Não ouvi você chegar.

— Você fez tudo isso sozinho?

— Óbvio, né? E sem varinha de condão.

— Não conhecia esse seu dom.

— Há muitas coisas sobre mim que você não conhece.

— Por exemplo...?

— Sou um ótimo cozinheiro. Sinta só isso. — Ao levantar a tampa da panela, o chiado da carne assada soou mais alto, liberando uma fumaça cheirosa, que provocou o apetite de Gael. — É para comemorarmos sua promoção.

— Puxa, Fabiano, obrigado.

— É o mínimo que posso fazer por você.

— Já está pronto? Estou morrendo de fome.

— Está. Vou servir agora mesmo.

Tomando a dianteira, Fabiano terminou de pôr a mesa para o jantar. Ajeitou as travessas com graça, caprichando na arrumação, dando tapinhas na mão de Gael sempre que ele tentava ajudar.

— E a sua dor nas costas? — indagou Gael, que havia desistido de ajudá-lo e o observava da porta da cozinha. — Pelo visto, você foi ao posto de saúde.

— Fui sim. O médico me passou uma pomada e um remedinho ótimo para dor. Não estou sentindo mais nada.

— Só isso? Só uma pomada e um remedinho?

— Ué! E precisa de mais coisa?

— Não sei. Uma radiografia, talvez. Vai que rompeu alguma costela. E você não deveria fazer repouso?

— Ai, Gael, não inventa. Estou bem, sério.

— Quero só ver quando passar o efeito desse remedinho para dor.

— Deixe de ser exagerado — protestou. Mas acabou confessando: — Está bem, está bem! O médico mandou pôr compressas de gelo e repousar. Ah! E disse também que uma massagem poderia ajudar.

— E você já providenciou isso tudo, lógico — ironizou.

— O gelo, só um pouquinho. Mas não conheço nenhuma massagista e não tenho dinheiro para isso. E, antes que você se ofereça, a resposta é não, não quero que você pague.

— Vai ser orgulhoso logo agora, é?

— Não é orgulho, não. É só que não acho justo você ficar me bancando.

Gael achou melhor não discutir. Compreendia bem o constrangimento de Fabiano. O primo sempre fora uma pessoa decente, lutando para sobreviver à custa do próprio trabalho. Não devia ser fácil, de uma hora para outra, ter que se submeter à caridade alheia, ainda que Gael não encarasse a coisa dessa forma. Manteve-se em silêncio, acompanhando os movimentos do outro. Por mais que Fabiano tentasse, não conseguia enganá-lo.

— Agora, vamos comer — convidou Fabiano. Antes, porém, tomou nova dose de analgésicos.

— Não vá se viciar nisso daí — observou Gael, preocupado.

— Eu, hein, Gael! Você tem cada uma. É claro que não vou me viciar. Em breve, não precisarei mais disso.

Gael não disse nada. Fabiano não era chegado a drogas, mas ele sabia que as pessoas se viciavam em analgésicos não porque queriam, mas graças ao desespero provocado pela dor. Não queria que isso acontecesse com o primo.

— Pensei em abrir uma garrafa de vinho, daquelas que você tem na adega climatizada ali do bar — Fabiano apontou para o canto da sala, onde ficava o barzinho. — Mas fiquei com medo de você brigar comigo.

— Vou brigar sim, porque você não pode misturar analgésicos com bebida alcoólica. Mas não se preocupe, temos refrigerante, suco e água na geladeira.

— Está bem.

Depois que Fabiano apanhou as bebidas, sentou-se e serviu-se de generosas porções de carne, batatas, arroz, salada e um suflê de milho maravilhoso.

— Minha nossa, Fabiano! — exclamou o delegado. — Acho que nunca comi uma comida tão gostosa. Nem a da minha mãe.

— Sério? Não está falando isso só para me agradar?

— Está uma delícia! Quer se casar comigo?

Fabiano riu com gosto, satisfeito com o sucesso de seu trabalho.

— Fico feliz que tenha gostado.

Tagarelavam enquanto comiam, temperando a comida com boas doses de alegria. Gael fazia elogios a cada garfada, deixando Fabiano mais e mais embevecido.

— Obrigado — repetia a todo instante, afinando a voz sempre que o fazia.

Enquanto comiam, a dor nas costas foi diminuindo, até que alcançou um nível suportável, somente perceptível quando Fabiano se mexia de determinada maneira. Depois que Gael cruzou os braços, satisfeito, ele anunciou em tom solene:

— E agora a melhor parte: a sobremesa.

Adiantando-se ao primo, cambaleou até a cozinha e voltou tão rápido quanto suas limitações permitiam, trazendo, em uma das mãos, um prato de pudim de leite e, na outra, um pote de ambrosia.

— Não acredito! — surpreendeu-se Gael. — Meus doces preferidos! Como você sabia?

— Caso não se lembre, sou seu primo. Conheço um pouco de você.

Ele mesmo serviu Gael, que atacou primeiro o pudim, voltando-se para a ambrosia logo em seguida, alternando colheradas de um e da outra.

— Está gostoso? — Fabiano quis saber.

— Isso lá é pergunta que se faça? Desse jeito, vou engordar dois quilos só neste jantar.

— Como sempre, exagerado.

— Onde você aprendeu a cozinhar desse jeito?

— Em lugar nenhum. Sempre gostei de cozinhar e passei a copiar receitas da internet e dos programas de televisão.

— Você podia ser *chef*, sabia?

— Deixe de brincadeiras e coma, está bem?

— Quem é que está brincando? Estou falando sério, Fabiano. Cozinhar é uma arte, assim como pintar ou dançar. É uma pena você desperdiçar esse talento.

— Eu nunca pensei nisso.

— Pois talvez esteja na hora de começar a pensar. — Fez uma pausa, pensativo, e acrescentou entusiasmado: — Tive uma ideia. Por que não fica aqui e trabalha para mim?

— Trabalhar para você? Como empregado doméstico, quer dizer?

— Não exatamente. Você é meu primo, está desempregado, não tem onde morar, e eu estou precisando de uma ajudinha aqui em casa.

— Até que não seria má ideia — considerou, após um breve momento de reflexão. — E você nem precisa me pagar. Basta me deixar morar aqui.

— Vamos com calma. É claro que vou lhe pagar. O tempo da escravidão já passou, sabia? E estou pensando em ajeitar o escritório para você.

— Não posso ficar com o quartinho lá de trás?

— O de empregada? É muito pequeno.

— Mas está praticamente vazio.

— Só que você não é um empregado, Fabiano...

— Deixe disso, Gael — cortou, rapidamente. — Sei bem o que você está pensando, mas eu não ligo. Não vou me sentir diminuído só porque vou dormir no quarto de empregada. Que bobagem!

— Você tem certeza?

— É claro! Lá, só tem uma tábua de passar roupas e um armário pequeno cheio de tralhas, que a gente pode muito bem espremer na área de serviço, se você não se incomodar.

— Mas você não vai mesmo se sentir discriminado?

— De jeito nenhum! No quartinho, terei um banheiro privativo e não invadirei sua privacidade.

Após alguns minutos de reflexão, Gael deu-se por vencido:

— Muito bem, se é o que você quer.

— Ah, Gael, obrigado! Vou ligar agora mesmo para uma amiga minha e pedir para ela buscar minhas coisas.

— Será que Waldir vai permitir?

— Espero que sim.

— Talvez seja melhor eu mesmo resolver esse assunto. Me passa o endereço desse sujeito. Vou lá ter uma conversinha com ele.

— Você?! — horrorizou-se. — De jeito nenhum! Não tem nada a ver você tomar minhas dores.

— O que não tem nada a ver é você apanhar e ainda ficar no prejuízo.

— Posso cuidar disso, eu mesmo. Você não precisa se preocupar.

— Tem certeza?

— Absoluta.

— E a indenização trabalhista?

— Deixe comigo.

Ao término do jantar, Gael ajudou Fabiano a tirar a mesa e lavar a louça, notando que o primo ficara meio acabrunhado de repente. Talvez fosse a dor, ou a decepção com o relacionamento rompido, ou medo de ser espancado novamente. Gael não sabia e preferiu não perguntar. Certas coisas ficam melhores quando resguardadas pelo silêncio, e talvez aquela fosse uma delas.

6

Quando Gael voltou da delegacia, no dia seguinte, encontrou Fabiano animado, arrumando suas coisas no armário do quartinho. Em um canto da área, ele ajeitara os poucos utensílios que antes havia ali, como caixas de ferramentas, furadeiras e coisas do gênero.

— Vejo que já se ajeitou — comentou Gael. — E, pelo visto, conseguiu suas coisas de volta.

— Pois é. Dei a maior sorte. Liguei para a amiga de quem lhe falei, e ela trouxe minhas coisas.

— Waldir não criou caso?

— Não.

— Você está me dizendo que Waldir foi correto com você? Que lhe pagou tudo espontaneamente?

— Para você ver. Minha amiga disse que ele não quer mais me ver nem pintado.

— E você acreditou?

— Não tenho motivos para duvidar. Se ele quisesse me ver de novo, não teria mandado minhas coisas e meu dinheiro por terceiros.

— Verdade. Mas que é estranho, é.

— Pode até ser, mas não vou ficar questionando. Vai ver, ele teve um surto de consciência e resolveu fazer o que é certo.

— Não sei, Fabiano. Não acredito muito em mudanças repentinas.

— Eu não disse que ele mudou. Só acho que ele quis evitar confusão com meu primo delegado.

— Ele sabe que sou delegado?

— É lógico, né? Eu sempre falei muito em você.

— Não entendo por que você nunca nos apresentou. E olhe que não foi por falta de insistência.

— Sei lá, Gael. O Waldir é meio esquisito, meio grosseirão. Tive medo de que ele me envergonhasse na sua frente.

— Isso não é desculpa. Entre nós, não existe essa de vergonha.

— Tem razão, me desculpe. Eu só fiz o que achei certo.

— Tudo bem, deixe para lá. O importante é que Waldir não vai mais incomodar você. Pelo menos, é o que espero.

— Não vai, pode acreditar. Conheço o Waldir e sei quando ele está mentindo. E, nesse caso, ele está dizendo a verdade. Nosso romance acabou, não tem mais volta. Ele sabe disso.

— Tomara que você esteja certo. Não tenho a menor intenção de me defrontar com esse sujeito, mas não hesitarei em fazê-lo, se for preciso.

— Não será, tenho certeza. — disse. E, ante o ar de dúvida do primo, insistiu: — Tenho certeza, Gael. Confie em mim, sim?

— Tudo bem. Não falemos mais nisso.

— Ótimo.

Ele fez uma pausa, enquanto acompanhava o trabalho meticuloso de Fabiano, que dobrava e pendurava as roupas com um esmero exagerado.

— Você tem umas roupas bem bacanas — observou. — Foi Waldir quem lhe deu?

— Algumas, sim. Outras, comprei com meu dinheiro.

— Está cabendo tudo no armário?

— Está, não se preocupe. Na verdade, não são tantas coisas assim.

— Preciso comprar uma prateleira para acomodar as coisas lá na área.

— Boa ideia. Vai ficar bem mais arrumado.

Fez-se novo silêncio, em que Gael continuou seguindo os movimentos delicados de Fabiano, impressionado com o bom gosto que ele tinha. Em pouco tempo, ele conseguiu transformar um quartinho bagunçado nos fundos do apartamento em um agradável quarto de dormir.

— Até que você tem jeito para decoração — Gael afirmou, satisfeito com o resultado do trabalho do outro.

— Não é que tenho mesmo? — gracejou ele.

— Pelo visto, você tem muitos talentos, não é, primo?

— Alguns.

— Isso me deu uma ideia.

— Que ideia?

— Por que você não volta a estudar?

— Não sei o que uma coisa tem a ver com a outra, mas não, obrigado. Não levo jeito para nada, nem para decorador, se é no que está pensando. Exceto, talvez, para a cozinha.

— E não é que era nisso mesmo que eu estava pensando? Você bem podia fazer faculdade de Gastronomia.

— Eu, hein! Imagine se tenho dinheiro para pagar uma faculdade... — Fez uma pausa, estudando o primo com astúcia, e protestou: — Nem vem, Gael! Não tem nada a ver você pagar meus estudos.

— Por que não? Eu pago uma parte e a outra, você tira do seu salário. Sem contar que você pode tentar uma bolsa de estudos. Qualquer redução na mensalidade já vai ajudar.

— Ah! não sei não. Teria que estudar para fazer vestibular e não tenho mais cabeça para isso.

— Você não fez o Enem?

— Ih! Já faz muito tempo! Até que passei bem, mas, na época, como tive que trabalhar para me sustentar, nem pensei em fazer faculdade.

— Mas talvez isso sirva para fazer matrícula na faculdade.

Fabiano fez cara de dúvida. Queria estudar, embora não sentisse mais ânimo para começar do zero. Nem sequer se sentia capaz. Para encerrar o assunto e não desgostar o primo, acabou por dizer:

— Vou pensar no assunto.

— Vai nada. Diz isso só para não me contrariar. Mas não faz mal. A vida é sua, você é quem sabe. Foi apenas uma sugestão.

— Não, sério. Vou pensar mesmo. Levo muito a sério tudo o que você diz.

— Leva mesmo?

— Você sabe que sim. Você é diferente, Gael, uma pessoa especial.

— Menos, Fabiano. Sou igual a todo mundo.

— Até parece. Queria ver quem é que daria abrigo ao primo gay, sem se importar com o que os outros iriam falar. Você não tem mesmo medo de que as pessoas pensem que temos um caso?

— Não estou nem aí para o que as pessoas pensam.

— É, mas todo mundo adora uma fofoca. E imagine o que vão dizer: que o delegado está de caso com outro cara. Não quero prejudicar sua vida.

— Você tem que aprender a não dar importância à maledicência. Falatório sempre vai existir. É só não alimentar, que ele morre.

— Eu tenho mesmo muito que aprender, sabia? E acho que você é o cara certo para me ensinar.

— Depois eu é que sou exagerado.

— Sério, Gael. Você é uma pessoa super do bem. É delegado, mas aposto que nunca matou ninguém. Ou matou?

— Graças a Deus, não. Rezo todas as noites para que isso nunca seja necessário, pois não poderei fugir ao cumprimento do dever.

— Você acha que é errado matar alguém assim?

— Todo policial tem um dever a cumprir. Antes de reencarnar, ele aceita a missão porque sabe que pode executá-la, porque acredita que é seu dever proteger a população. É diferente de quem mata por crueldade ou frieza.

— Que papo é esse de reencarnar? — Fabiano retrucou, abismado. — Não sabia que você era espírita.

— Embora não seja praticante, acredito no espiritismo e aprendi muitas coisas com a minha mãe. Conheço toda a obra de Allan Kardec, li muitos livros do Chico Xavier, da Zíbia Gasparetto, do Marcelo Cezar e outros. Você deveria experimentar também.

— Eu?

— Sim, por que não? Faria bem a você.

— Não duvido. Só não tenho muita paciência para ler.

— É o mal de muita gente. Quem não lê perde um pedacinho do mundo, sabia?

— Se você diz...

— Digo agora e vou dizer sempre. A leitura liberta a gente da ignorância, abre novos horizontes e nos faz pensar em coisas nas quais nunca antes havíamos prestado atenção.

— Engraçado ouvir você falar essas coisas. Nunca pensei que um delegado pudesse ser adepto do espiritismo. Não sei se uma coisa combina com a outra.

— Tudo na vida combina com os verdadeiros valores do espírito. Em toda profissão, as pessoas devem estar ligadas no bem, na espiritualidade superior, no respeito a seus semelhantes e na necessidade de cumprimento do dever com amor e dedicação ao progresso e à elevação moral.

— Bonito, mas não é bem assim, né?

— Não é, mas deveria ser.

— Me diga uma coisa. Você acha que o preso é coitadinho?

— Ninguém é coitadinho, mas não vejo em que um presidiário seja diferente do resto da humanidade. Como todo mundo, ele é uma pessoa. Está ali porque sua ignorância envenenou-o com a ilusão da ganância e do poder, levando-o a percorrer a estrada das coisas fáceis, mas de consequências difíceis. O preso não é mais uma vítima da sociedade. É alguém que errou, e errou feio. Deve ser responsabilizado pelo seu crime segundo a lei dos homens, restando à sua própria consciência o acerto das contas com a vida. Só que isso não é motivo para tratá-lo como se ele fosse um bicho, trancafiando-o em contêineres, no meio da imundície, sem alimentação adequada nem cuidados com a saúde. O preso é gente e como gente deve ser tratado. Não é porque o criminoso mata e tortura que temos que ser iguais a ele, é?

— É, acho que não. E não sei nem por que estou falando essas coisas. Tenho horror a sangue e à violência. Não gosto nem de ver os noticiários na televisão. E quando passo por um atropelamento ou acidente, viro a cara, para não ver.

— Faça uma prece. Jogue luz na situação, para que tudo se resolva da melhor forma. A curiosidade mórbida não ajuda em nada.

— Ainda bem que não tenho essa curiosidade mórbida. — Parou de falar e se encolheu, dando mostras de que não estava nada satisfeito com o tema da conversa. Depois de alguns minutos, pediu, acabrunhado: — Vamos mudar de assunto.

Gael notou que, subitamente, Fabiano desviara os olhos dele, aparentando certo nervosismo. Podia ser impressão, mas, pela segunda vez, achou que ele lhe escondia algo. Mesmo sabendo que suas impressões eram o alerta da intuição, não deu mais importância ao fato. Fabiano devia ter seus segredos, o que era direito seu.

7

Os olhos vorazes exploravam o jornal sensacionalista, detendo-se nas notícias mórbidas de crimes sangrentos e misteriosos. Muito rapidamente, os dedos percorriam as matérias chocantes da folha policial, detendo-se, principalmente, nas fotografias que costumavam acompanhá-las. Eram reportagens soturnas, indigestas, mas que lhe davam um prazer pleno e macabro diante da banalização do valor à vida.

Ao final da primeira página, uma manchete sinistra chamou sua atenção: *CORPO ESQUARTEJADO ENCONTRADO EM SEPULTURA ABANDONADA*. O título vinha acompanhado da fotografia de policiais carregando pedaços ensanguentados de um corpo, seguindo-se, abaixo, a reportagem. Entre o tremor e a ansiedade, leu os detalhes do crime. Um calafrio percorreu sua espinha, e uma náusea inesperada fez com que fechasse o jornal.

— Algum problema? — soou uma voz bem familiar, vindo de trás de sua cabeça.

Voltando-se rapidamente, escondeu o jornal atrás de si. Pela porta da cozinha, podia ver a mulher sentada na poltrona da sala.

— Você tem que parar com isso — reclamou. — Não ouvi você entrar.

— Se quiser, vou embora — rebateu Amália, mal-humorada, preparando-se para se levantar.

— Não! — objetou, mais que depressa. — Desculpe. Falei por falar. Não vá embora, por favor, eu suplico.

Ela tornou a soltar o corpo sobre a poltrona e indagou despreocupadamente:

— O que tem aí nesse jornal?

— Nada. Só notícias sem importância.

— Pela sua cara, deve ter sido algo aterrorizante — ponderou, com uma pitada de malícia. — Não quer me contar?

— Não. Foi só um crime idiota, não tenho nada a ver com isso.

A mulher suspirou longamente e retrucou com azedume:

— Seu problema é que você nunca tem nada a ver com coisa alguma.

— Que tipo de comentário é esse? Com o que é que eu deveria ter a ver?

— Sei lá. Diga-me você.

— Se você não sabe, muito menos eu. Não fui eu que comecei esse papo maluco. Parece coisa de gente louca.

— Então, somos duas loucas, não é mesmo? Eu e você.

— Não sei do que está falando.

— Veja só o que fez a si mesma — atacou Amália, apontando-lhe um dedo acusador.

— Não fiz nada a mim mesma — defendeu-se, encolhendo os ombros em sinal de falsa indiferença. — Tornei-me mulher, só isso.

— Você sabe que não é a isso que estou me referindo.

— Não sei, não. E não estou interessada.

— Não minta para mim, criança. Ainda sou sua mãe.

— E eu não sou mais criança. Sou mulher agora, você não vê?

— Para as mães, isso não tem importância. Você vai ser sempre o meu bebê.

— Que estereótipo mais bobo, mãe! Um mulherão feito eu sendo chamado de bebezinho pela mamãe desesperada. Parece mais um daqueles clichês piegas de filme americano. Por que não pode, simplesmente, me chamar pelo meu nome?

— Isso é tão importante para você?

— Você sabe que sim.

— Tudo bem, então. Eu não me importo, criança.

— Meu nome é Charlote.

— Eu sei.

— E sou uma mulher agora. Será que é tão difícil assim, para você, aceitar isso?

— O que é difícil é ver que você se transformou num monstro.

— Eu?! Mas o que foi que eu fiz?

— Preciso mesmo lhe dizer?

— Não fiz nada! — exasperou-se. — Eu apenas me defendo, só isso.

— Se é o que você diz...

— Você veio aqui para me atormentar, é? Já não basta o que estou passando?

— Quer que eu vá embora?

— Não, já disse! Prefiro suas recriminações a essa solidão que se alastra dentro de mim.

— Tudo bem, mas já está chegando a minha hora. Você sabe que não posso ficar para sempre.

— Por quê? — indagou Charlote. — Aqueles seus amiguinhos a esperam?

— Caso ainda não tenha notado, não tenho mais andado com eles.

— É verdade. Faz tempo que você aparece por aqui sozinha. Posso saber por quê?

— Mudança de vida... Charlote... minha filha...

— Finalmente! Vejo que está começando a se acostumar com o fato de que *sua filha*, agora, é uma mulher.

— Estarei ao seu lado sempre, não importa o que você faça nem quem você seja.

— Eu sei. E é isso que me conforta.

— Você guarda um segredo terrível...

— Que você nunca vai revelar.

— Não.

— Ao contrário do que você pensa, não sou um monstro, mãe.

Amália apenas suspirou, sentindo aproximar-se a hora de partir.

— Tenho que ir embora.

— Já? Mas você acabou de chegar.

— Tenho outros compromissos agora.

— Que compromissos? Você mesma disse que não anda mais com aquela turminha da pesada.

— Não é com eles.

— É com quem, então?

— Outra hora lhe conto. Agora, preciso ir.

— Por que você não vem morar aqui comigo?

Um sorriso amargo trespassou o rosto de Amália, que retrucou com pesar:

49

— Você sabe que isso é impossível.

— Não acho. Quantas pessoas vivem dessa maneira?

— Não é o meu caso. Não quero prejudicar você.

— Você é minha mãe, nunca vai me prejudicar.

— Temos necessidades e interesses diferentes agora. Com o tempo, minha presença acabaria sendo perniciosa para você. E depois, tenho que cuidar da minha vida.

— Você não tem mais vida própria.

— Engano seu. Ainda sou uma pessoa, sabia? Um ser humano como outro qualquer.

— Não foi isso que eu quis dizer — Charlote apressou-se a se desculpar. — Mas é que pensei que você agora estivesse livre das obrigações diárias comuns. Como uma aposentada...

— Pensou errado, Charlote. Estou mais ativa do que nunca.

— É impressão minha, ou você está pensando em se mandar de vez?

— Já disse que vou estar sempre ao seu lado. Acredite em mim.

— Promete?

— Prometo.

Amália sorriu novamente. Não era um sorriso forçado, mas triste. Uma sombra anuviou seus olhos, forçando as lágrimas, que ela, com muito custo, conseguiu reter. Para que Charlote não percebesse a iminência do pranto, ela lhe deu as costas e caminhou em direção à porta, atravessando-a sem que fosse preciso abri-la.

8

Perdido no meio da papelada, Gael procurava conectar as pistas que já reunira sobre o assassinato do cemitério. A identidade do morto fora mesmo confirmada e, apesar de ele ainda não ter visto o laudo do legista, não havia dúvidas sobre a causa da morte. O melhor de tudo fora o sangue, uma gota minúscula revelada pelo luminol, na mesma sepultura em que descobriram os ossos desaparecidos.

— Dá licença, doutor?

Uma moça linda, parada na porta, o fitava com ar sério.

— Pois não? — redarguiu ele, sem conseguir tirar os olhos dela.

— Desculpe interrompê-lo, doutor. Vim me apresentar. Sou Letícia, sua oficial de cartório.

Ele gostou do jeito como Letícia pronunciara aquele *sua oficial de cartório*. Fez parecer uma intimidade que não existia, mas que bem poderia vir a existir.

— Não a conhecia, Letícia. Por onde você andou?

— Estava de férias.

— Ah! Bem-vinda de volta.

— Obrigada.

Depois que ela fechou a porta, Gael encontrou dificuldade de se concentrar no trabalho novamente. Era uma experiência nova. Nunca, em toda sua vida, alguma coisa tivera o poder de desviar-lhe a atenção de seus afazeres. Letícia, contudo, conseguira. Sua face bonita, a todo momento, teimava em surgir por cima dos documentos, levando sua mente a divagar e buscar um motivo, qualquer motivo, para chamá-la de volta a seu gabinete. Como não encontrou nenhum, manteve-se distante.

Sentada à sua mesa, Letícia também tentava se ocupar de suas tarefas. Achara o novo delegado muito atraente, interessante, educado. Havia nele algo diferente, uma confiança que transmitia tranquilidade, como se, a seu lado, nada pudesse sair errado.

— Eu, hein, Letícia! — murmurou para si mesma. — Parece maluca.

Pelo resto da manhã, ambos seguiram envolvidos em suas respectivas atividades. A impressão que um passava ao outro era de indiferença, ao menos no que dizia respeito ao lado pessoal. Nem um nem outro arriscou uma olhada mais significativa ou uma troca de palavras mais reveladora. Ao contrário, permaneceram ambos ostentando uma frieza estudada, um distanciamento conveniente, uma indiferença que parecia genuína, não fosse o vulcão de emoções conflitantes que estourava dentro de cada um deles. E tudo isso, sem que o outro percebesse ou sequer desconfiasse.

Quando o relógio de seu gabinete marcava poucos minutos além do meio-dia, a porta se abriu novamente. Para surpresa de Gael, Letícia estava ali outra vez, a mão pousada na maçaneta, ainda mais linda do que lhe parecera naquela manhã.

— Pois não? — indagou ele, com uma formalidade que não queria, mas que foi a única coisa que conseguiu demonstrar.

— Estou indo almoçar — informou ela, meio sem jeito.

— Está bem — foi a resposta lacônica, impessoal.

Ela demorou por mais alguns segundos antes de fechar a porta atrás de si. Apanhou a bolsa, acenou para alguns colegas e saiu sozinha. Foi só quando ela já havia desaparecido de suas vistas que Gael questionou o porquê da hesitação dela. *Por minha causa é que não foi*, pensou, intimamente desejando que estivesse errado.

Ante a dúvida e o desejo de conhecer Letícia melhor, cedeu a este último. Decidido, saiu às pressas e correu pela calçada, procurando-a por todos os lados. Ela havia sumido. Mal conseguindo ocultar a decepção, voltou para a delegacia.

— Laureano — chamou, ainda na porta. — Pode vir aqui, por favor?

— Algum problema, doutor? — indagou o inspetor, acercando-se dele.

— Não, nenhum. É que tenho um assunto urgente para tratar com Letícia. Você sabe onde ela costuma almoçar?

— Letícia? — ele retrucou, com ar entre maroto e desconfiado. — Letícia come em casa. Ela mora quase aqui ao lado.

— Em casa? — decepcionou-se. — Então, acho melhor esperar. Pensando bem, não tem nada a ver incomodá-la em sua hora de almoço para falar de trabalho.

— Ela tem um filhinho, doutor. É por isso que, normalmente, vai para casa almoçar.

— Um filhinho? — repetiu, mal ocultando a surpresa. — Ela é casada?

— Não.

— E com quem ele fica para ela trabalhar? Com a babá, a empregada?

— Com a mãe dela.

— Tudo bem, Laureano. Vou almoçar também.

— Se ela chegar, digo que o senhor quer falar com ela?

— Não precisa. Na verdade, não é nada de mais.

— O senhor é quem manda, chefe.

Gael saiu, maldizendo-se por ter sido tão imprudente e indiscreto. Estava na cara que Laureano percebera a desculpa esfarrapada que ele arranjara para saber do paradeiro de Letícia. Se ele comentasse com os outros, em breve todos estariam falando que o delegado estava de olho na linda oficial de cartório.

Naquele momento, sentiu-se mais sozinho do que nunca. Havia tempos não sabia o que era namorar. Entre um caso e outro, ninguém ainda fora capaz de enfeitiçar seu coração. Tirando o trabalho, sua vida era uma completa monotonia. Precisava se divertir, sair com uma mulher interessante, para variar. Andava cansado das garotas fúteis e vazias com quem se divertia por uma noite, no máximo duas, e depois não via mais atrativos nelas.

Caminhando de cabeça baixa, seguiu chutando as pedrinhas que encontrava pelo caminho. Andava a esmo, sem ver bem aonde ia. A cabeça mandou-lhe uma advertência séria: se ele não comesse alguma coisa, explodiria numa dor lancinante, resultado da fome que fazia trovejar seu estômago. Havia alguns restaurantes por perto, e ele escolheu um que lhe pareceu mais agradável. Servia comida a quilo.

Sentou-se à única mesa vazia no canto da parede, de onde podia observar a entrada sem chamar a atenção. Pessoas entravam e saíam, a maioria com pressa, na esperança de aproveitar ao máximo o pequeno intervalo para alimentação. Como havia mais gente chegando do que partindo, o restaurante acabou lotando em pouquíssimo tempo.

Iniciou-se, então, uma disputa por mesas vazias, logo ocupadas pelos mais espertos. Não foi o caso da mulher que ele viu parada no meio do salão. Segurando a bandeja nas mãos, buscava onde se sentar, sem perceber que procurava no lugar errado. Ela olhava para um lado, enquanto do outro, perto de Gael, vagou uma mesa. Ele pensou em acenar para ela, mas não foi preciso. Ela se voltou no exato momento em que um grandalhão mal-educado avistava a mesa. Ela titubeou, sem saber se conseguiria chegar a tempo, contudo, venceu a hesitação e arriscou. Equilibrando a bandeja, contornou as mesas, alcançando a que estava vaga ao mesmo tempo em que o sujeito.

Talvez por ser mulher, ela pensasse que o homem lhe cederia a vez. Não foi o que aconteceu. Ele enfiou o pé na frente dela, empurrando-a para o lado, praticamente se atirando na cadeira.

— Seu grosso — queixou-se ela.

A fala era rouca, pausada, sensual. Ainda sob a influência da impressão que Letícia deixara nele, Gael arriscou uma olhada mais atenta. Era uma mulher alta, curvilínea, vistosa, apesar de um tanto extravagante. Nada esquisito nem muito exagerado, apenas um pouco fora dos padrões. Bonita, sem dúvida. Uma perua elegante.

Até que fora uma cena engraçada. Não fosse o ar desolado dela, Gael bem poderia rir disfarçadamente. Mas vê-la parada ali, com cara de boba no meio do salão, sem saber o que fazer nem para onde ir despertou nele a compaixão de sempre. Sem contar que ela era uma mulher interessante, um pouco mais velha do que Letícia, mas a maturidade também tinha os seus encantos.

— Se quiser, pode se sentar aqui — disse ele, o mais gentilmente possível.

— Está falando comigo? — perguntou ela, com ar de espanto, como se só naquele momento tivesse percebido que havia mais alguém ali.

— Com quem mais haveria de ser? Parece que você foi a única que sobrou na dança das cadeiras, não foi?

Ela continuava a olhar para ele, agora demonstrando uma certa desconfiança.

— Estou brincando. Quero dizer, não quanto ao convite. Quanto à dança das cadeiras.

— Você é meio doido, não é?

— Deu para perceber?

Subitamente, ela se desmanchou num sorriso gracioso. Deu as costas para o grandão mal-educado, não sem antes lhe fazer uma careta, e sentou-se em frente a Gael, que não conseguiu se conter e soltou uma gargalhada.

— E depois, o doido sou eu — gracejou ele.

— Que cara mais antipático — comentou ela. — Antigamente, havia mais cavalheirismo no mundo.

— Acho que isso está meio fora de moda.

— Não creio. E se você achasse mesmo isso, não teria me oferecido um lugar à sua mesa.

— Vai ver, ainda sou o único exemplar remanescente.

Ela sorriu novamente. Estendeu a mão por cima da bandeja, oferecendo-a para que ele a apertasse.

— Prazer, meu nome é Charlote.

— Gael — apresentou-se ele. — O prazer é todo meu.

— Obrigada por me deixar sentar aqui.

— Não precisa agradecer. Moças bonitas sempre têm um lugar à minha mesa.

— Quer dizer que, se você me achasse feia, me deixaria comer em pé — afirmou, sem demonstrar nem irritação nem ironia.

— Brincadeira, Charlote. O que eu queria mesmo era lhe fazer um elogio.

— Hum, muito obrigada.

— Será que você pode parar de agradecer por cada coisa que eu digo?

— Estou incomodando você?

— De modo algum! Não repare. É que são tão poucas as oportunidades que tenho para me distrair que, quando surge uma, não consigo evitar. Tenho que fazer uma brincadeirinha, ainda que sem graça nenhuma.

— O que você faz que o deixa tão sério, Gael? Por acaso é da polícia ou algo parecido?

— Como foi que você adivinhou? Tem alguma bola de cristal escondida aí?

— Está brincando de novo, não é? Então diga logo. O que você faz?

— Sou delegado de polícia.

— Mentira.

— É sério.

Ele puxou a insígnia para fora da camisa, mostrando-a rapidamente. Não queria transformar aquele encontro casual num show de exibicionismo.

— Meu Deus, você está falando sério mesmo! — exclamou ela, impressionada. — Quem diria, um delegado. Que emocionante!

— Nem tanto. Mas diga-me lá. E você, o que é que faz?

— Eu? Tenho até vergonha de dizer.

— Por quê? Faz alguma coisa imoral ou clandestina?

— Não! Imagina... Sou só uma simples massagista... Massoterapeuta, na verdade. Atendo principalmente em casa, mas vou ao hospital de vez em quando, para atender algum paciente internado.

— Não vejo motivo algum para você se envergonhar. É um trabalho honesto e bem valorizado atualmente. Vergonha é roubar do povo, como fazem alguns maus políticos por aí.

— Tem razão. E quer saber de uma coisa? Vou lhe fazer uma massagem caprichada. Você vai relaxar como nunca.

— Bem que estou precisando. Aquela cadeira da delegacia me deixa com uma terrível dor no pescoço.

— Pescoço é minha especialidade — afirmou, rindo.

— Que sorte a minha! — ele riu também.

— A sorte foi eu ter perdido aquela mesa — observou ela, de repente se tornando séria. — Do contrário, não teria conhecido você.

— Também gostei muito, Charlote. Acredita que nada acontece por acaso?

— É o que dizem, não é? Que tudo tem um motivo?

— E é a mais pura verdade.

— Qual seria então o motivo de nos conhecermos hoje? Você ganhar uma massagem no pescoço?

— Quem sabe? Não falei que estou precisando?

— Se é assim, vou deixar meu telefone com você. Ligue quando quiser, sem compromisso.

— Obrigado, Charlote — concluiu ele, apanhando o cartãozinho que ela lhe ofereceu.

— Deixe para agradecer depois da massagem. Vai que você não gosta...

— Impossível! Só pela sua simpatia, já valeria a pena.

— Você é um verdadeiro *gentleman*, Gael. Espero que me ligue de verdade.

— Vou ligar, com certeza. Pode esperar.

— Irei até sua casa e farei um serviço completo em você e em quem mais estiver lá.

— Não há mais ninguém lá, a não ser o Fabiano, meu primo. Mas deixe isso para lá. É uma outra história.

— Tudo bem.

Continuaram a comer e a conversar, praticamente esquecidos dos problemas diários. Gael era simpático e galante, fazia gracejos oportunos e engraçados, mas sem perder a elegância. Charlote, por sua vez, mantinha um ar coquete, embora respeitoso, dando a entender que estava disponível para o flerte. Todavia, apesar de agradável, o almoço chegou ao fim.

— Bem, Charlote, está na minha hora — anunciou Gael, batendo com o dedo no relógio.

— Na minha também. Não quero me atrasar para o meu próximo cliente.

— Certo. A gente se vê, então.

— Ligue para mim.

Ele saiu, levando consigo uma forte admiração. Havia algo diferente naquela mulher, uma espécie de fogo contido, uma volúpia comedida, meio dissimulada. Era como se Charlote não pudesse ou não quisesse deixar fluir a sensualidade que lhe era natural. Ou talvez tivesse medo.

De volta à delegacia, Gael encontrou Letícia digitando documentos no computador. Passou por trás dela, procurando não chamar a atenção. Ela estava tão entretida no trabalho que nem percebeu sua chegada.

Aquele dia fora meio estranho. Conhecera duas mulheres bonitas e muito diferentes. Letícia, linda, olhar inteligente, meiga, deu-lhe vontade de estreitá-la gentilmente, para mantê-la longe das maldades do mundo. Charlote, por outro lado, não era propriamente linda, mas fazia o tipo mulherão, ardente, sensual. Com ela, Gael podia permitir aflorar o desejo, aquela inquietação do corpo diante da mulher que conhecia as artes do amor.

Ele devia estar ficando louco. Até havia bem pouco tempo, não se pegava pensando em ninguém com tanta insistência. De repente, de uma vez só, duas mulheres disputavam a predominância de seus pensamentos.

Gael recostou-se na cadeira, tentando avaliar bem os sentimentos. Não era dado a paixonites adolescentes e avassaladoras nem era do tipo que se deixava influenciar apenas por um rosto e um corpo bonitos. Mas então, por que, de uma hora para outra, via seus pensamentos divididos entre duas mulheres estranhas, totalmente desconhecidas, que, até aquele dia, ele nem sequer sabia que existiam?

Depois de muito refletir, concluiu que, por uma razão que ele ignorava, mas que não considerava aleatória, havia se deparado com duas ótimas representantes de sua concepção mais íntima de admiração e desejo.

— Que ridículo, Gael — recriminou-se, em voz alta. — Volte ao trabalho, que é melhor.

Foi o que ele fez, embora sem muito sucesso.

9

Enquanto as mãos trabalhavam na coluna do idoso deitado na maca portátil à sua frente, a mente de Charlote não se desligava da imagem de Gael. Nunca imaginou que um delegado, especialmente aquele delegado, a deixaria tão impressionada. Não porque ele fosse lindo, mas porque era gentil, educado e divertido; o sonho de toda mulher. E era, naquele exato momento, a pessoa que mais lhe interessava no mundo.

— Algum problema, Charlote? — indagou o cliente, virando o pescoço para fitá-la.

— Problema? — repetiu ela, em tom de alheamento.

— Por que parou?

— Eu parei? — ela se surpreendeu, constatando que, efetivamente, suas mãos repousavam sobre as costas do homem. — Não foi nada, Seu Osvaldo. Eu me distraí, pensando numas coisas...

— Será que você não pode pensar e trabalhar ao mesmo tempo? Estou lhe pagando a hora para você me fazer massagem, não para ficar divagando sobre seus problemas.

— Que grosseria, Seu Osvaldo.

— Grosseria, nada. Você faz o que quer e acha que sou obrigado a tolerar?

— Que história é essa de *eu faço o que quero*?

— É isso mesmo. Não é de hoje que tenho notado que a qualidade dos seus serviços vem decaindo. Sem contar que você chega sempre atrasada e diminui o tempo da massagem. Você não compensa o atraso, mas eu pago pela hora completa.

— Isso não é verdade.

— Por acaso está me chamando de mentiroso?

Ela não respondeu.

— Mentirosa é você, que fica inventando desculpa por causa de homem.

— Quem foi que falou em homem? — indignou-se ela, sem entender bem aonde ele queria chegar.

— Eu não nasci ontem, menina. Pensa que não sei que você se atrasa porque fica por aí com seus machos?

— Seu Osvaldo, por favor, me respeite.

— Você é que devia se dar ao respeito. Eu bem que falei que essa coisa de liberação feminina não ia dar certo. Lugar de mulher é em casa, cuidando do marido e dos filhos.

— Além de tudo é misógino! — gritou, atônita.

— Menos papo e mais trabalho, Charlote. Se sou misógino ou não, o problema é meu. O seu é fazer o que eu quero, na hora que eu quero, porque a casa é minha e sou eu que estou pagando. Aqui, quem manda sou eu.

A perplexidade foi tanta, que ela emudeceu momentaneamente, mal acreditando no que ouvia. De braços cruzados, encarava-o com ar zangado. Depois de alguns segundos, recuperou a fala e tornou com exasperação:

— Não admito que falem comigo desse jeito. Exijo que o senhor me respeite.

— E eu exijo que você execute bem o trabalho para o qual está sendo paga.

— Não seja por isso — encolerizou-se de vez, abandonando o posto e juntando seus pertences atabalhoadamente. — Pode ficar com o seu dinheiro, que vou me embora. Não preciso aturar desaforo de cliente esclerosado.

— Atrevida! — encrespou-se ele, levantando-se da maca, que ela logo se pôs a dobrar. — O que está fazendo? Aonde você pensa que vai?

— Embora, já disse. Não sou obrigada a tolerar grosseria de velho gagá.

— Pode ir! É um favor que me faz — ele estendeu a mão e retrucou, autoritário. — Mas antes me devolva o dinheiro que paguei adiantado.

Ela titubeou. A maioria dos clientes antecipava o pagamento de pacotes do serviço, que saía mais barato do que pagar por sessões individuais. Rapidamente, ela fez as contas de cabeça. Osvaldo costumava comprar pacotes de dez massagens por vez, sendo que aquela era a segunda vez que ela ia à casa dele. Logo, tinha que lhe devolver o equivalente a oito sessões. Só que ela não possuía mais aquela importância. Como sempre, gastara tudo adquirindo produtos caros para tratamento de beleza. Se, ao menos, tivesse guardado um pouco do que apurara da venda de seu carro... Mas era uma lata-velha, e o dinheiro fora suficiente apenas para pagar a dívida do cartão de crédito.

— Não trago dinheiro comigo — informou ela, encarando-o com altivez, como se ele houvesse acabado de dizer um absurdo qualquer. — Mas pode ficar sossegado, que não quero o seu dinheiro. Amanhã mesmo passarei por aqui para lhe devolver tudo.

— Não, senhora! — objetou ele, correndo quarto afora para ir postar-se em frente à porta da sala, barrando a saída dela. — Ou me paga agora, ou chamo a polícia.

— A polícia tem mais o que fazer do que dar uma de babá para velho babão — rebateu, com ironia. E saia da minha frente!

Osvaldo sentiu uma leve tontura e uma pontada no coração, a primeira de uma série que viria a seguir. Com medo de ter um mal súbito, amansou a voz e tentou um tom mais conciliador, embora não muito sincero:

— Por que está fazendo isso? Você não era assim.

— Você não me conhece e ainda não viu nada — tornou ela, visivelmente ameaçadora, sem se importar com o estado de saúde dele. — Sou muito boazinha com quem é bonzinho comigo. Se me tratar bem, eu o tratarei bem. Mas se me desrespeitar, me ofender ou me humilhar, não respondo por mim.

— Sou uma pessoa de idade. Existem leis que protegem os idosos, sabia?

— E daí? Não fiz nada com você.

— Cadê o meu dinheiro? Você não pode sair sem me devolver o que lhe paguei.

— Amanhã, já disse!

— E se você não voltar? Vou ficar no prejuízo?

— Se eu não voltar, cumpra sua ameaça. Chame a polícia. Agora, saia da frente, velho idiota! — esbravejou enfurecida, empurrando-o para o lado com um safanão.

Os ossos fracos de Osvaldo não deram conta de equilibrar o corpo após o empurrão inesperado. Os joelhos trêmulos se dobraram, desprezando a força que ele fazia nas pernas para não cair. Teria ido ao chão, não fosse o braço do sofá amortecer-lhe a queda, virando-o sobre o estofado. Enquanto despencava, sentiu que a pressão arterial se elevava a um nível de alerta. A tontura piorou e uma dor angustiante se instalou na nuca, enquanto a dor no peito aumentava sensivelmente.

— Meu remédio — balbuciou, agora súplice, apontando, com o queixo, na direção do quarto.

Charlote o fitou com ar de desprezo. Sabia que ele estava à beira de um infarto. Deitado sobre o sofá, ele a mirava com olhar embaciado, demonstrando visível agonia com a falta de ar. As mãos apertavam o peito, ele mal conseguia respirar.

— Meu remédio... — ele repetiu num murmúrio, de forma quase inaudível. — Por favor....

— Apanhe-o você mesmo — arrematou ela, dando-lhe as costas e batendo a porta atrás de si.

Atravessou o capinzal que ele chamava de jardim o mais rápido que pôde, tentando ignorar o fato de que abandonara um homem à beira de um ataque cardíaco. E se ele morresse? Ela seria acusada? Suas digitais estavam pela casa toda, e sua cara apareceria gravada nas imagens da câmera de segurança, mas isso, por si só, não queria dizer nada. Ela não negaria que estivera lá, fizera a massagem e fora embora, deixando-o bem vivo quando saíra. Para todos os efeitos, ele teria tido um ataque fulminante do coração logo após ela ter ido embora.

Mesmo assim, retrocedeu. Osvaldo era um velho mesquinho e asqueroso, mas isso não era o suficiente para deixá-lo morrer. Bem ou mal, dar-lhe-ia uma chance de sobreviver. Quando abriu a porta da sala, ele estava se arrastando pelo chão, em direção ao quarto, para tentar alcançar o remédio. Ela entrou sem dizer nada, passou por cima dele e apanhou a cartela de comprimidos que estava na cômoda. Colocou-a sobre a mesinha, ao lado do sofá, e riu maldosamente ao ver a cara de espanto e incredulidade de Osvaldo.

— Por favor... — suplicou ele.

— Deixe de frescuras, velho. O remedinho salvador está bem aqui, ao seu alcance. Um pouco de esforço não faz mal a ninguém.

— Por favor... — repetiu ele.
— Você vai conseguir.

Virou as costas para ele e tornou a sair, dessa vez, para não mais voltar. Charlote abriu o portão com rapidez, praticamente saltando para o lado de fora, de onde fez uma careta malcriada para a câmera que a sondava acima. Seguiu pela rua sem calçamento, irritando-se a cada vez que pisava num buraco ou tropeçava numa pedra. Além de tudo, o velho se recusava a morar em um lugar civilizado, preferindo a monotonia de um buraco escondido no meio do mato. Maldito!

Chegou à avenida principal fumegante de ódio. A roupa branca, agora salpicada de lama, só fez aborrecê-la ainda mais. Pegou o ônibus para casa, e seus pensamentos novamente correram na direção de Gael e no incidente que, poucos dias antes, a pusera em contato com ele. Ele nem desconfiara, mas Charlote já o observava fazia algum tempo, à espera de uma oportunidade para aproximar-se. Até que a sorte, finalmente, a favorecera.

Naquele dia, com a bandeja na mão, Charlote fingira procurar uma mesa vazia do outro lado do restaurante, embora sua atenção estivesse focada na visão periférica, pela qual ela acompanhava todos os gestos de Gael. Algumas pessoas haviam se levantado de mesas mais ao fundo do salão, distantes do lugar que ele ocupava. Ela fingia não ver, desviando os olhos sempre que ele olhava na direção dela.

Esperou algum tempo até conseguir uma lugar mais perto dele. Quando isso aconteceu, aguardou até que o outro sujeito percebesse e se dirigisse para lá. Contando os segundos, adiantou-se na direção da mesa, retardando os passos para ter certeza de que não chegaria primeiro. Mais perto, fingiu apressar-se, embora soubesse que seria inútil, pois o homem já se encontrava praticamente em cima dela.

Charlote forçou um esbarrão, fingiu-se indignada e fez cara de desolada. Tudo para que Gael fizesse exatamente aquilo que havia feito: convidá-la para sentar-se com ele. Fora um risco, é claro, já que ela não tinha como saber se ele faria mesmo isso. Não o conhecia, nada sabia sobre ele. Ele tanto podia ser um cavalheiro como um grosseirão feito a maioria dos homens aos quais estava acostumada. Mas ele não a decepcionara. Gael era um verdadeiro *gentleman*.

Para sua surpresa, sentiu a excitação subir pelo seu corpo. A mera lembrança dele era capaz de provocar nela aquela reação intempestiva, inesperada, contudo, de um prazer inebriante. Imagine só o que ela não sentiria se ele a tocasse e se ela se entregasse a ele. Devagarinho, a imaginação foi dominando seus pensamentos, substituindo a realidade por uma fantasia vulgar de desejo e luxúria, em que Gael e ela se divertiam na cama, entregues a todo tipo de práticas sexuais.

O tom triplo do celular desmanchou o devaneio lúbrico. Charlote balançou a cabeça, procurando identificar a situação. Sem perceber, caminhava pela rua, a esmo, seguindo pela calçada feito um autômato, sem comando, sem destino, sem planos, apenas com aquele fogo que, volta e meia, incendiava seu corpo, tornando-a escrava de um apetite sexual voraz e insaciável.

Ela enfiou a mão na bolsa e retirou o celular. Consultou o visor, sem poder evitar uma careta de contrariedade. Seria possível que, mesmo depois do lamentável episódio da tarde, Osvaldo ainda se sentia no direito de lhe mandar uma mensagem pelo WhatsApp para lembrá-la de devolver o dinheiro? Bom, pelo menos, ele ainda estava vivo. Ela bloqueou a tela do aparelho, atirando-o na bolsa com irritação. Em seguida, apanhou-o novamente, vasculhando as chamadas recebidas, na esperança de encontrar uma ligação de Gael. Para seu desgosto, não havia nenhuma.

— Maldição! — praguejou ela, apertando o celular com tanta força, que seus dedos começaram a doer. — Eu preciso que você me ligue, Gael, preciso! É uma questão de sobrevivência.

Sem se importar com a perturbação que se alastrava não apenas por seus pensamentos, mas por todo seu campo energético, Charlote continuou caminhando, pensando se deveria ou não passar na delegacia para forçar um novo encontro. Achou melhor não, porque pareceria suspeito. Inteligente como era, Gael perceberia o truque e talvez se afastasse. A última coisa que ela queria era que ele a evitasse.

À medida que avançava pela rua, alguns espíritos desocupados se juntaram a ela, acompanhando seus passos, seguindo suas ondas mentais, desvendando seus segredos. Ela subiu no ônibus, uns poucos subiram atrás. A maioria nada tinha a ver com ela. Vagabundos do astral, circulavam pela cidade sem rumo certo, à procura de diversão. Alguns se impressionavam com a baixa qualidade de seus pensamentos, muitos se identificavam com eles, enquanto outros apenas saciavam a curiosidade, sem maiores interesses.

Da mesma forma que essas consciências se aproximavam de Charlote, dela também se afastavam. Havia nela alguma coisa estranha, uma aura diferente que retirava deles qualquer vontade de segui-la. Não era luz, não era força, não era aquele campo de proteção que isolava as pessoas boas de ataques sombrios. Pela experiência que tinha, a maioria reconhecia a proximidade de espíritos iluminados, alertando os demais, que fugiam às pressas. Mas, no caso de Charlote, nenhum deles conseguia identificar o que era. Não haviam se deparado ainda com aquela peculiar espécie de energia de amor.

Era essa energia que acompanhava Charlote a todos os lugares aonde ia. Embora não fosse suficientemente poderosa para bloquear qualquer acesso a ela, tinha uma suavidade que causava incômodo. Não assustava nem intimidava ninguém. Só não agradava. Era incomum, meio chata de tolerar, desconfortável.

Sem saber a natureza de tal vibração, os espíritos desistiam de importuná-la. Juntavam-se a ela por tempo suficiente para vasculhar o seu íntimo. Alguns faziam gracejos maldosos, soltavam piadinhas indecentes e até ousavam uma passadinha de mão em suas partes íntimas. Nada disso ela sentia, salvo, às vezes, um quase imperceptível tremor nas vísceras ou um arrepio inesperado na nuca. O tempo que essa situação perdurava dependia do grau de sensibilidade de cada um. Uns a abandonavam de cara, outros demoravam um pouco mais. O fato, porém, era que todos, invariavelmente, desistiam dela, vencidos pelo desconforto energético que ela acabava lhes transmitindo.

Charlote vivenciava isso todos os dias. Saía de casa sem ninguém e voltava sozinha, deixando pelo caminho seres invisíveis que iam e vinham, sem que houvesse vestígios de sua passagem. Quando, após mais de uma hora, ela saltou perto de casa, já não havia mais ninguém com ela. O último espírito que a seguia, desassossegado com aquele incômodo, escolheu outra *vítima* no ônibus, logo abandonando a estranha mulher, de quem se esqueceu rapidamente.

10

A mesa de jantar já estava posta quando Gael chegou. Foi a primeira coisa em que reparou quando abriu a porta, seguida pelo aroma de comida gostosa que vinha da cozinha. Fabiano não ouviu quando ele entrou, entretido que estava com a televisão.

— Oi — cumprimentou Gael, sem que o outro ouvisse. — Oi!

Dessa vez ele escutou. Tinha o controle remoto nas mãos e abaixou o volume. Pausou a reprodução do filme e encarou Gael com os olhos inchados.

— Oi, Gael. Não ouvi você chegar.

— Percebi. O que está vendo?

— *A garota dinamarquesa* — informou, enxugando os olhos.

— Você está chorando? — surpreendeu-se o delegado.

— Ai, Gael, esse filme me emociona tanto! Toda vez que assisto é a mesma coisa.

— E quantas vezes você já assistiu?

— Umas três ou quatro, não sei bem.

— Tudo isso? Que exagero!

— Nem vem! O filme é maravilhoso!

— Concordo, mas daí a assistir quatro vezes...

— O que é que tem? Eu adoro! Morro de pena da Lili.

— Lili?

— A garota, Gael! A que era homem e virou mulher. Aí, passou a se chamar Lili. Você não disse que viu o filme?

— Vi, mas vou lá me lembrar do nome da personagem!

— Coitada da Lili.

— Você é uma figura, Fabiano — brincou.

— Ah! Se fosse eu no lugar dela...

— Você faria a cirurgia? — Fabiano fez cara de dúvida. — Sério? Não tem medo?

— Tenho. Mas vou lhe confessar um segredo. Meu maior segredo.

— E qual é?

— O que eu queria mesmo era ser mulher.

— Não me diga — retrucou Gael, sem aparentar surpresa.

— Não está chocado?

— Não. Conhecendo você como conheço, eu já desconfiava.

— E isso não incomoda você?

— Não. Por que incomodaria? Não é problema meu.

— Sério, Gael? Você não liga?

— Já disse que não. Acho que você tem que fazer o que o deixa feliz.

— Eu bem que gostaria... Mas morro de medo de cirurgia.

— Bom, você não precisa se operar. Podia ser só transgênero.

— Sabe que eu nunca entendi a diferença entre transgênero e transexual? Faço uma confusão danada.

— Transexual é quem faz a cirurgia de redesignação sexual, para mudança de sexo. Transgênero, por outro lado, é quem se personifica como uma pessoa do sexo oposto, mas não pensa em mudar de sexo.

— No fundo, dá no mesmo, né? Os dois nascem com um sexo que não corresponde a sua verdadeira identidade e ficam insatisfeitos com o próprio corpo. Como acontece comigo.

— É tão doloroso assim?

— Você nem imagina o quanto. Daria tudo para me transformar numa mulher de verdade. Quem sabe, assim, as pessoas parariam de mexer comigo por causa dos meus peitinhos?

— Preconceito é uma coisa muito triste. As pessoas deviam cuidar mais da própria vida e parar de se incomodar com o que o outro faz com a dele.

— Também acho. Pena que a maioria não pense assim.

— Preconceito é coisa ultrapassada, Fabiano. Devia ser enterrado no passado da história da humanidade junto com outras abominações geradas pela ignorância.

— Que abominações? Do que é que você está falando?

— De certas atitudes humanas que, incentivadas pelo orgulho, deságuam no caos da intolerância, da crueldade, da perfídia. Mazelas sinistras criadas pela ilusão de certas mentes que acreditam na falsa superioridade de uma casta cujos privilégios foram criados por elas para favorecer apenas seus próprios e mesquinhos interesses.

— E isso significa, exatamente, o quê? O que é que você chama de mazelas?

— A escravidão foi uma delas, bem como o extermínio das populações indígenas, a Inquisição, as Cruzadas e, até hoje, as guerras, os atos de terrorismo, o autoritarismo governamental, a tirania, a corrupção, a pena de morte e por aí vai. São atos de desrespeito e discriminação, passados e presentes, gerados pelo orgulho, pela cobiça e pelo poder. Minha esperança é que eles se esgotem nessa era, para que, no futuro, só existam a fraternidade, a paz e o amor.

— Acho que você escolheu a profissão errada. Você não fala como um delegado.

— Não se iluda, com isso, Fabiano. Sou muito consciente do meu dever e faço o que for preciso para cumpri-lo. Mas tenho minhas crenças sobre espiritualidade, e elas não me afastam da realidade em que vivemos. O lado material e o espiritual devem caminhar juntos, pois na Terra, um não existe sem o outro. Cada um tem a sua importância, o seu significado individual e uma trajetória a ser cumprida. Mas ambos, invariavelmente, chegarão ao mesmo lugar, que é o aprimoramento moral do Ser. Quanto mais próximos estiverem esses dois caminhos, mais rápido alcançaremos o templo da verdadeira iluminação.

— Cada vez me surpreendo mais com você.

— Como eu disse uma vez, minha mãe era espírita e foi quem me ensinou muitas coisas. Fui tomando gosto pela coisa e passei a ler tudo que se referia à espiritualidade. Confesso que acho o assunto fascinante.

— Você frequenta algum centro espírita?

— Não, mas adquiri o hábito de rezar todos os dias. É na oração que encontro forças para enfrentar o dia a dia da minha profissão. Sem contar que sou muito intuitivo. Quando cismo com alguma coisa, geralmente, é porque estou no caminho certo.

— Mesmo? E o que você pode dizer de mim? Minha vida vai progredir?

— Está vendo algum rubi grudado na minha testa?

Fabiano riu.

— Quer dizer que não sou guru nem adivinho.

— Decididamente, você está na profissão errada. Devia ser padre ou pai de santo, sei lá.

— Gosto do que faço e sei tirar proveito da minha sensibilidade. Seguindo minhas intuições, normalmente, vou pelo caminho certo.

— Ao contrário da maioria de nós, reles mortais, não é?

— Não é bem assim. O caso é que muita gente ignora os alertas da intuição e acaba se dando mal.

— Pior que é. Às vezes, a gente fica com uma coisa martelando na cabeça, mas, por teimosia, deixa o martelo de lado e faz exatamente o contrário. Eu mesmo já fui assaltado assim. Vinha andando por uma rua escura e deserta e, por isso, resolvi mudar de caminho. Ia virar numa esquina quando tive um pressentimento horrível, mas insisti. Afinal, ia para uma rua mais iluminada e movimentada. Pois foi justamente ali que um cara surgiu com uma faca e roubou meu relógio e meu celular.

— Pois é. Você teve uma intuição, mas não ligou e se deu mal.

— De onde vem essa intuição? É algum anjo da guarda que nos acompanha?

— Pode ser. Ou pode ser um espírito amigo, ou um sopro do seu Eu Superior, que sabe das coisas.

— Que diabos é isso agora de Eu Superior?

Gael deu uma risadinha desanimada, indicando que o assunto era vasto. Mesmo assim, procurou traduzir da melhor maneira possível:

— O Eu Superior é uma energia de grande luz e poder que existe dentro de cada um de nós. Você sabe que todas as coisas no universo estão conectadas, não sabe?

Fabiano ergueu as sobrancelhas, demonstrando que não estava bem certo.

— Pois estão. Já ouviu falar no Big Bang, aquele pontinho de energia que explodiu e deu origem a tudo o que existe no Universo?

— Já, claro. Não sou tão burro assim.

— Eu não disse isso. Então, quando houve a grande explosão, o Universo foi se formando e, com ele, as estrelas, os planetas e a vida. Todos somos feitos de átomos, não é?

O primo não respondeu.

— É, Fabiano, todo mundo e o mundo todo são feitos de átomos. Eles são partículas pequenininhas, que compõem todo tipo de matéria, desde a poeirinha mais insignificante até os astros mais gigantes. E eles se misturam, sabe? Quando se combinam com outros, iguais ou diferentes, formam todas as matérias que conhecemos, e até as que não conhecemos ainda.

— Ai, não, Gael, aula de Física e Química já é demais! — protestou Fabiano, indignado.

— Não é aula de Física nem de Química. Só estou falando isso para você compreender como todas as coisas do Universo estão conectadas.

— Ah, bom. Mas vai parar por aí, não vai?

— Deixe de ser chato, está bem? Quer ser ignorante para sempre? Continuando... Se estamos todos conectados, significa que tudo o que acontece é do conhecimento de todos, entende?

— Não.

— É mais ou menos como a internet. Ela está lá, e qualquer um que possua um computador pode acessá-la, não pode?

— Se tiver um modem ou wi-fi...

— Isso mesmo! Viu só como você está compreendendo?

— Eu, hein! — reclamou Fabiano, com uma vozinha aguda e afinada.

— Na verdade, meu amigo, nós somos o computador, e a internet é a consciência divina manifestada pela soma das consciências individuais de cada uma das pessoas que existe, existiu e ainda vai existir. É a sabedoria universal, a mente da divindade, que contém o conhecimento de todas as coisas passadas, presentes e futuras. Quem consegue acessar essa rede alcança a comunhão plena com a consciência cósmica e compreende a razão de todos os acontecimentos da vida, sejam eles bons ou ruins. E é então que percebe a ilusão provocada pelos sentidos e conclui que a candeia capaz de iluminar os caminhos da humanidade é o amor.

— Que coisa linda, Gael! — exprimiu Fabiano, com sinceridade. — Me arrepiei todo, veja. Mas você pode me dizer que fórmula mágica seria essa, que nos permite acessar essa maravilhosa rede de informações divinas?

— Se nós somos o computador e a consciência divina, a rede, o modem só pode ser nosso Eu Superior.

— Ah, é! Já tinha até me esquecido do Eu Superior...

— O Eu Superior é a nossa própria energia, que se liga a uma rede onde estão conectadas todas as energias do Universo. Ele é a nossa luz interior, a porção da inteligência suprema já despertada por nós e que direciona nossas vidas de acordo com nossas necessidades de experienciar, aprender e ascender. Ele é a chama crística, a luz autêntica da divindade.

— Como assim, chama crística? Quer dizer, de Jesus Cristo?

— Não exatamente de Jesus, mas dos ensinamentos deixados por ele. E qual foi o legado de Jesus para nós?

— O amor? — arriscou, após breve reflexão.

— Exatamente. Eu não disse que o amor é a candeia que iluminará os caminhos da humanidade? É através dele que se chega à liberdade e se alcança a verdadeira iluminação. A chama crística está acesa em cada um de nós. Em alguns, é ainda uma pequena fagulha, ao passo que, em outros, assemelha-se a labaredas que resplandecem continuamente. Ela é o lume que desanuvia as sombras do caminho com o fogo dos méritos conquistados.

— Você falou que cada um de nós tem essa chama crística — ele assentiu. — Então, como é que eu não sinto nada?

— Não se trata de sentir, mas de vivenciar. E não basta querer, é preciso agir.

— Como?

— Pela prática do amor, que passa pelo exercício de virtudes, tipo: generosidade, fraternidade, justiça, respeito, honestidade, alegria, humildade, compreensão, verdade, altruísmo, amizade, sinceridade, dignidade, desapego, arrependimento, caridade, confiança, simplicidade e um dos mais importantes, perdão.

— Só isso? — ironizou, de bom humor. — Mas é tão fácil! Não entendo como a maioria não consegue.

— A maioria não consegue porque ainda não sentiu arder aquela pequena centelha dentro do peito.

— E o que desperta essa centelha? Algum evento específico? Um acidente, uma perda, talvez?

— Pode ser. Isso vai depender de cada um, embora o sofrimento atenda melhor à nossa ignorância. Parece que a ficha só cai quando alguma desgraça se abate sobre nós.

— Verdade.

— Mas isso não é uma regra. Qualquer coisa pode acender essa pequenina chama, até um livro, um comercial de televisão, uma novela, um incidente qualquer na rua, tanto faz. Eventos aparentemente insignificantes podem trazer uma mensagem do Eu Superior, que tenta nos alcançar através dos canais disponíveis no mundo.

— Estou impressionado, Gael. Pensei que essas coisas fossem meio místicas, celestiais, sei lá. Não imaginei que a gente pudesse ser tocado dessa forma por um simples comercial de TV, por exemplo.

— Tudo está a serviço de Deus. Os meios de comunicação, a mídia, a própria vida são veículos de transmissão da mensagem divina. Nosso Eu Superior, que atua conforme a sabedoria de Deus, fala por intermédio deles.

— Podemos dizer, então, que essas são faculdades latentes dentro de nós?

— O reino de Deus está dentro de nós, Fabiano, essa é a mais pura verdade. Estamos todos imersos na atmosfera grosseira e viciada do nosso planeta, com a qual sempre nos identificamos, dadas as peculiaridades de nossa trajetória existencial. Viemos da mais primitiva forma de vida, passando por mutações e aperfeiçoamentos, até chegar ao que somos hoje. Amadurecemos física, intelectual e moralmente, mas ainda estamos muito longe da perfeição. Nosso Eu Superior, tolhido pela brutalidade dos séculos passados, permaneceu em silêncio dentro de nós, mas não adormecido. Sempre alerta, fez o que pôde para nos religar ao aspecto divino de nossa essência e nos direcionar pela estrada do bem. Nós, porém, imersos na selvageria, na estupidez, na vaidade e no orgulho, nos fizemos surdos aos conselhos da nossa voz interior. Por isso, ela silenciou, arriscando-se a se manifestar apenas quando percebia que estávamos em condições de ouvir. Daí, fomos aprendendo, nos modificando, melhorando em muitas coisas, até chegar a esse momento, em que o Eu Superior está mais próximo de nós do que nunca, não mais em silêncio, mas apropriando-se dos meios disponíveis no mundo para transmitir a sua mensagem.

— E quem tiver ouvidos de ouvir que ouça, não é mesmo?

— Exatamente, meu caríssimo amigo.

— Espero que o meu Eu Superior esteja ouvindo.

— Vai brincando, vai... Mas agora chega de papo. Estou morto de fome. Esse jantar sai ou não sai?

— Ai, meu Deus, a comida deve ter esfriado! — Fabiano deu um gritinho, levando o dorso da mão à testa. — Só um instante, Gael! E, pelo amor de Deus, não me despeça!

Enquanto Fabiano servia o jantar, Gael o observava. Os hematomas em seu rosto ainda eram visíveis, e ele caminhava meio de lado, o pescoço torto, as costas encurvadas, provavelmente, por causa da dor das pancadas.

— Como estão as costas? — questionou Gael.

— Doloridas — Fabiano respondeu laconicamente.

— Está tomando os remédios? Passou a pomada?

— Estou fazendo tudo direitinho, mamãe, obrigado — zombou.

— Muito bem.

— E agora coma. É uma receita nova que experimentei. Quero sua opinião.

Estava uma delícia, como sempre, e Gael não hesitou em elogiar o desempenho do primo. Após o jantar, Gael recolheu-se. Um banho quente dissiparia as tensões acumuladas ao longo do dia.

Deitado na cama, as pálpebras puseram-se a tombar sobre seus olhos. O sono chegou em segundos, convidando-o a desligar-se das preocupações da matéria. Na primeira piscada, ele quase adormeceu. Teria ferrado no sono imediatamente, não fosse a inesperada lembrança que, timidamente, se infiltrou em seus pensamentos.

O coração de Gael deu mostras de inquietação. Inexplicavelmente, Letícia surgiu em sua mente. Durante um tempo, permitiu que a imagem dela desfilasse por seus pensamentos, ocupando muito mais espaço do que ele, a princípio, imaginaria. De súbito, a silhueta esguia dela foi substituída pela volúpia de Charlote, cujo andar lascivo despertou nele um ardor inopinado. Entre uma e outra, Gael se pegou em uma espécie de encruzilhada. Quanto mais pensava em uma, mais a outra insistia em aparecer, disputando a predominância de seus pensamentos. Até que, por fim, ele se decidiu. Charlote mexia com seus sentidos físicos, no entanto, não fora capaz de provocar nele a inesperada reação da saudade. Letícia, ao contrário, sim.

11

O apartamento às escuras, com todas as janelas fechadas, mantinha uma aura de abafamento difícil de suportar. A decoração medíocre, sem atrativos, dava ao ambiente um ar de estagnação que contribuía ainda mais para o mal-estar de quem entrasse ali. Nada se movia, nenhum som se escutava além de soluços apertados e contidos.

— Charlote?

Ouvindo a voz a seu lado, ela abriu os olhos. A mãe estava sentada na beirada da cama, fitando-a com ternura e compaixão.

— Ai, mãe... — choramingou ela. — O que é que eu faço da minha vida? Estou com tanto medo! E se der tudo errado?

— Você precisa se tratar, minha filha — declarou ela, fitando-a seriamente.

— Por que diz isso? — tornou, desconfiada. — Acha que não sou capaz de lidar com meus problemas?

— Não sei. É você quem está se queixando.

Ela recusou-se a responder. Encarou a mãe com mágoa e apenas murmurou:

— Não tenho dinheiro para pagar um psicólogo.

— Não estou falando de psicólogo. Você precisa de ajuda espiritual.

— Qual é? Só porque vejo um espírito e converso com ele?

— Isso é o de menos, é coisa da mediunidade. O problema, criança, é o que a está corroendo aí dentro.

— Você me prometeu que não me chamaria mais de criança — objetou, irritada. — Meu nome é Charlote!

— Eu sei, desculpe. Mas não mude de assunto, Charlote.

— Não sou psicopata.

— Eu falei isso?

— Não falou, mas pensou.

— Que eu saiba, você é só vidente. Não é capaz de ler pensamentos, ainda mais de espíritos desencarnados.

— Engraçadinha.

— É verdade.

— Me responda uma coisa, mãe — tornou ela, mudando de assunto. — Você teria me amado mais, se eu tivesse nascido diferente?

— Diferente como?

— Você sabe.

— Não sei que bobagem é essa agora. Já não lhe disse mais de mil vezes que amo você de qualquer jeito?

— Mas eu fiz você sofrer.

— Não fez, não. Amor de mãe é incondicional.

Charlote permaneceu pensativa, encarando a mãe de um jeito perscrutador, até que indagou de repente:

— Você acha que é culpa minha meu pai ter abandonado você?

— O quê? É claro que não! Que ideia... Você era só um bebê na minha barriga.

— Mas talvez, se você não tivesse engravidado, ele ainda estivesse com você.

— Se é assim, a culpa é minha, não sua.

— Você gosta mesmo de mim?

— Você sabe que gosto.

— Muito?

— Muito mais do que você imagina, já disse.

— Mas eu sou diferente, sempre fui.

— E daí? Desde quando a gente só ama quem é igual a todo mundo?

— Quando somos diferentes, os outros ou se aproveitam de nós, ou nos desprezam.

Amália não disse nada.

— Eu só queria que alguém me amasse de verdade.

— Eu amo você de verdade.

— Não é a isso que estou me referindo. Queria o amor de um homem, mas tenho medo de ser rejeitada. Pior, de ser humilhada.

— Não sei o que lhe dizer.

— Para completar, estou morrendo de medo de ver mais espíritos — prosseguiu ela, como se falasse sozinha. — Sinto que tem alguém me espreitando, olhando para mim do escuro, do vazio.

— Impressão sua. Não tem ninguém espionando você.

— Tem certeza? — duvidou, fazendo cara de desconfiança. — E essa sensação que tenho de estar sendo observada?

— Não é espírito algum. É a sua consciência.

— Besteira. Minha consciência não é um ser, para que eu possa sentir.

— Engano seu. A consciência é a maior entidade que ronda ao nosso redor. Ela é tão poderosa, que nos dá a impressão de ser alguém sempre à espreita, pronto para avançar sobre nós com lembranças e acusações.

— Minha consciência não tem por que me acusar.

— Por acaso você é santa?

Ela meneou a cabeça, indecisa.

— Porque seria a única pessoa no planeta, não é? Todo mundo carrega a sombra dentro de si. Uns conseguem dominá-la e não permitem que ela tome forma. Outros a ignoram, e há até quem a alimente, e aí, ela se alastra e se derrama sobre pensamentos e sentimentos, transformando tudo numa grande escuridão. E se você não tenta irradiar sobre ela a luz da razão, do discernimento e do perdão, ela acaba ganhando vida e passa a assombrá-la, não por querer a sua ruína, mas para ver se consegue despertar o seu entendimento sobre suas atitudes nocivas. Através da culpa e do medo, ela tenta forçar o reconhecimento de que você precisa assumir tudo o que fez, se arrepender e mudar.

— Por que está me dizendo tudo isso? — especulou Charlote, os olhos anuviados pelas lágrimas represadas. — Nunca ouvi você falar assim.

— Estou aprendendo, querida. E quero que você aprenda também.

— Isso não tem nada a ver comigo...

— Reflita antes de rejeitar.

Para surpresa de Amália, Charlote não resistiu. Algo das palavras da mãe havia penetrado em seu coração, levando-a a pensar antes de repelir o que ouvira.

— Pode me responder a uma pergunta? — sondou Charlote. — Não tem nada a ver com o que você falou.

— Se eu souber...

— Por acaso, estou fazendo mal a você?

— Como assim?

— Outro dia, você disse que precisa cuidar da própria vida e que tem outros compromissos. Estou atrapalhando você?

— Não se trata disso.

— De que se trata, então?

— É só que você pensa demais em mim.

— Porque quero que você venha.

— E eu venho, mas isso não é saudável nem para mim nem para você. Cada uma de nós tem uma vida diferente agora. Temos novas experiências para viver.

— Não sei que tipo de experiência uma morta pode ter.

— Eu não estou morta, e você sabe disso. Do lado de cá, tem toda uma vida pulsando de atividade. Tem muitas coisas que posso fazer.

— Tipo o quê? Perambular pelas sombras com seus amiguinhos esquisitos?

— Já disse que não ando mais com eles.

— Ingrata — Charlote acusou, do nada.

— Acha mesmo isso de mim? Parece que a ingrata aqui é você.

— Mãe! — gritou subitamente, desesperada. — Você está sumindo!

— Estão me chamando. Preciso ir agora.

— Você vai voltar?

Amália não teve tempo de responder, pois esvaneceu diante dos olhos dela, que se desviaram para o espelho preso na parede atrás. Seu rosto a encarou seriamente, dando-lhe uma visão distorcida da realidade que criara para si mesma. Durante alguns segundos, permaneceu estática, avaliando a pessoa ali refletida, que, de repente, lhe pareceu uma estranha.

Para não ser dominada pela raiva, direcionou-a para a personagem oculta por detrás da superfície metálica. Em pouco tempo, toda a angústia vivenciada momentos antes se dissipou. A imagem, que agora lhe sorria ironicamente de dentro do espelho, tornou-se familiar outra vez, tão normal como sempre fora, tão sua como sempre seria.

12

Muito irritada, Charlote apertou o botão que encerrava a chamada do celular. Não aguentava mais Osvaldo telefonando. Agora, como se não bastasse a cobrança do dinheiro, ainda a acusava de tentar matá-lo, como se ela não tivesse lhe dado o remédio que evitou que enfartasse. Antes não o tivesse feito. Com ele morto, seria um problema a menos para resolver. Só que ele não estava morto, e ela precisava devolver o dinheiro que ele lhe adiantara, se quisesse que a deixasse em paz.

O telefone acusou várias mensagens, que ela sabia serem dele. Não se deu nem ao trabalho de conferir. Ia enfiando o celular na bolsa quando ele tocou novamente. A vontade que sentiu foi de atirar longe o aparelho, contudo, podia ser algum cliente, que ela não estava em condições de dispensar.

— Alô? — atendeu ela, sem reconhecer o número na tela.
— Alô? — respondeu o interlocutor. — É a Charlote?
— Ela mesma. Com quem estou falando, por favor?
— Não sei se você se lembra de mim, Charlote. Sou Gael, que você conheceu no outro dia, no restaurante. Lembra-se?

O coração dela deu um salto olímpico, quase superando o recorde de batimentos das próprias emoções. Imagine se ela não se lembraria dele.

— É claro que me lembro — ela respondeu, com uma casualidade convincente. — O delegado, não é?
— Eu mesmo.
— Em que posso ajudá-lo, doutor?
— Sem essa de doutor, está bem?
— Claro, desculpe.
— Tudo bem. Estou ligando porque preciso de seus serviços

Ela quase gritou, tamanha a excitação, mas conseguiu se controlar.
— Não é para mim, mas para meu primo.

— Ah... — fez ela, nitidamente desapontada. — O que é que ele tem?

— Ele levou uma pancada nas costas — explicou, omitindo a surra. — Está com muita dor. Acha que pode ajudá-lo?

— Posso tentar. Gostaria de marcar uma consulta para ele?

— Seria ótimo.

— Quando?

— Pode ser esta noite?

— Esta noite? Não sei. É que costumo encerrar às sete.

— Desculpe por pedir isso, mas você não pode abrir uma exceção? Posso buscá-la onde você quiser e levá-la até lá.

— Você também vai?

— Acho que comentei que ele mora na minha casa.

— Ah, é verdade — tornou ela, com uma exaltação além do razoável. — Se é assim, está certo.

— Onde posso apanhá-la?

— Se você quiser, posso passar na delegacia. Meu último cliente fica perto daí.

— Combinado. Vou aguardar. Muito obrigado, Charlote.

— Não precisa agradecer. É o meu trabalho.

— Até mais, então.

— Até.

Se dependesse de Charlote, ela iria ao encontro de Gael naquele momento mesmo. Precisava, contudo, conter o seu ímpeto. Demonstrar euforia não era nada bom para conquistar alguém. Ou assustava o outro, ou o levava ao esnobismo, e nenhuma dessas possibilidades a interessava.

Ela passou o resto do dia com dificuldade para desempenhar suas tarefas, mas não podia se descuidar. Se o episódio ocorrido com Osvaldo se repetisse, seria um desastre. A verdade é que ela não tinha lá tantos clientes assim. Passava grande parte do tempo vagando pela praia ou pelo shopping, aguardando a hora dos atendimentos, já que havia muitos horários vagos entre um e outro cliente. Às seis horas, naquele dia, já estaria livre, só que não queria que Gael soubesse disso. Preferia valorizar-se, deixando que ele pensasse que ela era muito requisitada.

Assim que Gael desligou o celular, levantou os olhos e deu de cara com Letícia, parada na porta, segurando a maçaneta. Rapidamente, a sensualidade da voz rouca de Charlote foi substituída pelo ar preocupado da oficial.

— Aconteceu alguma coisa? — indagou ele.

— Desculpe incomodar, doutor — falou ela, à beira das lágrimas. — Mas será que posso sair mais cedo? Ligaram do hospital... Minha mãe teve um AVC.

— Nossa, Letícia, sinto muito! Ela está bem?

— Não sei ao certo. Ligaram do trabalho dela e avisaram.

— E seu filho?

— Está na creche. É lá que minha mãe trabalha.

— Tudo bem, pode ir. Espere, vou fazer melhor. Vou levar você até lá.

— Que é isso, doutor?! Não precisa se incomodar — objetou ela, envergonhada.

— Não é incômodo algum. Você trabalha para mim, e costumo me preocupar com meus funcionários. Vamos?

A caminho do hospital, Letícia pouco falava. Chorou durante a maior parte do percurso, emocionando Gael. Parado no sinal, ele a fitava pelo canto do olho. Ela parecia tão frágil, tão sensível, que ele quase não resistiu ao impulso de tomá-la nos braços e beijá-la.

— O sinal abriu — informou ela, já que ele parecia não ter visto a mudança para o verde.

Gael soltou o freio lentamente, acelerando com cautela. Dividia a atenção entre o tráfego e Letícia, doido para puxar assunto. Finalmente, após um longo período de silêncio, ele tomou coragem para indagar:

— Vocês duas moram sozinhas?

— Moramos — foi a resposta lacônica.

— E o pai do menino? Como é mesmo o nome dele?

— Do pai ou do menino?

— Do seu filho, claro.

— É Cauã.

— Bonito nome.

— Obrigada.

— E por onde anda o pai de Cauã?

— Não sei — desabafou ela, após alguns minutos. — Nem quero saber.

— Desculpe se fui indiscreto. Não queria me intrometer na sua vida nem aborrecer você.

Ela permaneceu em silêncio, e ele mudou de assunto:

— Sua mãe é muito idosa?

— Minha mãe tem apenas quarenta e nove anos.

— Muito nova para um AVC, não?

Ela concordou com a cabeça.

— Qual terá sido a causa?

— Não sei, doutor, não entendo nada disso.

— Fora da delegacia, sou apenas o Gael.

Mais uma vez, silêncio.

— É ela quem cuida do seu filho?

— Sim. Minha mãe arranjou uma vaga para ele na creche onde trabalha, de forma que passa todo o tempo com ele.

— Isso é bom, não é?

— É a minha sorte.

— Não se preocupe, Letícia. Ela vai ficar bem.

Ela olhou para ele, sem dizer nada.

— Chegamos.

Felizmente, o salário de Letícia, somado ao da mãe, dava para pagarem um plano de saúde, o que garantiu um bom atendimento num hospital particular. Na recepção, Letícia foi logo perguntando:

— Por favor, gostaria de informações sobre uma paciente que foi internada aqui há pouco tempo. O nome dela é Glória dos Reis.

Após consultar o computador, a atendente informou que a mãe dela se encontrava na UTI, para onde ela correu, seguida por Gael. A porta estava fechada, mas havia uma campainha, que ela pressionou com cuidado. Pouco tempo depois, uma enfermeira apareceu.

— Pois não? — indagou, solícita.

— Por favor, disseram-me que minha mãe está internada aqui. Gostaria de ter notícias dela.

— Qual o nome da sua mãe?

— Glória dos Reis.

— Certo. Vou chamar o médico de plantão.

— Posso entrar para vê-la?

— Não, sinto muito. Mas o médico virá falar com vocês. Só ele pode autorizar sua entrada.

— Obrigada.

Sentaram-se num sofazinho para esperar. Letícia mostrava-se tão nervosa, que Gael chegou a temer que ela passasse mal. Para distraí-la, continuou a conversar:

— Vocês moram aqui mesmo, pela Barra, não é?

— É. Meu pai comprou o apartamento quando eu ainda era bem pequena. Depois que ele morreu, o imóvel foi quitado.

— Seu pai morreu de quê?

— Teve um AVC.

Agora Gael compreendia por que ela estava tão nervosa. Perder ambos os pais para a mesma enfermidade devia ser uma experiência realmente traumática.

— Sinto muito — foi só o que conseguiu dizer.

— Não precisa. É a vida.

— Tem razão.

— Até agora só falamos de mim — observou ela, desviando os olhos da porta da UTI. — Mas e o senhor? É casado? Tem filhos?

— Nem casado nem com filhos. Sou mais um solteirão inveterado.

— Sério? Por quê?

— Porque ainda não encontrei a mulher certa.

Disse isso fitando-a tão profundamente, que ela abaixou os olhos, sem saber ao certo o que pensar. Para sua sorte, o médico apareceu nesse instante, desfazendo o processo de atração que se iniciava imperceptivelmente.

— Doutor? — chamou ela, levantando-se para falar com ele. — O senhor é o médico de plantão?

— Sou eu mesmo. E você é a filha da Glória, não é?

— Como é que ela está? Estou tão aflita!

— Ela está bem. Apenas quero deixá-la em observação um pouco mais.

— Foi mesmo um AVC que ela teve? — indagou Gael.

— Na verdade, foi o que chamamos de isquemia cerebral transitória — esclareceu ele. — É um ataque súbito e passageiro, cujos sintomas se assemelham aos do AVC, o que faz com que seja confundido com ele.

— E isso é muito grave? — Letícia quis saber.

— Não tão grave quanto o verdadeiro AVC, mas grave o suficiente para ser tratado, já que pode evoluir para este.

— E quais são as causas disso?

— Podem ser muitas. No caso da sua mãe, que ainda é jovem, pode ser decorrência do excesso de peso, da hipertensão, dos triglicerídeos e colesterol altos. Ela é fumante?

Letícia negou.

— Bebe?

— Não, doutor, minha mãe não é dada a vícios.

— Melhor assim. De qualquer forma, as causas precisam ser investigadas. Quando ela tiver alta, é bom que procure um neurologista.

— Faremos isso. Posso entrar para vê-la agora?

— Só se prometer não demorar.

— Prometo, doutor. Eu apenas quero vê-la.

— Tudo bem, então. Vou autorizar sua entrada.

Gael aguardou do lado de fora. Quanto mais próximo ficava dela, mais difícil se tornava afastar-se. Nunca havia sentido nada assim. Era uma novidade para o coração dele, algo que ia muito além da paixão, que não se confundia com desejo. Seria o começo do amor?

13

Por muito pouco, Gael não se esqueceu do encontro que havia marcado com Charlote. A permanência no hospital, dando apoio a Letícia, fizera-o perder a noção das horas, envolvendo-o, cada vez mais, na experiência nova de sentir algo além de paixão. Não fosse Fabiano haver ligado para perguntar se podia fazer umas compras, não teria se lembrado dela.

— Algum problema? — indagou Letícia, notando a decepção no olhar dele após deligar o celular.

— Não exatamente. É só que eu havia me esquecido de que marquei com uma massoterapeuta hoje.

— Por quê? Está doente da coluna ou algo assim?

— Não é para mim, é para meu primo, que mora comigo.

— O que ele tem?

Resumidamente, Gael contou a história de Fabiano, da amizade que sentia por ele, do desejo de ajudá-lo. Ouvir o relato dele mexeu profundamente com Letícia. Pela primeira vez, prestou atenção nele como homem, não como delegado. Sentiu uma perturbação inusitada, uma espécie de euforia desconhecida, porém, bastante agradável. Gael não era apenas um homem bonito e gentil. Essas eram características comuns, que ela havia encontrado em muitos outros. O que o diferenciava era a aura de confiança e dignidade que o envolvia, levando-a a sentir-se segura, protegida e respeitada. Sentia estar diante de um homem de verdade.

— Nunca imaginei que você fizesse esse tipo — comentou ela, impressionada.

— Tipo? Não é nada disso — rebateu ele, acanhado. — Você entendeu tudo errado. Fabiano é meu primo e meu amigo, não é meu namorado. Não tenho absolutamente nenhum preconceito, mas não sou gay. É uma questão de preferência. Gosto de mulheres.

Ela não conseguiu segurar uma risada, deixando-o mais envergonhado, ao mesmo tempo em que ele notava como o riso a deixava ainda mais bonita.

— Quem entendeu tudo errado foi você — esclareceu ela, ainda sorrindo. — O que não imaginei é que você fosse do tipo altruísta, sem preconceito, que não se importa com a opinião alheia. Não me passou pela cabeça que você fosse gay, embora eu também não veja nada de mais em quem é.

— Ah... — fez ele, ainda mais sem graça. — Não sei se sou tudo isso. Faço apenas o que meu coração manda.

— Pois então, seu coração é de uma grande bondade, sabia?

— Não costumo pensar sobre isso. Eu só faço o que acho certo.

— É por isso que estou tão admirada. Um delegado assim é coisa rara de se encontrar.

— Talvez você faça uma ideia errônea dos delegados. Somos todos seres humanos, temos sentimentos. Acha que é fácil encarar o dia a dia do crime sem nos comovermos?

— Eu não disse isso. É claro que algumas situações devem comovê-los. Do contrário, delegados não seriam humanos, como você mesmo disse. Refiro-me à frieza que precisam demonstrar justamente para enfrentar essas situações. Já pensou um delegado se desmanchando em lágrimas toda vez que visse um corpo?

— É, isso não pode acontecer. Por mais que nos emocionemos, temos que segurar a barra, não é? Toda autoridade é responsável pelos que estão sob suas ordens, o que não significa apenas mandar. É preciso não só dar o exemplo, como também transmitir confiança e coragem. Qual é o general que abandona a tropa na hora do combate?

— E você faz isso com muita competência, sabia? Estou, realmente, admirada.

— Posso considerar isso um elogio? Ou devo entender que você me acha esquisito?

Ela riu novamente, dessa vez com uma doçura que indicava o rompimento da barreira hierárquica imposta pelos cargos de ambos. Não pareciam mais chefe e subordinada, mas duas pessoas que começavam a se conhecer e se interessar uma pela outra.

— É um elogio — assegurou ela, descontraída.

— Que bom. E agora que você sabe que sou um bom sujeito, podemos sair mais vezes, em outras circunstâncias, claro. O que você acha?

— Não sei — hesitou ela, aproximando-se novamente do respeito à hierarquia. — O senhor é meu chefe.

— Ah, não! Pelo amor de Deus, nós já tínhamos ultrapassado a fase do senhor. De agora em diante, sou seu amigo. Senhor é o delegado que fica lá na delegacia. Aqui fora, sou apenas o Gael.

— Está dando em cima de mim, Gael?

A pergunta dela foi tão direta, que o desconcertou. Ele fez silêncio por alguns segundos, preso ao olhar doce e maroto de Letícia. Depois de um tempo, segurou a mão dela e levou-a aos lábios com ternura.

— Não sei se essa é a definição mais adequada, mas a verdade é que penso em você desde o primeiro dia em que a vi.

— Conversa fiada... — gracejou ela, puxando a mão, assustada.

— Nunca falei tão sério. Não sei explicar, Letícia, mas algo em você mexeu comigo.

— Dá um tempo, Gael!

— Por favor, não se zangue. Desculpe se a aborreci, mas foi você quem puxou o assunto.

— Verdade, fui eu. Mas não esperava essa resposta. Na verdade, perguntei por perguntar.

— E o que você esperava? Que eu mentisse? Pensei que você estivesse perguntando a sério.

— Foi sério, mas não foi... Eu não queria... Isto é, não pensei que você fosse tão direto.

— Sua pergunta foi direta. Merecia uma resposta igualmente direta.

— Eu sei, mas é que você me deixou sem jeito.

— Pois não fique — protestou ele, segurando a mão dela novamente. — E não pense que estou tentando pressionar você. Estou lhe oferecendo a minha amizade. Se algo mais tiver que acontecer entre nós, deixo à vida essa incumbência.

— Você é um homem muito diferente de todos que já conheci.

— Isso é bom ou ruim?

— Ainda não sei. À primeira vista, parece bom, mas só poderei dizer com certeza depois que a vida se incumbir do que tiver que acontecer.

Ele gostou da resposta. Mostrava que ela era inteligente e espirituosa. O coração de Gael havia sido irremediavelmente atingido pelo raio do amor, que cuidava de se alastrar por todo seu corpo, iluminando cada cantinho oculto de seu Ser com a exultação própria de quem se descobre apaixonado.

— Acho que devemos ir — anunciou ele, após lutar consigo mesmo para sair daquela aura de emoção que os envolvia. — Não adianta ficarmos aqui, e eu realmente preciso levar a Charlote lá em casa. Fabiano está cheio de dor, coitado.

— Eu compreendo. E você tem razão. Passamos a tarde inteira aqui sentados, sem poder fazer nada, esperando notícias.

— Que notícias mais você quer ter, Letícia? Sua mãe está bem. Amanhã, se Deus quiser, ela vai para o quarto.

— Tem razão. Acho que podemos ir. Além do mais, tenho que buscar o Cauã na creche.

— Quer que eu vá com você?

— Não precisa. A creche fica perto de onde eu moro.

— Mesmo assim, não custa nada. Você pega o garoto, e eu deixo os dois em casa rapidinho. Já estou atrasado mesmo.

Vencendo a vontade de ficar, Letícia saiu com Gael, convencendo-se de que a mãe estava bem cuidada e fora de perigo. Gael, por sua vez, relutava em afastar-se dela, procurando estender ao máximo a permanência em sua companhia. De volta ao carro, a caminho da creche, Letícia deu uma olhada rápida no relógio e comentou:

— Já passa das sete horas.

— A que horas fecha a creche?

— Às sete, justamente. Depois desse horário, pagamos um acréscimo por cada meia hora de atraso.

— Será que vão cobrar de você?

— Disseram-me que não, que eu não me preocupasse, que ficariam com Cauã até que eu pudesse ir buscá-lo. Minha mãe é muito querida lá, e estão todos bastante preocupados com o estado dela.

— Ainda bem. Assim você pode ficar mais tranquila.

— Sim, mas não quero abusar. E depois, Cauã não está acostumado a ficar sem a avó. Ele só tem três anos.

— É um bebê ainda.

— Mas é muito esperto para a idade dele.

— Imagino que sim.

— Não seria melhor você ligar para a massoterapeuta?

— Vou enviar uma mensagem pelo WhatsApp para ela, rapidinho. É só a gente parar.

— Já estamos chegando. Fica logo depois daquela esquina.

— Pronto — disse ele, freando o carro em frente à creche, onde já não havia mais nenhum movimento.

— Se quiser, pode ir. Daqui até em casa é só um pulinho.

— Está perdendo seu tempo e o meu, Letícia. Vá logo buscar o menino. Vou deixar os dois em casa, em segurança.

— O nome dele é Cauã — lembrou ela.

— Eu sei. Não vou me esquecer, pode deixar.

Letícia bateu a porta do carro, correndo para tocar a campainha da casa onde funcionava a creche. O portão se abriu, e ela sumiu lá dentro. Gael então aproveitou-se para mandar uma breve mensagem para Charlote, informando que estava atrasado.

Pouco depois, Letícia voltou com o filho no colo. Abriu a porta de trás e o acomodou no banco, prendendo-o com o cinto de segurança. Pelo retrovisor, Gael acompanhava o trabalho dela, procurando ver o rosto da criança. Virou um pouco o espelho, até que os olhos do menino cruzaram com os seus.

— Oi — falou ele, numa vozinha alegre, apesar de um pouco tímida.

— Oi, Cauã — respondeu Gael. — Tudo bem com você?

Ele assentiu, ainda preso ao olhar do delegado. Não desviou nem quando a mãe fechou a porta de trás e sentou-se ao lado de Gael.

— Esse é o amigo da mamãe, de quem lhe falei — informou ela. — É o Doutor Gael.

— Que doutor o quê, Letícia! — protestou ele. — Onde já se viu ensinar essa baboseira de formalidades ao menino? Sou o Gael, Cauã, e estou muito feliz em conhecer você.

— Cadê a vovó? — tornou ele, sem saber se havia entendido bem as palavras do novo amigo.

— Ela está no hospital, mas está bem — esclareceu Letícia.

— É onde tem gente morta? — questionou ele.

— Não. Onde tem gente morta é no cemitério.

Ainda sem entender muito bem, Cauã voltou o rosto para a janela. Gael olhou-o pelo espelho com curiosidade e admiração.

— Como é que uma criança de três anos faz uma pergunta dessa? — indagou ele, sem ocultar a perplexidade.

— Cauã é muito inteligente. Acho que a maioria das crianças, hoje em dia, é assim. Nasce sabendo tudo.

— Verdade.

O menino causou agradável impressão em Gael, assim como este despertara a curiosidade de Cauã. Uma simpatia mútua nasceu naquele breve encontro, que até Letícia percebeu. Desde que o antigo namorado a abandonara grávida, Letícia dissera a si mesma que não se envolveria mais com homem algum. O filho era sua prioridade e continuaria sendo. Contudo, não podia tentar enganar seu coração, que se derretia todo por Gael.

Sentindo a mesma coisa, o delegado experimentava uma felicidade indescritível, tão nova que parecia impossível de existir. Queria retardar a marcha do carro, mas o compromisso com Charlote o impedia. Ela não apenas devolvera a mensagem, como ligara várias vezes, sem que ele atendesse nenhuma. Pensou em desmarcar, mas achou que não seria justo.

Vencendo a decepção por ser obrigado a separar-se de Letícia, e agora também do filho dela, Gael parou o carro na porta do prédio onde ela morava. Depois, procurou afastar os pensamentos e seguiu ao encontro de Charlote, rezando para não a encontrar muito aborrecida.

14

Tão logo Gael se aproximou da delegacia, Charlote surgiu em seu campo de visão, parada perto da entrada, batendo o pé com impaciência. Ele parou defronte a ela e saltou. Quando o viu, ela tentou disfarçar o mau humor, embora não obtivesse sucesso na dissimulação da voz, que soou um pouco irritada.

— Você se esqueceu do nosso encontro? — tornou ela, em tom acusador, que ele imediatamente registrou.

— Você não leu minha mensagem? — rebateu, sentindo leve mal-estar. — Tive uma emergência. A mãe de uma amiga teve um derrame, e passei a tarde toda no hospital.

Não era preciso dizer que ele não conhecia Glória pessoalmente e que a razão de ele ter ficado no hospital fora porque estava apaixonado pela filha dela.

— Li sua mensagem, mas ela só dizia que você iria se atrasar. Não explicou o motivo.

— Desculpe, Charlote, é que foi uma coisa inesperada, um imprevisto. Nem deu para escrever direito.

— Tudo bem, eu é que peço desculpas. E a mãe de sua amiga está bem?

— Está, obrigado. Na verdade, não foi um derrame, mas uma isquemia cerebral transitória. Sabe o que é?

— Sei — mentiu, para evitar ter que ouvir as explicações dele. — Menos mal.

— Pois é. Pode me dar só um minuto? Preciso avisar que estou indo embora.

— Está bem.

Apesar da irritação, ela assentiu com a aparência mais casual que pôde. Em poucos minutos, ele reapareceu, o paletó jogado nas costas. Sorriu para ela, que o acompanhou até o carro. Ele retirou das mãos dela a maca dobrável e colocou-a na mala do carro. Em seguida, abriu a porta do lado do carona, do jeito que só um verdadeiro *gentleman* faria.

— Pode me adiantar o estado do seu primo? — indagou ela, depois que o carro já percorria as ruas movimentadas na hora do *rush*.

— Ele está sentindo muita dor nas costas e no pescoço. Levou uma pancada e está tomando analgésicos, o que me preocupa. Sei que muita gente abusa de remédios para controlar a dor e acaba se viciando. Não quero que isso aconteça com Fabiano.

— Muito justa a sua preocupação. Mas que tipo de pancada ele levou? Ele caiu? Bateu com as costas em algum lugar? Foi acidente de carro?

Gael fixou os olhos no percurso, acabrunhado. Estranhamente, não sentiu vontade de contar a Charlote a respeito de Fabiano. Agora percebia o quanto ela era diferente de Letícia. Considerava Letícia uma pessoa digna de confiança, ao passo que a energia contida nas palavras de Charlote vinha carregada de boa dose de falsidade.

— Não sei dizer, Charlote — foi a resposta seca.

Dali em diante, Gael se calou. Toda a sensualidade que ele captara ao conhecê-la, de uma hora para outra, havia desaparecido, e ele notou nela algo de escorregadio, de ardiloso, de falso. Intimamente, recriminou a si mesmo, embora se conhecesse o bastante para saber que aquela antipatia podia ser sinal de que ele se encontrava diante de uma alma perturbada espiritualmente.

— O trânsito é horrível a essa hora — comentou ela, na esperança de puxar assunto.

— Verdade.

— Você faz esse percurso todos os dias?

— Faço.

— É cansativo, não é?

— Bastante. Mas a gente se acostuma. — falou sem interesse, voltando em seguida ao mutismo.

Charlote procurava um meio de puxar conversa novamente, contudo, ele não parecia disposto a falar. Ela reclamou um pouco mais do tráfego, depois falou sobre o tempo, a beleza da floresta que ladeava a estrada, o céu estrelado, as árvores. A tudo isso, Gael apenas acenava em concordância, sem demonstrar o menor interesse.

Finalmente, ela resolveu se revelar. Achava que a massagem era apenas uma desculpa de Gael para vê-la novamente, mas ele se comportava como se ela fosse uma estranha ou, no mínimo, uma profissional impessoalmente contratada. Charlote não fazia o tipo resignada, portanto, resolveu esclarecer as coisas de uma vez. Agindo como se fossem amantes ou namorados, ela pousou a mão levemente na coxa dele e procurou seus olhos, mas não os encontrou. O contato dela causou inesperado tremor em Gael, que ela interpretou como prazer, enquanto ele o atribuía à indignação e à repulsa.

— Você está estranho — observou ela, acariciando a perna dele. — Fiz alguma coisa de que você não gostou?

— Não — replicou, afastando a mão dela com gentileza. — A gente mal se conhece.

— Mas quando nos conhecemos, você estava muito diferente. Parecia até outra pessoa.

— Impressão sua.

— Será mesmo? — continuou ela, dessa vez pondo a mão bem perto de suas partes íntimas. — Naquele dia, você pareceu bem interessado em mim. Estou enganada? Não foi por isso que me ligou?

— Por favor, não leve as coisas para esse lado — protestou ele, retirando a mão dela novamente. — Liguei para você porque preciso de seus serviços profissionais.

— Não acredito em você — objetou ela, arriscando nova investida. — Sei quando um homem está interessado em mim. Vai negar?

— Por favor, Charlote, contenha-se — exigiu ele, dando um safanão na mão dela. — E vamos esclarecer as coisas. Não nego que você é uma mulher linda, interessante, sensual. Pode ser que, naquele dia, eu tenha prestado atenção em você, mas foi só isso. Agora passou. Não é nada pessoal, mas não estou a fim de você.

— Não está a fim de mim?

A voz dela soou em um timbre agressivo, que ela sequer procurou disfarçar. Os músculos de sua face se contraíram, nela emoldurando um esgar que delatava o rancor. Gael compreendia que Charlote estivesse frustrada, com raiva até, mas não podia fazer nada. Não era homem de mentir nem inventar desculpas. Preferia não ter dito nada, mas se ela insistia em saber, restava-lhe apenas falar a verdade, da forma menos impactante possível.

— Sinto muito — desculpou-se, com sinceridade. — Acho que não foi uma boa ideia ter ligado para você. Melhor levá-la para casa.

— De jeito nenhum! — protestou ela, com veemência. — Acima de tudo, sou uma profissional. Vim até aqui para atender o seu primo e é o que farei, independentemente do que haja entre nós.

— Não há nada entre nós.

— Que seja.

— Não sei se seria uma boa ideia, Charlote — insistiu ele, realmente arrependido do chamado apressado. — Fui precipitado, mas é que nem de longe passou pela minha cabeça que você fosse confundir as coisas. Perdoe-me.

— Você está me ofendendo. Posso ter interpretado mal os seus sinais e me confundido, mas eu sei muito bem separar o lado profissional do pessoal.

— Não duvido disso, mas é melhor a gente evitar mais mal-entendidos no futuro.

— Por favor, não faça isso. — suplicou. — Eu preciso do dinheiro...

O apelo dela comoveu Gael, que tinha um bom coração e não gostava de ver ninguém sofrer. Nesse exato momento, chegaram ao elegante prédio onde ele morava, numa área residencial no bairro da Tijuca. Charlote procurou não demonstrar admiração pelo edifício, luxuoso segundo seus padrões, e abaixou a cabeça, à espera de uma resposta.

— Tudo bem — concordou Gael, por fim. — Vamos esquecer esse assunto, o.k.?

Ela simplesmente anuiu com a cabeça, embora, em seu íntimo, uma espécie de revolta começasse a despontar. Sentiu que deveria dizer algo, contudo, nada lhe veio à cabeça, e ela preferiu silenciar. Subiram no elevador sem trocar uma palavra, para desconforto de ambos, que se mantiveram taciturnos, cada um à sua maneira.

15

Como de costume, o cheirinho gostoso de comida foi a primeira coisa que chegou até eles quando Gael abriu a porta. Envolvida pelo aroma agradável, Charlote pisou na sala, procurando manter uma atitude profissional. Gael pousou a maca ao lado dela, que observava a decoração lindíssima e a arrumação impecável com a maior discrição.

A sala estava vazia. Na televisão, *A garota dinamarquesa* rodava para ninguém. Fabiano devia estar em casa, assistindo àquele filme pela milésima vez. Talvez estivesse na cozinha, dando os últimos retoques no jantar.

— Fabiano, cadê você? — Gael chamou, dirigindo-se para a cozinha.

— Estou aqui, Gael — respondeu ele, levantando parcialmente o tronco e espiando por cima do encosto do sofá, que ficava diante da TV. — Minhas costas estão doendo um pouco e... Ah! Oi — concluiu sem jeito, ao dar de cara com Charlote.

— Trouxe alguém para cuidar de você — avisou o delegado, fazendo sinal para que a moça se aproximasse. — Esta é a Charlote, a massoterapeuta de quem lhe falei.

— Você faz milagres? — perguntou Fabiano, com uma careta de dor.

— Dizem que minha massagem é milagrosa, sim — ponderou ela, encarando-o com ar gentil. — Gostaria de experimentar?

— Qualquer coisa para parar de doer. Ou então, vou tomar outro analgésico.

— Não precisa! — Gael objetou com rapidez. — Charlote vai dar um jeito em você.

— Tomara.

— Onde posso montar minha maca? — indagou ela.

— Pode ser lá no escritório — sugeriu Gael. — É mais reservado.

— Não quer jantar primeiro? — tornou Fabiano. — Enquanto está tudo quentinho?

— Depois. Primeiro, vamos cuidar de você.

Gael deixou Charlote no escritório e pediu licença para ausentar-se, alegando que precisava ir ao banheiro. O que queria, de fato, era afastar-se dela por alguns instantes. O episódio de havia pouco o deixara extremamente contrariado. Tinha certeza de que o flerte do outro dia não fora suficientemente significativo para deixar nela uma impressão tão equivocada sobre seus interesses. Ela estava exagerando. Mais do que isso, a reação dela fora sem propósito, quase destemperada. Ela tentara disfarçar, contudo, ele possuía sensibilidade suficiente para detectar os sinais do desequilíbrio. Agora se arrependia de tê-la contactado e esperava que Fabiano não se interessasse em fazer o tratamento com ela. Ele pagaria pelo seu tempo e a dispensaria. No dia seguinte trataria de arrumar outra profissional, o que não deveria ser difícil.

No cômodo ao lado, Charlote também divagava em suas reflexões. Alguma coisa devia ter acontecido para provocar a súbita mudança de Gael. Não lhe parecia provável que um homem tão interessado num dia, no outro, se comportasse feito uma panela de pressão vazia: sem calor e sem ebulição.

Foi apenas quando Fabiano surgiu na porta que ela entendeu tudo. No escuro da sala, não pôde reparar direito na aparência dele. Na claridade do escritório, notou as sobrancelhas feitas, os pequeninos seios despontando por debaixo da blusa, as unhas pintadas de vermelho. Bem que ela percebera algo estranho no tom de voz dele, que soava um pouco mais agudo do que o normal. Na hora, não se dera conta, mas agora percebia o quanto Fabiano era efeminado. Uma repulsa revirou levemente seu estômago, ao mesmo tempo em que um ódio surdo crescia em seu coração.

Agora compreendia a súbita mudança de Gael. Ou talvez não fosse propriamente uma mudança, mas o desvelamento de uma ilusão que sua estampa viril e atraente provocara nos olhos dela. O delegado não a havia paquerado no restaurante. Estava apenas sendo gentil. No carro, porém, percebera o interesse dela e se retraíra, deixando que a frieza se incumbisse de afastar qualquer intenção amorosa que viesse da parte dela. Sim, devia ser isso. Só podia ser isso. Ou será que não? Ela podia estar enganada.

Enquanto se perdia nas próprias divagações, Fabiano saltou para cima da maca, soltando gemidos fininhos de dor.

— Já posso me deitar? — indagou ele, com o que ela considerou uma voz de bichinha irritante.

— Já sim, meu bem — respondeu ela, tão falsamente quanto conseguiu.

— Ai, Charlote, dói tudo. Desde o pescoço até aqui, ó... — Ele foi percorrendo as costas com a ponta do dedo, aumentando ainda mais a aversão de Charlote. — Não aguento mais. Até que Gael deu uma dentro, chamando você para me fazer umas massagens.

— Gael é muito seu amigo, não é? — ela viu-se perguntando, enquanto trabalhava nas costas dele.

— O melhor! — exclamou ele, com exultação, quase um endeusamento. — E sem exigir nada em troca.

— Natural, não é? Visto que vocês são tão... íntimos.

A malícia revelou-se no subterfúgio das palavras. Charlote foi propositalmente ardilosa, sarcástica, mordaz. Atirou segundas intenções na frase inteira, a fim de testar a reação de Fabiano. Se ele não fosse tão burro quanto ela pensava, talvez alcançasse o sentido da artimanha e deixasse escapar algum comentário revelador. Ou não. De qualquer forma, o silêncio poderia ser mais útil do que qualquer revelação. Fabiano não tinha nada de burro. De ingênuo, sim, mas a estupidez não era uma de suas características.

— Você acha que Gael e eu temos um caso? — reagiu indignado, erguendo o corpo e apoiando-o nos cotovelos.

— Não acho nada. Não é problema meu.

Inesperadamente, ele desatou a rir, despertando nela a costumeira ira. Antes que ela protestasse com zanga, ele se adiantou e esclareceu:

— Bem podia ser, não é? E é o que muita gente pensa, sabia? As pessoas não estão acostumadas à bondade, ao respeito e à amizade entre um veado e um hétero. Pois, para seu governo, Gael é muito macho, só que não é preconceituoso. Ele me acolheu e cuida de mim. Eu, de minha parte, amo-o de verdade, mas como se fosse meu irmão, nada mais do que isso.

— Me desculpe, Fabiano, não quis ser indiscreta — afirmou ela, lutando contra a vontade de dar pulinhos de alegria.

— Não esquenta com isso, meu bem. Já estou acostumado. No começo, sentia-me mal por Gael, não queria que as pessoas o julgassem uma coisa que ele não é. Mas ele mesmo me fez ver que isso é besteira. As pessoas sempre vão pensar alguma coisa de alguém, você não acha?

— Acho... acho, sim.

— Pois é. Mas com Gael não tem isso, não. Ele não liga a mínima para a maledicência alheia. E não perde tempo se incomodando com o que o outro faz da vida dele. Gael é o tipo de sujeito que não põe etiqueta nas pessoas. Para ele, todo mundo é gente, e ponto-final.

— Tem razão.

— E você, Charlote? Tem preconceito contra gays?

— Quem, eu? É claro que não, Fabiano. Não sou homofóbica nem nada parecido. Concordo com Gael. Cada um tem o direito de fazer o que quiser da própria vida.

— Desde que não prejudique ninguém, não é? Gael sempre diz isso.

— Ele está certo.

— Ui! — gritou ele, de um jeito afetado que a espantou.

— Está doendo?

— Bastante.

— Desculpe.

— Você tem as mãos ótimas, Charlote — elogiou ele, sentindo a dor diminuir cada vez que ela o tocava. — Acho que nunca me senti tão bem.

— Obrigada.

— Ai... Isso é tão bom...

— Por que não fecha os olhos e tenta relaxar?

— Boa ideia.

De olhos fechados, Fabiano soltava gemidinhos abafados, enquanto ela deslizava os dedos sobre suas costas doloridas. Realmente, Charlote fazia mágica com a massagem. Quanto mais ela o tocava, mais a tensão se abrandava. Em silêncio, ela fazia seu trabalho mecanicamente, a todo instante olhando para a porta, na esperança de que Gael aparecesse. Queria tanto vê-lo que se demorou mais do que o normal, para felicidade de Fabiano, que acabou adormecendo. Por fim, convencendo-se de que ele não viria, e dado o adiantado da hora, cutucou Fabiano, para despertá-lo, e deu por encerrada a sessão.

— Acabou? — lamentou Fabiano, abrindo os olhos preguiçosamente. — Mas estava tão bom!

— Estamos aqui há tanto tempo, que você pegou no sono — informou ela, dando um empurrãozinho de leve, para ajudá-lo a se levantar. — Mas já passou da minha hora.

— Meu Deus! — exclamou ele, olhando o relógio de parede. — Já são quase onze horas! Dormi que nem um bebezinho.

— Sinal de que o resultado foi bom. Não foi?

— Se foi bom? Foi maravilhoso!

Subitamente, Gael cruzou a porta, fazendo disparar o coração de Charlote.

— Já estava me perguntando se essa sessão não ia acabar mais — comentou ele, forçando um gracejo.

— Ai, Gael, ela é maravilhosa! — comentou Fabiano. — Estou encantada... encantado!

— Obrigada, querido — disse ela, sem tirar os olhos do delegado.

— Você vai voltar mais vezes, não vai? — continuou ele, ainda em êxtase.

— Se você quiser...

— É claro que quero!

— Que bom que Fabiano gostou do meu trabalho — disse ela. — Mas agora tenho que ir.

Saber que Charlote pretendia voltar não agradou muito a Gael. Embora reconhecesse que fora ele mesmo quem a introduzira em sua casa, não queria vê-la mais ali. No entanto, não viu meios de impedir que ela retornasse, ainda mais porque a massagem dela fizera bem a Fabiano.

Sem lhe dar muita conversa, ele pagou pelo serviço e colocou uma importância a mais, para que ela pegasse um táxi. Apesar de tudo, não queria que Charlote fosse assaltada nem morta. Queria apenas se livrar dela e da sensação amarga de que a presença dela não traria bons fluidos a suas vidas.

16

A internação de Glória não levou mais do que dois dias, para alívio de Letícia, que não desgrudava dela um minuto, ignorando as objeções da mãe.

— Estou bem, Letícia — protestou ela, recusando a ajuda da filha para se levantar da cama. — Não foi nada de mais.

— Pode até ser, mas é melhor não facilitar. Não quer sair daqui?

— Não vejo a hora.

— Pois então, sente-se logo nessa cadeira e vamos embora.

— Posso caminhar com minhas próprias pernas.

— Lamento, senhora, mas é norma do hospital — informou o maqueiro.

— Está bem — concordou Glória, soltando um contrariado suspiro de resignação.

O rapaz ia empurrando a cadeira de rodas à frente de Letícia, que aproveitou para apanhar o celular. Falou baixinho ao aparelho, para que a mãe não escutasse, e desligou em seguida. Na porta do hospital, Glória se levantou, agradeceu e já ia pisando o primeiro degrau da escada, louca para sair dali, quando um SUV prateado bloqueou sua passagem. Do carro parado, saltou um homem que, segundo a opinião de Glória, devia ser o mais bonito que já vira em toda sua vida. Ela pensou em dizer alguma coisa sobre o modo como ele havia parado, mas não teve tempo. O rapaz sorriu para ela, causando-lhe enorme espanto. Mais ainda ela se espantou quando a filha se adiantou e tratou de apresentá-los:

— Mãe, esse é o delegado Gael, meu chefe.

— Muito prazer, Dona Glória — cumprimentou ele, estendendo-lhe a mão, que ela apertou, muda ante a surpresa.

— O que foi, mãe? — tornou Letícia, bem-humorada. — Perdeu a língua ou a educação?

— Desculpe — exprimiu Glória, envergonhada. — Como vai, doutor?

— Bem. E, pelo visto, a senhora também está ótima.

— Pode não me chamar de senhora? Faz com que eu me sinta mais velha do que realmente sou.

— Só se prometer não me chamar de doutor — rebateu ele, com um sorriso encantador.

— Combinado.

— Então vamos? — chamou Letícia. — Ou mudou de ideia e quer ficar aqui?

— Deus me livre!

Sentada no banco de trás, Glória observava a filha e o delegado, agora substituindo a surpresa do primeiro momento por uma esperança que pensara haver desistido de sentir. Fazia tempo que ela insistia para que a filha arrumasse alguém, mas Letícia permanecia irredutível. Depois que o crápula do ex-namorado a abandonara grávida, dizia não querer mais saber de homem em sua vida. Aquela resolução, porém, parecia começar a dissolver-se. O jeito como Gael olhava para a filha e o olhar que ela lhe devolvia eram claros sinais de que um sentimento maior nascia entre eles.

Em casa, as duas subiram juntas, enquanto Gael retornava à delegacia. Letícia acomodaria a mãe e depois seguiria para lá, embora ele tivesse insistido para que ela tirasse o dia de folga.

— Vocês estão namorando? — indagou Glória, com curiosidade.

— É claro que não, mãe! — objetou ela, rápido demais. — Ele só foi me fazer um favor.

— Um favor, sei. Na minha época, isso tinha outro nome.

— Não quero nem saber que nome era. Ele é meu chefe, não podemos namorar.

— Parece que não é isso que ele pensa.

— Como é que sabe o que ele pensa, hein?

— É só olhar para a cara dele. É óbvio que está apaixonado.

— Você acha isso mesmo?

— Não tenho a menor dúvida, assim como você também não tem, embora esteja com medo de aceitar.

— Pode ser...

— Pois eu não perderia essa chance. Ele me parece um rapaz sério.

— É sim. E muito competente também.

— Você já gosta dele, Letícia. Arrisque. Permita-se experienciar.

— E se eu me der mal de novo?

— Não creio, mas se isso acontecer, é a vida. Você não pode deixar que o medo a impeça de viver. Está na hora de enfrentar o passado e dar a si mesma a chance de ser feliz.

— Você tem razão, como sempre.

— Ele já conheceu o Cauã?

— Já, e os dois se deram superbem.

— Isso é o mais importante de tudo. Não desperdice essa oportunidade. Pode ser que você não tenha outra.

— Eu sei e acho que vou deixar rolar. Seja o que Deus quiser.

— Deus sempre quer o melhor. E acho que Ele enviou esse rapaz porque é o melhor para você.

— Você simpatizou mesmo com ele, não?

— Não é apenas isso. Tem algo nele que inspira confiança. Sinto que ele é sincero, honesto, uma pessoa de bem.

— Sem contar que é lindo, não é?

— Isso também. Beleza não é importante, mas não atrapalha, né?

— Nem um pouco. E agora, mãe, se você estiver se sentindo bem, vou voltar ao trabalho.

— Vá. Não se preocupe comigo, estou ótima. E o Cauã?

— Eu mesma irei buscá-lo na creche. Fique aqui e descanse.

Enquanto caminhava, Letícia refletia sobre a conversa que tivera com a mãe, tentando decifrar seus próprios sentimentos. Não podia fingir que não percebera o interesse de Gael nem mentiria para si mesma, dizendo que isso não mexera com ela.

Encontrou-o sentado à mesa, trocando ideias com Laureano sobre o crime do cemitério. Assim que a viu chegar, ele praticamente se desligou da conversa, fixando nela toda sua atenção. Se Laureano percebeu, foi discreto o suficiente para não dizer nada. Apanhou os relatórios que levara para mostrar ao delegado e voltou para sua mesa.

— E então? — perguntou Gael, logo que a porta se fechou. — Sua mãe ficou bem?

— Ela está ótima, doutor. Queria muito lhe agradecer por tudo o que tem feito por nós.

— Não creio que andar de carro por aí seja fazer muita coisa. Qualquer amigo, no meu lugar, teria feito o mesmo.

— Amigo, é?

A pergunta soou mais do que estranha. Vinha acompanhada de uma entonação duvidosa, uma insinuação que desconcertou Gael, acostumado a ser o autor das afirmações diretas. Mesmo assim, gostou do que ouviu. Se buscava pretextos para ficar perto de Letícia, aquela era sua melhor chance.

— Amizade é o começo de tudo — considerou ele, prendendo o olhar dela. — Não impede que exista algo mais.

— E existe algo mais? — retrucou Letícia, dando corda ao galanteio.

— Depende.

— De quê?

— De você.

— De mim?

— Sim, de você, porque, de minha parte, esse algo mais já existe desde a primeira vez que a vi.

Agora, quem se desconcertou foi ela. Seria tolice fingir-se de desentendida. Ela não era burra nem ingênua, sabia muito bem do que ele estava falando.

— Não sei o que dizer — confessou ela, um pouco acanhada.

— Pois eu sei. Diga que aceita jantar comigo esta noite.

— Esta noite? Mas e a minha mãe?

— Não está pensando em levá-la junto, está?

— Não se trata disso — revidou, sorrindo. — É que ela acabou de sair do hospital.

— Você não disse que ela está bem?

— Sim, mas não sei se está tão bem a ponto de ficar sozinha, ainda mais com Cauã.

Ele levantou o fone do gancho e estendeu-o para Letícia.

— Ligue para ela — pediu, quase ordenou.

— O quê?

— Ligue para ela e pergunte. Se ela disser que não se sente bem nem segura para ficar sozinha com Cauã, então, serei o primeiro a desistir... por ora.

— Não precisa — objetou ela, vencida. — Sei o que ela vai dizer.

— Vai dizer que está tudo bem e que você não deve deixar escapar o homem mais lindo e mais interessante que já conheceu.

— Que convencido! — exclamou ela, abrindo largo sorriso.

— Sou mesmo, não sou? Estou me espelhando em você.

— Como assim? Não sou convencida.

— Não, mas é a mulher mais linda e mais interessante que já conheci.

Mais uma vez desconcertada, Letícia abaixou os olhos, sem saber o que responder àquele elogio. Espirituoso e rápido no raciocínio, ele possuía respostas inteligentes para tudo o que ela dizia.

— Então? — Gael prosseguiu, encantado com o embaraço provocado nela. — Aceita jantar comigo?

— Aceito — disse ela prontamente. — A que horas?

— Às oito, está bem?

— Para mim, está ótimo. Mas vai dar tempo de você passar em casa?

— Não. Vou ficar trabalhando até a hora de ir, a não ser que você ache que estou sujo e malvestido. Juro que tomei banho hoje cedo.

— Acredito. Vou voltar para a minha mesa. Mais tarde a gente se vê.

— O.k.

Foi difícil, para não dizer, impossível, Gael se concentrar no trabalho novamente, porque Letícia se sobrepunha a todas as suas preocupações. Mesmo assim, esforçou-se para achar concentração. Aos poucos, a mente foi encontrando o foco, atraída pelo pendor natural que ele tinha para tentar solucionar os crimes.

Alguns casos haviam passado para sua responsabilidade, porém, o que mais o intrigava era o do cadáver esquartejado no cemitério. Ainda esperava o resultado do teste de DNA feito na gota de sangue encontrada na sepultura. Ligara várias vezes cobrando, mas a perícia andava assoberbada. Não tinha jeito, a não ser esperar.

O que ele sabia até agora era que a vítima se chamava Ney Ramos da Silva Cabral, tinha quarenta e sete anos e era natural de Porto Velho, Rondônia. Desempregado, chegara ao Rio de Janeiro fazia quatro meses e estava morando numa pensãozinha barata na Lapa. Ninguém o conhecia nem mantinha qualquer relação com ele. Parece que o homem não tinha amigos nem se dera ao trabalho de procurar emprego.

A dona da pensão informou que ele pagava por semana, em dinheiro, e não criava caso. Parecia um homem pacato, não bebia, não levava mulheres ao quarto nem se envolvia com pessoas suspeitas. Ao menos, ela nunca havia visto nada parecido. Ele simplesmente entrava e saía sem conversar com ninguém. No máximo, dava bom-dia e passava reto.

O sujeito não levava dinheiro na carteira. Provavelmente, havia sido roubado, o que poderia, a princípio, sugerir a hipótese de latrocínio. Mas ele ainda acreditava que um ladrão não perderia tempo esquartejando o corpo, para depois o atirar na sepultura de um indigente, por causa de uns míseros trocados. Ney não parecia o tipo de sujeito que andasse com muito dinheiro, e talvez não valessem a pena o esforço e o risco.

O dado mais relevante, até aquele momento, viera dos números de telefone achados em sua carteira, de prostitutas e michês, com quem ele se encontrara apenas pelo sexo. As pessoas em si não eram importantes, já que mal conheciam a vítima. Mas o fato de Ney gostar de se divertir tanto com mulheres como com homens podia indicar um crime movido por raiva, ciúme, preconceito e tantos outros sentimentos de origem passional ou vingativa.

Fora isso, nada mais fora recuperado, sequer um celular. Ou Ney não possuía nenhum ou, o que era mais provável, o assassino o levara. Gael descobrira o endereço dele em Porto Velho, mas ainda estava aguardando contato da polícia de lá, a quem pedira que o auxiliasse nas investigações. Além disso, não tinha nada.

17

Sempre que as coisas não saíam como Charlote planejava, ela se enfurecia. Da fúria, nascia a revolta, logo passando ao descontrole. Se Gael soubesse o que ela se obrigava a tolerar só para aproximar-se dele, não a rejeitaria daquele jeito. Ao telefone, ele dissera que não poderia levá-la a sua casa naquele dia porque tinha um compromisso para a noite. Que compromisso seria mais importante do que o bem-estar do primo boiola?

Mordendo-se de raiva, lutou contra a gana de arremessar o aparelho contra o primeiro carro que passasse. Não podia ficar sem celular agora. Precisava muito dele e não tinha dinheiro para comprar outro. A campainha estridente soou de súbito, fazendo redobrar sua ira. Na tela, iluminou-se um número desconhecido, que ela atendeu, na esperança de que fosse Gael.

— Charlote?

Imediatamente, ela reconheceu a voz de Osvaldo, maldizendo-se por haver atendido. Mas também, como iria saber que era aquele estrupício? Pelo visto, não adiantara nada bloquear o número dele, já que ele encontrara um jeito de ligar para ela de outro telefone.

— Deixe-me em paz, velho idiota! — rugiu ela, irritada porque ele a havia enganado.

— Assassina — ela o ouviu dizer, antes de desligar. — Você quase me matou. Quero o meu dinheiro.

Não aguentava mais as acusações e as cobranças de Osvaldo. Tremendo de ódio, bloqueou aquele número também, assim como faria com qualquer outro do qual ele ligasse. A fim de acalmar-se, entrou no primeiro bar que viu e pediu uma água mineral. Enquanto bebia, pensava na atitude que deveria tomar para forçar um encontro com Gael. Ir à delegacia não lhe pareceu prudente. Corria o risco de ele perceber o excessivo interesse dela e se afastar. O jeito era fazer o que sempre fazia.

Passou a tarde perambulando pelos arredores da delegacia, aguardando o horário de o delegado sair. Sem saber que ele fazia hora para encontrar-se com Letícia, Charlote ia cedendo à irritação, espumando de raiva cada vez que a porta se abria e por ela passava outra pessoa. Quando o celular tocou novamente, ela chegou a agarrá-lo, para atirá-lo longe, pensando que Osvaldo estaria telefonando novamente. Mas, ao passar os olhos rapidamente pela tela, viu que a ligação era de Fabiano. Na mesma hora, mudou não apenas de atitude, como também de ideia.

— Alô, Fabiano — ela atendeu, num simulacro de gentileza.

— Você não vem? — indagou ele, com pressa.

— Vou sim. Me atrasei porque fiquei esperando Gael, mas nada de ele aparecer.

— Ih! Não conte com Gael. Ele tem um encontro com uma garota hoje.

Um mergulho sem roupa no mar da Sibéria não teria provocado efeito mais devastador. Foi como se Fabiano houvesse empurrado uma geleira inteira goela abaixo de Charlote.

— Uma garota? — repetiu ela, incrédula. — Que história é essa?

— História alguma, meu bem. Parece que nosso delegado está apaixonadinho por uma de suas funcionárias, uma tal de Letícia.

— Não pode ser... — murmurou ela, tão baixinho, que Fabiano não ouviu.

— Charlote? — cantarolou ele, após alguns segundos de silêncio. — Ainda está aí? Charlote!

— Estou aqui, Fabiano.

— Então, você vem ou não vem?

— Ainda dá tempo? Não vai ficar muito tarde?

— De jeito nenhum, meu bem! Assim você me faz companhia até Gael chegar. Isto é, se não for atrapalhar você.

— Não atrapalha, não — declarou ela, os olhos brilhando de malignidade e perspicácia. — Vou demorar um pouco, por causa do trânsito, mas já estou indo.

— Ótimo! Farei um jantarzinho especial para nós dois. Você vai adorar.

— Não tenho dúvidas disso.
— E podemos ver um filme depois da massagem, se você quiser.
— Podemos.
— Você já viu *A garota dinamarquesa*?
— Não.
— Não? Coisa rara, encontrar alguém que não viu. Tenho certeza de que você vai amar.
— Vou, claro.
— Até daqui a pouco, então.

Desligaram o telefone, mas a mente de Charlote permaneceu ligada na novidade que Fabiano lhe contara. Gael apaixonado por uma funcionária da delegacia... Não era possível que ele estivesse interessado em alguma policialzinha com pinta de machona, sem graça nem sensualidade. Quem seria a vagabunda? Durante sua vigília na porta da delegacia, várias mulheres entraram e saíram, mas ela não tinha motivos para prestar atenção a nenhuma.

Se esperasse para abordar Gael na saída, corria o risco de afastá-lo para sempre, ainda mais depois da conversa que tiveram na outra noite, a caminho da casa dele. Era melhor não insistir, pois, quanto mais o fizesse, mais ele a repudiaria. *Os homens detestam mulheres grudentas*, pensou ela, que teria que lutar contra o próprio temperamento possessivo para comportar-se como deveria naquelas circunstâncias. Como, porém, não era dada à paciência nem à passividade, decidiu investir pelas beiradas, na esperança de, aos poucos, minar o fascínio que prendia Gael à sua... o quê? Será que já eram namorados, já teriam dormido juntos ou não haviam ainda passado da pieguice da paquera?

Faltava pouco para as oito horas quando Charlote resolveu ir embora, justo no momento em que Gael surgiu na porta da delegacia. Com a mudança de tática, era fundamental que ele não a visse. Charlote quase se jogou no chão, atrás de um carro parado, conseguindo esconder-se a tempo. Ele passou por ela sem a notar, seguindo direto para onde seu SUV estava estacionado.

De seu esconderijo, ela o viu entrar no carro e partir, embora não conseguisse ter uma visão perfeita dos olhos dele. Não era preciso ser nenhum gênio nem adivinho para deduzir que estariam brilhando, enquanto os dela se turvavam mais e mais, à medida que a raiva insana ia preponderando sobre qualquer tentativa de ser racional.

— Calma, Charlote — disse para si mesma, mas em voz alta o suficiente para chamar a atenção dos demais passantes. — Você vai para a Tijuca jantar, fazer massagem e assistir a um filminho com a bichinha de estimação de Gael. Por favor, comporte-se.

Charlote dispôs de todo o percurso até a casa de Gael para pôr ordem nas ideias e disciplinar o comportamento. Sentada à janela do ônibus, remoía as palavras de Fabiano, revia o delegado saindo da delegacia e procurava seguir a teoria da cabeça fria imposta a si mesma. Quando chegou à casa dele, já havia pacificado o mau gênio, reencontrando parte do equilíbrio, ao menos a quantidade necessária para lidar com Fabiano sem se trair.

Diante da porta de Gael, ela inspirou profundamente, evocando toda a doutrinação que, voluntariamente, repetira para si mesma. Desejando, mais do que tudo, que houvesse funcionado, estendeu o dedo para a campainha. A mão se ergueu com firmeza, sem nenhum indício do tremor de momentos antes. Mesmo assim, quando ouviu o som da chave girando na fechadura, um friozinho se insinuou pela espinha, ameaçando despejar cubinhos de gelo em sua voz. Ela balançou a cabeça vigorosamente, como se, com isso, fosse capaz de produzir calor dentro das entranhas. Respirou fundo, preparou-se e quando Fabiano, finalmente, abriu a porta, já não havia mais resquício de insegurança alguma.

— Querido! — exclamou ela, dando dois beijinhos estalados nas bochechas dele. — Demorei muito?

— Que nada — objetou ele, com afetuosidade genuína, puxando-a para dentro. — Chegou bem na hora. O jantar acabou de ficar pronto.

— Hum... — fez ela, empinando o nariz para absorver o aroma da comida. — Cheiroso, como da primeira vez que estive aqui. Mas acho melhor fazer a massagem primeiro.

— Tudo bem. Vamos para o meu quarto. Eu carrego a maca para você.

Ela montou a maca e pôs-se a trabalhar nele. À medida que relaxava, Fabiano sentia o sono se aproximar. Como sempre, acabou adormecendo, dando a Charlote um tempo para pensar e descansar das frescuras dele.

A fome, porém, apressou o término da sessão. Ela encerrou a massagem, deu um tapinha para acordá-lo e acabou confessando, em tom de aparente brincadeira:

— Chega, dorminhoco. Estou morrendo de fome.

— Ai, estava tão bom. Mas também estou com fome. Vamos jantar.

Charlote ajudou Fabiano a pôr a mesa para o jantar e, em instantes, ele depositou uma fumegante travessa de ravióli gratinado defronte a ela.

— Espero que esteja gostoso — falou ele, servindo-a em primeiro lugar.

— Meu amor, você é o melhor cozinheiro que já conheci — afirmou ela, após a terceira garfada, e, ao menos dessa vez, não estava mentindo.

— Sério?

— É claro. Não acredito que Gael nunca tenha lhe dito isso.

— Não só disse como me incentivou a estudar Gastronomia. Ele acha que tenho futuro e que sou uma pessoa como qualquer outra.

— Mas você é uma pessoa como qualquer outra! — repetiu ela, reafirmando as palavras de Gael.

— Você e ele devem ser os únicos no mundo que pensam assim.

— Você está exagerando. Ninguém mais liga para quem está transando com quem.

— Está dizendo isso só porque é minha amiga.

— Você me considera sua amiga?

— Pode parecer precipitado... afinal, a gente mal se conhece, mas sim. Sinto que posso confiar em você.

— E pode mesmo.

— É por isso que estou me abrindo com você. Essa é a forma como me sinto. Parece que todo mundo me olha de um jeito esquisito.

— Não será porque você mesmo se acha esquisito?

— Talvez. Porque o que eu queria mesmo era ter nascido mulher.

— Sério? — Fabiano assentiu. — Sinto muito...

— Não sinta. Venho considerando a ideia de me transformar em mulher.

— Quer dizer, mudar de sexo?

A surpresa que causou um leve tremor na voz dela foi imperceptível, tanto que Fabiano continuou a falar, demonstrando que nada havia notado.

— Quem sabe? Ainda não decidi que tipo de *trans* gostaria de ser.

— Você quer dizer que está em dúvida entre ser transexual ou transgênero?

— Estou... — Ele hesitou por uns instantes, depois abaixou a voz e continuou: — Posso lhe contar um segredo?

— Pode, claro.

Ele aproximou os lábios da face de Charlote, como se temesse que mais alguém pudesse ouvi-los. Pôs as mãos em concha sobre os ouvidos dela e, o mais baixo que conseguiu sem se tornar inaudível, confidenciou:

— Estou tomando hormônio. Já tenho até peitinhos. Quer ver?

— Você acha mesmo que isso é algum segredo?

— Por que não? Dá para notar?

— Óbvio! Seios não nascem naturalmente em homens, não é? E Gael sabe?

— Não, e você não vai contar.

— Por que eu faria isso?

— Não sei, mas você tem que me prometer que não vai contar nada a ele. Gael não pode saber.

— Por quê? Você não disse que ele não tem preconceito e que apoia você?

— É, mas vai insistir para eu fazer isso sob orientação médica.

— Ele tem razão, sabia?

— Sabia. Mas não tenho dinheiro para esbanjar. Agora, prometa que não vai contar nada a ele. Prometa!

— Está bem, eu prometo. Mas você devia se cuidar. Isso é perigoso.

— Por quê? O que é que pode acontecer? Eu acordar um dia e... *tcham*! Virei mulher?

— Você pode ter uma trombose, uma embolia pulmonar, sei lá!

— Depois, eu é que sou exagerado.

— Estou falando sério, Fabiano. Você está pondo sua vida em risco.

— Está preocupada comigo, Charlote?

— É claro que estou. Você mesmo disse que sou sua amiga. Não quero que nada de mau lhe aconteça.

Fabiano encarou-a, emocionado. Havia poucas pessoas no mundo que podia chamar de amigas. Na verdade, até então, só mesmo Gael, e agora, Charlote. O que ele não sabia, porém, é que a preocupação de Charlote possuía outro nome: interesse. Para ela, pouco importava se Fabiano quisesse se matar, virar mulher ou uma hiena. Não fazia a menor diferença. Toda aquela encenação não passava de desculpa para aproximá-la de Gael. Ela agora era dona de um segredo que, no futuro, podia muito bem servir a seus propósitos.

O abraço repentino pegou-a de surpresa, provocando-lhe uma aversão que ela bem conseguiu esconder. A aparência de Fabiano, por si só, já era meio repulsiva. Desde que o conhecera, tivera que se esforçar para não deixar transparecer um mínimo de repugnância. Ele até que não era feio, embora as sobrancelhas excessivamente finas e os cabelos compridos, mas sem corte, lhe dessem um aspecto de travesti mal-acabado.

Nada disso devia importar agora. Em nome do interesse que tinha por Gael, qualquer esforço valeria a pena. Nenhum sacrifício seria duro o bastante se dele resultasse sua vitória. E, por outro lado, convinha manter a confiança de Fabiano. Não seria prudente, nem proveitoso, dissuadi-lo de suas ideias tresloucadas, pois elas lhe garantiriam a permanência ali, no mínimo, como sua confidente.

— Você me contou um segredo, Fabiano — disse, com um sorriso mordaz, que ele não decifrou. — Posso agora lhe confiar um meu?

— Claro que pode!

— Eu me apaixonei por Gael — afirmou prontamente, sem rodeios.

— Sério? — retorquiu Fabiano, tomado pela surpresa.

Ela assentiu, fingindo enxugar uma lágrima inexistente. Esfregou os olhos discretamente, para deixá-los um pouco vermelhos e mais brilhantes.

— Pensei que ele sentisse o mesmo por mim, mas você me contou que ele arrumou uma namorada na delegacia. Ele está mesmo namorando?

— É o que parece, sinto muito.

Charlote deu um suspiro de tristeza muito bem ensaiado, que não apenas convenceu Fabiano, como o deixou deveras penalizado.

— Ele me seduziu, sabia? — acrescentou ela, antes que ele tivesse tempo de dizer qualquer coisa. — Deu em cima de mim, me fez pensar que estava interessado, depois me ignorou. Acho que só queria mesmo se divertir à minha custa.

— Tem certeza? — indignou-se. — Não sei, não, Charlote. Isso não é muito a cara de Gael.

— Então, fui eu que me iludi — corrigiu-se ela, mais que depressa, com medo de revelar a farsa. — Acreditei que ele estava interessado quando, na verdade, não está nem aí para mim.

— Gael é um cara superlegal. É fácil confundir as coisas quando se está com ele. Aconteceu comigo também, no início.

— Aconteceu? Como?

— Ele foi tão bom comigo, que pensei que estivesse a fim de mim. Depois vi que ele é só uma pessoa boa, sem preconceito, interessada em ajudar.

— Você se apaixonou por ele?

— Meu Deus, não! Só me interessei, mas passou, e vai passar com você também.

— Não estou bem certa.

— Vai sim. Você vai ver.

Ele a abraçou novamente, com tanta força, que ela quase sufocou. Charlote se deixou ficar, escondendo o semblante maquiavélico no ombro dele. Seria bom mesmo que ele não visse o brilho malicioso em seu olhar. Ela não aceitaria a derrota antes mesmo de iniciar a batalha.

18

Cansado de esperar na delegacia, Gael preferiu chegar um pouco mais cedo à casa de Letícia, onde teria a oportunidade de conversar com Cauã e ver como Glória estava passando. Quem atendeu o interfone e abriu a porta para ele foi a própria Glória, cujas faces descoradas eram o único sinal de que havia estado doente.

— Tudo bem, Gael? — cumprimentou ela, indicando-lhe o sofá para se sentar. — Letícia ainda não está pronta.

— Imaginei. Estou um pouco adiantado, não é?

— Não faz mal.

— Na verdade, queria saber como você está passando e levar um papo com meu amigo Cauã — informou ele, notando o menino, parcialmente escondido atrás da porta.

— Oi, polícia — respondeu Cauã, sorrindo marotamente.

— Polícia, é? — repetiu Gael, chamando-o com a mão. — Pois veja só o que o polícia trouxe para você.

Ele sacou do bolso um pacotinho de jujubas, que ofereceu ao menino. Na mesma hora, Cauã se aproximou, apanhando o saquinho, já aberto, com todo cuidado.

— E aí, Cauã? — intercedeu Glória. — Não está faltando nada?

— Obrigado — disse o menino, agora começando a perder a timidez.

— Não mereço um abraço e um beijo? — tornou Gael, abrindo os braços para ele.

Foi nessa hora que Letícia entrou na sala. Ver o filho abraçado a Gael com tanta desenvoltura fez seus olhos arderem de lágrimas contidas.

— Boa noite — falou ela, atraindo a atenção de todos.

— Mamãe! — gritou o garoto, correndo para ela. — Olha só o que o polícia me deu.

— Jujubas? Que delícia!

— Espero que não faça mal — comentou Gael.

— Ele já jantou — afirmou Glória, adiantando-se à própria filha. — É a sobremesa.

— Você está linda — elogiou Gael, sem conseguir mais se conter.

— Não está? — confirmou a mãe, cheia de orgulho. — Parece até uma princesa.

— Menos, mãe — contestou ela. — Então? Vamos?

— Vamos — concordou ele.

— Tem certeza de que você e Cauã vão ficar bem? — acrescentou Letícia, dirigindo-se à mãe.

— Ficaremos ótimos! Vamos ver só um pouquinho de desenho. Ele já está com sono.

— E você, mãe? Será que ainda não é muito cedo para deixar você sozinha?

— Deixe de besteira, está bem? Ela me trata como se eu fosse uma velha — disse para Gael. — Dá um tempo, Letícia! Ainda tenho muita saúde, viu?

— Não é nada disso, mãe. É que você acabou de sair do hospital!

— Inventaram uma coisa chamada celular, que eu sei usar muito bem. Qualquer coisa, não hesitarei em ligar para você.

— Está bem. De qualquer forma, não vou demorar. Não é, Gael?

— Não, claro. Vamos apenas jantar.

— Façam o que tiverem que fazer. Ficaremos bem, já disse.

Quase foi preciso que Glória os expulsasse de casa. Letícia saiu e voltou duas vezes, para beijar o filho e a mãe. Por fim, conseguiu deixá-los e entrou no elevador.

— Você acha que eles ficarão bem mesmo? — insistiu ela.

— Acho que sim. E você pode ligar para sua mãe quando quiser.

Podia ser que ele estivesse apenas tentando tranquilizá-la, porém, as palavras dele surtiram um efeito não apenas calmante, mas de confiança. Ao chegarem ao restaurante, havia uma mesa reservada para eles perto da janela, com vista para o mar. De dia, devia ser deslumbrante. À noite, o romantismo ficava por conta do marulho das ondas, da espuma branca deitada sobre a água escura e das luzes na avenida, que, ao invés de iluminarem a praia, deixavam-na em melancólica penumbra.

— Muito bonito aqui — elogiou ela, francamente impressionada.

— Que bom que gostou.

— O restaurante também é bem legal. Você tem um gosto refinado, doutor.

— Eu sei — concordou ele, sem afetação nem convencimento, mas com uma intenção dúbia, revelada apenas pelo jeito como a encarava.

— Por favor, está me deixando sem graça — protestou ela, abaixando os olhos.

— Por quê? Porque você entendeu que a considero uma mulher linda, elegante, inteligente, simpática, amiga, boa mãe, boa filha, boa profissional... enfim, alguém que reúne todas as qualidades que considero essenciais numa mulher refinada?

— Agora você está zombando de mim.

— Acha mesmo?

Havia nele uma aura de sinceridade tão grande, que era impossível duvidar de suas palavras. Ele estendeu a mão e tocou a dela por cima da mesa com tanta sutileza, que Letícia sentiu não um fogo incendiar suas veias, mas um calor suave, feito uma luz que arde sem queimar.

— Está me deixando sem graça outra vez — queixou-se ela, só que agora olhando diretamente nos olhos dele.

— Você não me parece sem graça — objetou ele, sustentando o olhar dela. — Parece apenas confusa.

— Confusa? Por que diz isso?

— Você está começando a gostar de mim, embora ache que não deva.

— Impressionante! — exclamou ela, cruzando os braços, ainda o encarando. — Como pode alguém mudar tão depressa? Num minuto é um príncipe galante; no outro, um Don Juan convencido...

Gael não deu a ela a oportunidade de terminar a frase. Mais rápido do que ela sequer poderia supor, saltou para a cadeira ao lado e, envolvendo-a num abraço apaixonado, selou seus lábios com um beijo arrebatador. Tomada de surpresa, Letícia opôs resistência, mais por uma reação instintiva do que por rejeição, até que, vencida pelo próprio desejo, entregou-se por inteiro àquele momento único.

— Estou louco por você, Letícia — sussurrou ele, entre um beijo e outro. — Acho que estou apaixonado...

Ela não foi capaz de responder. Ele tinha razão quando dissera que ela estava confusa. Fora por isso que se aborrecera, porque ele conseguira ler em seu semblante a dúvida, o medo, a paixão. Após o longo beijo, ela se permitiu descansar no peito dele, enquanto ele acariciava seus cabelos, seu pescoço, seus ombros.

Teriam continuado assim pelo resto da noite, não fosse o garçom, cansado de esperar que os dois se afastassem, tê-los interrompido para perguntar se não gostariam de pedir alguma coisa. Forçados a se separar, ele voltou para sua cadeira, enquanto ela pedia licença para ir ao toalete.

— Devo estar uma bagunça — ela falou baixinho, ajeitando o cabelo.

— Você está linda.

Gael fez os pedidos, e quando Letícia voltou, havia duas taças de champanhe sobre a mesa. Ele lhe ofereceu a primeira, erguendo a segunda na altura dos olhos.

— Não quero ser chata nem desmancha-prazeres, mas você não está dirigindo? — questionou ela, preocupada.

— Não se preocupe — tranquilizou ele. — Já conversei com o gerente e vou deixar o carro dormir aqui esta noite. Precisamos brindar.

— E como voltaremos para casa?

— De táxi, de 99 ou de Uber, tanto faz. E agora, aos dias que virão, que, espero, viveremos juntos.

— Quer dizer, então, que teremos apenas um jantar hoje — comentou ela com uma certa malícia, após dar um pequeno gole na bebida.

A surpresa detêve a mão de Gael, que segurou a taça ainda a tempo de evitar o primeiro trago.

— Está sugerindo algo mais? — tornou ele, dominado por uma emoção irresistível.

— Não estou sugerindo nada — objetou ela, divertindo-se com a reação dele. — Foi só um comentário.

— Não quis ser indelicado nem antecipar as coisas. Pensei que você não aceitaria nada além de um jantar. Mas, se eu estiver errado, ainda dá tempo de me corrigir.

— Você é terrível, doutor delegado — brincou ela, bebendo mais um pouquinho. — Não se preocupe, beba o seu champanhe à vontade. Não vai acontecer nada hoje além deste jantar.

— Tem certeza?

— Absoluta.

— Que pena.

A voz dele soava gentil, sem qualquer indício de decepção, o que deu a Letícia a certeza de que ele não estava em busca de mais uma aventura. Tudo nele dava mostras da sinceridade de seus gestos e suas palavras. Ele estava apaixonado por ela, assim como Letícia não tinha dúvidas de que se apaixonara por ele também.

— Podemos esperar — afirmou ela, a voz sedutora revelando a real vontade por detrás das palavras.

— Sim, podemos — confirmou ele. — Farei tudo do jeito que você quiser.

— Está falando sério?

— Você ainda tem dúvidas? Não acreditou quando disse que estou apaixonado por você?

— Você disse que achava estar apaixonado.

— É só jeito de falar. Estou tão apaixonado por você que acho que nem vou conseguir dormir esta noite. Ficarei só me lembrando de seus beijos.

— Até parece...

— Se quiser, pode dormir comigo para se certificar. Prometo não tocar em você.

— Promete? — ele assentiu. — Agora mesmo é que não vou.

— Mas que danada! — gracejou ele, cada vez mais atraído por ela.

Pelo resto da noite, seguiram conversando, fazendo piadas, divertindo-se como dois adolescentes que acabam de descobrir, na paixão, o caminho do verdadeiro amor. Brindaram à vida, comemoraram a felicidade redescoberta, riram, beijaram-se, trocaram carícias inocentes. Ao final da noite, satisfeitos, preenchidos de um sentimento que os unia irresistivelmente, Gael a deixou na portaria do prédio. Esperou até que ela fechasse a porta de vidro e mandou que o motorista o levasse para casa.

Assim que abriu a porta de seu apartamento, foi atingido em cheio por uma sensação de mal-estar tão forte, que quase perdeu o fôlego. A televisão da sala encontrava-se ligada, felizmente transmitindo algo que não parecia ser *A garota dinamarquesa*.

— Fabiano — chamou baixinho, para não assustar o amigo, que pensou estar dormindo.

— Gael! — exclamou ele, pulando do sofá. — Não ouvi você entrar.

— Percebi.

— Como foi o encontro?

— Excelente.

— E você? Passou bem a noite? Melhorou da dor nas costas?

— Você nem imagina o que me aconteceu. Adivinhe quem veio para jantar!

— Quem?

Gael fez a pergunta, mesmo sabendo qual seria a resposta. Para seu desagrado, embora não para sua surpresa, Charlote ergueu a cabeça, revelando sua presença.

— Oi, Gael.

A voz rouca de Charlote, que ele antes julgara sensual, lhe parecia agora irritante, falsa e superficial. Procurando disfarçar a aversão que a figura dela passara a lhe causar, respondeu com uma polidez estudada:

— Como vai, Charlote?

— Bem, querido, e você? Soube que está de namoradinha nova.

A malícia daquela observação o desagradou profundamente. Até Fabiano olhou para Charlote com estranheza, recriminando-a com seu silêncio. Gael não respondeu. Endereçou a ela um sorriso frio e, com uma frieza maior ainda, finalizou:

— Com licença, vou dormir. Boa noite.

— Boa noite — responderam os outros dois, em uníssono.

Durma bem, Charlote completou em pensamento. *Enquanto pode*.

19

À hora do café da manhã, Gael encontrou Fabiano sentado à mesa da cozinha, bebericando uma xícara fumegante. Entrou bocejando, abriu a geladeira e retirou uma caixa de leite, depositando-a sobre a mesa.

— Bom dia — cumprimentou Gael, ainda sonolento.

— Bom dia — foi a resposta mal-humorada.

— Está tudo bem? — tornou ele, estranhando a atitude do primo.

— Mais ou menos, né, Gael? — retrucou, afinando a voz. — Você se comportou horrivelmente mal ontem à noite.

— Eu?! — espantou-se. — Mas o que foi que eu fiz?

— Precisava ter tratado a Charlote daquele jeito?

— De que jeito? — questionou, maldizendo-se por ter sido tão transparente.

— Você sabe.

— Não sei, não.

— Francamente, Gael, você foi muito grosso com ela. E a coitada só queria ser simpática.

— Ela foi indiscreta e inconveniente — rebateu, irritado. — E desde quando você se tornou defensor da Charlote?

— Desde que nos tornamos amigos.

— Vocês mal se conhecem.

— E daí? Temos a maior afinidade, pensamos as mesmas coisas.

— Isso não basta.

— Basta para mim. Ou você não quer que eu tenha amigos?

— O que não quero é que você seja enganado por nenhuma trambiqueira.

— Trambiqueira? — gargalhou, com ironia. — Quanta bobagem! A verdade é que ela mexe com você, é isso. Charlote exala sensualidade e você tem medo de mulheres assim.

— Quando a conheci, até que mexeu, sim. Que homem não se interessaria por uma mulher feito Charlote? Como você mesmo disse, ela exala sensualidade. Mas, depois, mudei de ideia.

— Por quê?

— Não sei. Tem algo nela que não me agrada.

— Devia ter pensado nisso antes.

— Antes de quê?

— De permitir que ela se iludisse e se apaixonasse por você.

— Ora, Fabiano, francamente! Não me faltava mais nada. Se ela se apaixonou por mim, o problema é dela. Não posso fazer nada. Não iludi ninguém.

— Não foi bem o que ela disse.

— Pouco me importa o que ela disse! — irritou-se. — E isso é só mais um motivo para me afastar dela. Além de tudo, é mentirosa.

— Vamos com calma, Gael. Sei que você não a iludiu de propósito, e eu disse isso a ela.

— Então, por que está me acusando?

— Não foi uma acusação. Foi só uma constatação. E não creio que ela tenha mentido. Ela se iludiu, foi isso. Interpretou a sua simpatia como investida e depois não conseguiu perceber que havia se enganado. Ela pensa que você deu em cima dela e depois a ignorou.

— Problema dela.

— Você podia ser um pouco mais compreensivo, pelo menos. A coitada está sofrendo.

— Você acredita mesmo nisso, Fabiano? Não faz nem uma semana que conhecemos Charlote. Não acha que é um exagero?

— Pode até ser, mas não estou dentro dela para falar.

— Pois eu não acredito. Sabia que, no dia em que os apresentei, ela veio da Barra até aqui passando a mão nas minhas coxas?

— E você não gostou?

— Não se trata disso. Não dei a ela liberdade para me fazer carícias. E se quer mesmo saber, não gostei, não. O contato dela me causou até uma certa repulsa.

— Mas por quê?

— Não sei explicar. Tem algo de falso nela. E, se eu fosse você, tomaria cuidado.

— Cuidado com o quê? Não é de mim que ela está a fim.

— Não. Mas virar sua amiguinha de uma hora para outra é muito estranho.

— Temos muitas afinidades, já disse.

— Quais? Diga uma, pelo menos.

— Somos dois enjeitados da vida — respondeu ele, após pensar por alguns minutos.

— Qual é, Fabiano! Esse papel de vítima não fica bem em você.

— Tudo bem, desculpe.

— Nem o de alcoviteiro.

— Não sou alcoviteiro! Eu só pensei que vocês dois têm tudo a ver.

— Nós dois não temos nada a ver. E depois, estou apaixonado por outra.

— A garota com quem você foi jantar ontem?

— Ela mesma. Letícia, uma mulher fantástica.

— Não duvido, Gael, mas a coitada da Charlote ficou arrasada quando soube.

— Você não devia ter contado para ela.

— Por quê? Era algum segredo?

— Não. Só que não me agrada que você fique espalhando minha vida particular para qualquer um.

— Charlote não é qualquer um. É minha amiga, já disse.

— Pode ser sua amiga, mas não é minha. Você pode contar a ela tudo sobre a sua vida, se quiser. Mas não tem o direito de lhe falar sobre mim.

A bronca deu resultado. Na mesma hora, Fabiano repensou suas palavras e concluiu que o primo tinha razão. Fora longe demais, e Gael estava certo em lhe chamar a atenção. Uma vergonha súbita subiu pelo seu pescoço, enrubescendo suas faces e fazendo inchar suas orelhas.

— Ai, Gael, me desculpe — arrependeu-se, completamente sem graça. — Eu não queria me intrometer na sua vida.

— Mas se intrometeu, e não lhe dou esse direito. Nem a você nem a ninguém.

— Eu sei — prosseguiu, cada vez mais envergonhado. — Passei dos limites, mas isso não vai mais acontecer. Por favor, me perdoe. Não fiz por mal.

O arrependimento sincero acalmou os ânimos de Gael, que também se arrependia de ter sido tão enfático. Agora mais calmo, considerou:

— Está bem, não precisa chorar. Sei que você não fez por mal, mas lhe peço que deixe esse assunto por minha conta.

Fabiano assentiu. E Gael continuou:

— Charlote confundiu as coisas, mas vai superar. Ela é uma mulher bonita, deve estar cheia de homens a seus pés.

— Tem razão.

— E fique esperto! Você se deixa iludir facilmente pelas pessoas, basta que usem fala mansa e lhe façam um agradinho. Ouça o que estou dizendo, Fabiano. Charlote não é confiável. Tem alguma coisa nela que não bate bem.

— Respeito sua opinião, mas não é assim que penso. Eu sei que ela é sincera.

— Tudo bem, não vou ficar aqui discutindo isso com você. Apenas tome cuidado, está bem? Procure não abrir muito o seu coração.

— Ela pode continuar vindo aqui? — perguntou Fabiano, temeroso de que Gael proibisse a entrada dela.

— Pode, mas, de preferência, nos horários em que eu não estiver.

— Você está com tanta raiva dela assim? Mas o que foi que ela lhe fez, afinal?

— Não estou com raiva. Na verdade, nem sei explicar o que sinto, mas, se ela está apaixonada por mim, não acha que seria melhor evitarmos alimentar maiores ilusões?

— Não tem jeito de você dar uma chance a ela?

— Nenhuma. Estou, realmente, apaixonado por Letícia.

— É uma pena, mas você é quem sabe.

— Isso mesmo.

— Não vou mais me intrometer na sua vida amorosa, prometo.

— Melhor assim.

— Mas que Charlote é ótima, é. Como massoterapeuta, quero dizer. Ela tem mãos de fada, sabia? Minha dor nas costas está melhorando muito.

— Quanto ela está cobrando?

— Agora sou eu que digo: não interessa. Posso perfeitamente pagar pelos serviços dela.

— Tem certeza?

— Absoluta. E, para provar que está tudo bem, que tal se eu fizer um jantar especial para Letícia?

— Boa ideia.

— Você acha que ela vai gostar de mim?

— Por que não gostaria?

— Você sabe.

— Não se preocupe com isso. Letícia não é homofóbica.

— Que bom.

— E, já que você deu a ideia, seria uma ótima oportunidade para apresentarmos as famílias. Vou convidar a mãe e o filho dela também.

— Ela tem filho?

— Cauã. Uma gracinha de menino.

— Muita gente sente medo de deixar as crianças se aproximarem de mim. Pensam que, só porque sou gay, sou pedófilo.

— Isso é ignorância. Homossexualidade é apenas um aspecto da vida. Pedofilia é crime.

— Nem todo mundo pensa assim.

— Letícia pensa, com certeza.

— Mas e a mãe dela? — teimou, arrependido do jantar precipitado. — Na certa, vai ficar horrorizada quando me vir.

— Não vai, não. Glória é uma pessoa legal.

— Será mesmo? Muita gente que não me conhece sente nojo de mim.

— Por quê? Por acaso você fede? Não toma banho?

— Deixe de brincadeira, Gael. Estou falando sério.

— Também estou. Ninguém tem motivos para sentir nojo de você. Pode até ser que quem não esteja acostumado estranhe da primeira vez, porque todo mundo estranha o que foge aos padrões. A sociedade cria seus modelos e se apega a eles, mas o espírito está muito além das convenções. Nós fazemos escolhas; Deus, não. Nós rejeitamos e diminuímos nosso próximo, segundo falsos conceitos ditados pelo orgulho e pela vaidade, mas Deus nem considera tamanha pequenez.

— Dizer que somos todos iguais pode parecer simples para quem está dentro do arquétipo que a sociedade considera normal, mas a coisa se complica para aquele que está do lado de fora, lutando para ver reconhecida essa igualdade — contrapôs Fabiano, sem ocultar a mágoa e o medo.

— Sim, claro. É por isso que é tão importante confiar no aspecto divino. Devemos tentar trazer para o mundo da matéria uma verdade que, para Deus, é absoluta. As diferenças só existem no plano da existência física, ilusões criadas pelo orgulho humano. Fora dele, todas as energias são iguais.

— Veja só que coisa, Gael. Começamos falando de Charlote, depois emendamos um jantar para Letícia e terminamos filosofando sobre as desigualdades.

— Tudo se relaciona numa coisa só, Fabiano. Sabe qual é?

— Não.

— Amor. Pense nisso.

20

O dia amanheceu chuvoso e frio, tornando difícil espantar o sono e levantar. Gotas miudinhas de chuva deslizavam pelo vidro da janela, carregadas pelo vento gelado que percorria as ruas com seus gemidos melancólicos. Parecia o dia perfeito para permanecer em casa, aconchegado no sofá, assistindo a um filme em companhia da namorada. Pena que ainda era quarta-feira.

Ciente da necessidade de sair da cama para ir trabalhar, Gael atirou as cobertas para o lado, sentindo a pele se arrepiar por debaixo do pijama fino de algodão. Sentou-se com as pernas para fora e abaixou a cabeça, tomando coragem para enfrentar a água fria do banho. Fazia um bom tempo que adquirira o hábito do banho frio, mas não deixava de sentir uma certa relutância nos dias mais gelados do inverno.

Quando se sentiu suficientemente corajoso para abandonar a tepidez do leito, levantou-se, esticando os braços para afastar a preguiça. Ia entrando no banheiro quando ouviu o som de risadas abafadas, que, atravessando o corredor, chegavam até ele praticamente inaudíveis. Ainda assim, entreabriu a porta, aguçando os ouvidos.

Não havia dúvidas. Para seu desagrado, reconheceu a voz rouca de Charlote, sobreposta pelos gritinhos agudos de Fabiano. A irritação tomou conta dele por uns minutos, quase levando-o a irromper pela cozinha e mandar que ela fosse embora. Conteve-se, porém. Afinal, ele mesmo dissera a Fabiano que Charlote podia continuar frequentando sua casa, embora tivesse pedido a ele que procurasse chamá-la nos momentos em que ele não estivesse. Não entendia o que saíra errado para Charlote se encontrar ali, àquela hora da manhã.

Gael engoliu em seco, refreando a raiva que se insinuava sorrateiramente em seu coração. Com cuidado, fechou a porta e entrou no banheiro, torcendo para que Charlote já não estivesse mais ali quando ele saísse do quarto. Demorou-se mais do que o habitual, fingindo não ouvir quando Fabiano veio bater à sua porta, indagando se ele estava acordado e queria tomar café.

Por fim, após mais de uma hora, não pôde mais enrolar. Demorara tanto para terminar o banho que chegaria atrasado ao trabalho. Ao menos agora tinha uma desculpa para sair correndo, dispensando até mesmo o desjejum. Comeria algo na delegacia ou então não comeria nada.

Terminou de dar o nó na gravata, apanhou o terno e abriu a porta o mais vagarosamente que conseguiu. Evitando fazer barulho, pisou no corredor, andando praticamente na ponta dos pés. Quem sabe assim não conseguiria passar despercebido pela porta da cozinha e sair sem que o vissem? A ideia o animou, mas ele jamais teria alcançado tal proeza, já que Charlote se posicionara bem de frente para a porta, de onde podia avistar qualquer movimento do lado de fora da cozinha.

Gael chegou de mansinho, certo de que não produzira um ruído sequer. Ao lado do portal, estacou, aprumando o corpo. Não queria parecer um fugitivo em sua própria casa. Adotando uma postura o mais próximo da normalidade possível, avançou diante da porta e arriscou uma olhada para dentro da cozinha, surpreendendo-se ao dar de cara com Charlote, que olhava diretamente na direção dele.

— Gael! — quase gritou, eufórica. — Por pouco não vi você passar.

Que pena, pensou ele, mas disse apenas um bom-dia apressado e seguiu adiante, torcendo para que ninguém o chamasse. A vida, contudo, naquele momento, conspirava contra ele. Talvez Charlote houvesse movimentado as forças cósmicas com mais energia do que ele, já que contava com o apoio de Fabiano, direcionando os acontecimentos pelo rumo por ela pretendido.

— Bom dia, Gael — falou Fabiano, visivelmente desconcertado. — Não vai tomar seu café?

— Não vai dar, estou atrasado. A gente se fala depois.

Praticamente correndo, Gael saiu do apartamento e apertou o botão do elevador várias vezes, mesmo sabendo que isso não o faria chegar mais rápido. Em certo momento, riu de si mesmo, achando exagerada a correria. Por que se comportava como se fugisse de um criminoso ou uma assombração? Afinal, Charlote era apenas uma mulher, não um maníaco homicida.

A tentativa de consolar a si mesmo não funcionou, pois Gael pegou-se aguardando o elevador com uma ansiedade angustiante. Quando, por fim, a porta se abriu diante dele, quase saltou para dentro da cabine, deixando escapar um suspiro de alívio assim que ela começou a se fechar. A porta ia completar seu ciclo de fechamento, porém, a introdução de uma mão acionou o sensor que a fez reabrir-se. Gael engoliu em seco, já sabendo a quem pertenciam aquelas unhas pintadas de vermelho extravagante.

— Posso descer com você? — Charlote indagou, a voz um pouco mais rouca do que o usual.

— Claro — concordou ele, chegando para o lado.

Ela entrou, postando-se bem rente a ele. A aversão que ele passara a sentir pela presença dela era algo inexplicável, que ele tentou contornar dizendo a si mesmo que não havia motivo para tanto. Esforçando-se para manter a normalidade, arriscou um sorriso, que, ao contrário do que ele pretendia, animou-a a puxar conversa.

— Não tenho visto você — observou ela.

— Ando ocupado. Muito trabalho, você sabe.

— Está indo para a delegacia?

— Estou.

— Pode me dar uma carona?

Era tudo o que ele não queria, mas não teve como negar. Se não houvesse dito que estava indo para a delegacia, podia inventar uma desculpa qualquer e tomar outro rumo. Agora, porém, não tinha jeito. Se não pretendesse parecer grosseiro nem mal-educado, não tinha alternativa senão levá-la.

— Para onde você vai? — indagou ele, sem o menor interesse.

— Para a Barra. Meu próximo cliente é lá.

— Você já fez massagem em Fabiano hoje?

— Bem cedinho, sim.

— Demorou, não foi?

— É que ele pegou no sono, como sempre. Mas está melhorando bastante. Não deu para perceber?

— Deu sim, obrigado.

— Ora, não tem que me agradecer. Além de só estar fazendo o meu trabalho, tornei-me amiga de Fabiano. Ele é uma pessoa fantástica.

— É mesmo.

Chegaram, finalmente, à garagem, onde a conversa foi interrompida por um caminhar silencioso, entremeado por um mal-estar quase contagiante, que Charlotte preferiu ignorar. Dentro do carro, ela prendeu o cinto de segurança e aguardou até que ele concluísse a manobra. Já na rua, virou o rosto e encarou-o com insistência.

— Você está me evitando — foi uma afirmação peremptória, quase uma acusação.

— Talvez esteja, mas tenho meus motivos.

— Que motivos?

— Você sabe.

— Lamento, mas não sei. Acho que não fiz nada para ser tratada dessa maneira.

Ele pensou em não responder, contudo, a mentira que ela contara ao primo estava entalada em sua garganta. Sem titubear, ele argumentou em tom incisivo:

— Para início de conversa, você mentiu para Fabiano.

— Eu?!

— Você disse a ele que eu dei em cima de você e depois a ignorei.

— E não foi exatamente isso que você fez?

— Lamento, mas não foi, não. E se você entendeu dessa forma, a responsabilidade é exclusivamente sua.

— Não precisa ser grosseiro — ela se queixou, fazendo tremular os lábios. — Se eu entendi mal, por favor, me perdoe.

— Pensei que tudo tivesse ficado esclarecido naquele dia.

— E ficou. Você tem razão, Gael, não sei o que me deu. Eu me iludi porque quis, você não tem nada a ver com isso.

— Vamos esquecer esse assunto, de uma vez por todas.

— Está bem — ela fez uma pausa e olhou pela janela. Quando tornou a falar, tentou, ao máximo, parecer casual: — E a namorada nova? Posso saber quem é?

— Você não a conhece.

— Imaginei. Mas gostaria de conhecê-la.

— Melhor não — foi a resposta áspera.

— Por quê? Não sou uma ameaça.

— Isso, nem de longe, passou pela minha cabeça.

— Mas, então, qual é o problema? Do que você tem medo?

— De nada — rebateu, incrédulo. — Se não há nem nunca houve nada entre nós...

— Você quase me seduziu.

A afirmação dela foi tão estapafúrdia, que ele pisou no freio com violência, fazendo o carro parar abruptamente no meio da rua. O som de uma freada brusca foi sinal de que o veículo que vinha atrás quase entrou pela traseira do SUV, mas Gael nem se importou, assim como não ligou para as imprecações que o motorista soltou ao passar pelo lado dele.

— Você é louca! — afirmou categoricamente. — Sim, você só pode ser louca. Isso explica tudo.

— Você está me ofendendo.

— E você, o que pensa que está fazendo? Ou será que a sua intenção é me deixar maluco?

— Por que está agindo assim?

— Quantas vezes eu tenho que repetir que eu não dei em cima de você? Pensei que você já tivesse entendido isso.

— Eu entendi.

— Não é o que parece. Se tivesse entendido, não teria voltado a esse assunto... mais uma vez.

— Desculpe.

O som de buzinas trouxe de volta a clareza, momentaneamente maculada pelo comportamento incoerente de Charlote. Ele soltou o pé do freio, colocando o carro em movimento, pensando se não devia ter aproveitado o momento para abrir a porta e mandá-la sair.

— Por favor, Charlote, vamos parar por aqui — pediu ele, após vários minutos em que tentou se reequilibrar. — Essa sua ideia fixa está saindo do controle. Você precisa se tratar.

— No fundo, você não se sente seguro perto de mim — ela insistiu, ignorando o que ele disse. — Tem medo do que possa fazer ou sentir quando está comigo.

— Além de louca é presunçosa — reagiu ele, sem ocultar o ar de repugnância. — Se isso fosse verdade, eu estaria com você. Não tenho nenhum compromisso com Letícia, não precisaria enganá-la nem a mim mesmo. Sou livre para escolher a mulher com quem pretendo me relacionar.

— E você escolheu Letícia.

Ele a olhou de soslaio, dando-se conta de que, sem querer, havia revelado o nome da namorada. Não tinha importância, desde que Charlote não se encontrasse com ela. Para encerrar o assunto, ele balançou a cabeça, ao mesmo tempo em que confirmava com a voz firme:

— Eu escolhi Letícia. Ela é a mulher da minha vida. Espero que isso fique bem claro agora.

— Ficou claro, embora não me convença.

— Pela última vez, Charlote, não vamos mais falar sobre isso. E se você ainda ficou com alguma dúvida, vou esclarecer um pouco mais as coisas para você. Eu não gosto de você, não estou interessado em você, não quero nada com você, não estou a fim de você, não me importo com você. Chega ou quer mais?

— Estúpido — queixou-se ela, com lágrimas nos olhos.

— Sinto muito, mas, quem sabe, assim você não me entende?

— Eu já entendi.

— Não é o que parece. Agora chega, por favor. Entenda de uma vez por todas: eu estou apaixonado por outra mulher. Pare de me importunar, ou serei obrigado a proibir sua entrada lá em casa.

— Você não faria isso! — objetou, incrédula. — Fabiano está melhorando muito com a minha massagem.

— Então, pelo bem de Fabiano, deixe-me em paz.

— Se é o que realmente quer, é o que farei.

— É o que quero. E agora, agradeceria se continuássemos em silêncio. Sua voz está me irritando.

— Você é cruel às vezes, sabia?

— Sabia.

Não lhe agradava nada usar de tanta crueldade, mas aquela era a única linguagem que Charlote parecia compreender. Ou, ao menos, era o que ele esperava. Pelo canto do olho, sondou a reação dela. Ela permanecia imóvel, olhando para a frente. Gael não sabia se a mulher estava chorando ou não, e também não lhe importava. Só queria que ela se mantivesse quieta, para que ele pudesse, ao menos, fingir que ela não estava ali.

21

A última coisa que Gael pretendia era permitir que Charlote e Letícia se encontrassem. Não queria expor a namorada a uma pessoa perniciosa e maquiavélica. Infelizmente, porém, ele não obteve sucesso. Ao se aproximar, viu que Letícia encontrava-se parada do lado de fora da delegacia, conversando com um grupo de policiais. O carro dele chamava atenção, e ela percebeu sua chegada, bem como a linda mulher que o acompanhava.

Assim como Letícia, Charlote também notou a moça parada na calçada. Pelo olhar que ela lançou ao delegado, podia concluir que se tratava da tal Letícia. Fez uma imperceptível careta de nojo, indignada por ter sido trocada por uma jovenzinha esquelética e insossa. Não disse nada, porém. Não era o momento.

Gael estacionou o carro e saltou, batendo a porta com um pouco mais de força do que usualmente faria. Não se despediu dela, mas, olhando duramente em seus olhos, praticamente ordenou:

— Esta foi a última vez que lhe dei carona. Daqui para a frente, espero não ter que topar mais com você, a não ser nos horários de massagem de Fabiano e, assim mesmo, se não pudermos evitar.

— Você é quem sabe.

Não disse mais nada. Simplesmente virou as costas e tomou o rumo da delegacia, procurando pelo grupinho de policiais, que já se havia desfeito. Para não ser envolvido pela nuvem densa que partia de Charlote, Gael fez uma rápida oração e entrou na delegacia. Sem deixar transparecer o aborrecimento dos minutos anteriores, cumprimentou a todos com o máximo de polidez que conseguiu:

— Bom dia. E então, alguma novidade?

— Na verdade, sim — comunicou Laureano, respondendo ao cumprimento com um aceno de cabeça. — Acabaram de chegar os resultados do exame de DNA daquela gotinha de sangue no cemitério.

— Jura? — animou-se, rapidamente se esquecendo de Charlote. — Vamos ver.

— E a polícia de Porto Velho, finalmente, nos mandou resposta — acrescentou Letícia, em tom puramente profissional. — Andaram interrogando parentes da vítima por lá.

— Muito bem, vamos por partes — estipulou Gael. — Laureano, o que a perícia descobriu?

— O assassino é homem e não está no banco de dados da Polícia.

— O que não quer dizer nada, não é mesmo? São tão poucos os criminosos com material genético arquivado que mal dá para a gente trabalhar.

— Ainda estamos muito distantes do *CSI*, né, chefe?

— O que é uma pena, mas um dia chegaremos lá. E você, Letícia, o que Rondônia tem a nos dizer?

— Basicamente, que o cara veio de Porto Velho para tentar a sorte no Rio, e, de uma hora para outra, parou de fazer contato. A mãe não sabia de nada. Ficou chocada quando soube que o filho havia sido assassinado.

— Só isso? O que ele fazia? Em que trabalhava?

— Nada em especial. Uns bicos aqui, outros ali. Não tinha qualificação nem emprego fixo.

— Algum inimigo?

— Não que ela soubesse.

— Era casado?

— Não.

— Namorada? Namorado? Amante?

— A mãe não sabe.

— Ele era gay ou hétero?

— Ela também não soube dizer.

— Mas que raios de mãe é essa que não sabe nada a respeito do filho? O laudo pericial, presumo, também não é conclusivo.

— Mais ou menos — informou Laureano. — Pelo laudo, o tônus muscular, o esfíncter e a largura do ânus não indicam relações anais, o que não significa muita coisa, não é?

— Não significa nada — ponderou o delegado. — O crime poderia ter motivos sexuais, já que o assassino é, comprovadamente, homem, mas não necessariamente heterossexual.

— Verdade — concordou Laureano. — Mas também pode ter sido cometido por um marido ciumento, por dinheiro, vingança e tantas outras coisas.

— Sem conhecer a vítima, fica difícil traçar um perfil do assassino.

— A gente não pode ficar com a teoria do assalto? — sugeriu Laureano. — Latrocínio resolveria o caso.

— Resolveria mesmo? — contrapôs Gael. — Só que essa hipótese não convence. Além de o assassino ter tido um enorme trabalho para desmembrar e ocultar o corpo, a vítima não me parece alguém que possuísse objetos de valor que valessem a pena tanto risco.

— Isso é...

— Então, acho que podemos descartar a hipótese de latrocínio. Para mim, esse crime tem motivação sexual. Ou os dois eram amantes, ou o assassino surpreendeu a vítima com outra mulher ou outro homem. As pessoas fazem as coisas mais loucas em nome do ciúme. Se soubéssemos a orientação sexual da vítima, teríamos um caminho pelo qual seguir. Como não sabemos, qualquer homem pode ser suspeito.

— Não avançamos nada nessa investigação — constatou Laureano. — Não seria o caso de mandar para o MP e deixar que o promotor se vire?

— Ele vai pedir para arquivar o inquérito.

— Justamente.

— Não. Vou pedir prorrogação do prazo. Até que eu me convença de que não há mesmo como encontrar o criminoso, vamos continuar investigando. Quero explorar todas as possibilidades.

— Francamente, doutor, que possibilidades ainda há para explorar? Ninguém viu nada, ninguém sabe de nada, não havia câmeras no local, as provas materiais são insuficientes. Não temos nada, nem conjecturas. É mais um crime insolúvel.

— Não aceito isso! — objetou o delegado, com mais veemência do que pretendia. — Esse assassino está por aí, em algum lugar, e vou descobri-lo.

— Nós temos outros casos. Por que este é tão importante?

— Porque é o único em que estamos totalmente no escuro. Nos demais, encontramos alguma pista. Neste, nenhuma.

— Sem querer parecer insensível nem desrespeitoso, mas a vítima era um desconhecido, um joão-ninguém. Tirando a mãe, ninguém deu pela falta dele. Aliás, nem ela.

— E daí, Laureano? Ele era uma pessoa, e o cara que o matou, um assassino que pode matar de novo. Vamos permitir isso? Vamos?

Laureano engoliu em seco. Olhando para o papel que tinha em mãos, respondeu em tom quase inaudível:

— Não há muito que possamos fazer, infelizmente.

O olhar que o delegado lançou ao inspetor não foi de raiva, mas de frustração, de impotência. Ele tinha razão. Até aquele momento, não haviam conseguido nada. Se Gael enviasse o inquérito do jeito que estava, tinha certeza de que ele seria arquivado. Sem indiciado, não havia como dar início à ação penal e, até aquele momento, nenhuma prova relevante fora coletada. O melhor que ele tinha a fazer, sem dúvida, era dar o caso por encerrado e concentrar-se naqueles que tinham chance de ser desvendados.

— Vou pensar no assunto — atalhou Gael, com ares de derrotado.

— E o senhor sempre pode reabrir o caso, na eventual hipótese de surgirem novas evidências — prosseguiu Laureano, para animá-lo. — Até que seja consumada a prescrição, leva bastante tempo.

— Isso é uma tentativa de consolo?

— Não, senhor — negou Laureano, embora não encontrasse palavras que camuflassem sua intenção de maneira satisfatória.

— Deixe para lá, Laureano — pediu Gael. — No fundo, você está coberto de razão. É que é difícil, para mim, aceitar a derrota. Quando tomei posse, jurei a mim mesmo que não deixaria nenhum crime sem solução.

Ele estava tão arrasado que nem percebeu quando Laureano pediu licença para se retirar. Preso na decepção, lutava contra a perseguição do fracasso.

— Gael — a voz de Letícia atingiu seus ouvidos como uma gota de doçura em meio a um oceano feio e amargo. — Não fique assim. Você não pode consertar o mundo.

— Eu sei — foi a resposta fraca. — E não estou tentando consertar o mundo. Quero apenas um pouco de justiça.

— Mas você não pode se cobrar tanto.

— Tem razão.

Ela ia sair, mas mudou de ideia e parou em frente a ele.

— Posso lhe fazer uma pergunta? — arriscou timidamente.

— Pode, claro.

— Quem era a mulher que estava com você no carro? — Na mesma hora arrependida, ela tentou reconsiderar: — Quer saber? Esqueça. Não tem nada a ver eu perguntar.

— Está com ciúmes?

— Pode ser — reconheceu ela, notando que ele não ficara aborrecido.

— Pois não precisa. Charlote é massoterapeuta do meu primo, e eu só lhe dei uma carona. Satisfeita?

— Não quero que você pense que sou possessiva nem nada, mas é que fiquei curiosa. Ela é uma mulher muito bonita.

— É, sim, mas nada que se compare a você.

— Que bom que pensa assim.

— Eu não penso, tenho certeza. E agora esqueça Charlote. Eu nem simpatizo muito com ela, ao passo que estou cada vez mais apaixonado por você.

Ela enrubesceu. Queria correr para os braços dele, contudo, o decoro a impediu. Gael também se continha, no entanto, seus olhos revelavam o ardor da paixão. Por um breve instante, a repulsa que sentia por Charlote quase fechou seu humor, mas ele não permitiu. Não era justo que Charlote se interpusesse entre ele e Letícia, quando o delegado não ligava a mínima para ela.

Mesmo assim, sentiu uma coisa esquisita, uma espécie de presságio, de mau agouro, que atribuiu ao horror que vinha desenvolvendo por Charlote. Havia alguma coisa ali, mas ele não sabia, não queria ou não podia definir o que era.

22

A sala vazia e escura parecia oprimir o peito de Charlote, levando-a a quase cruzar a barreira da insanidade. Olhando-se no espelho, não reconhecia a si mesma. De quem era aquele rosto estranho que acompanhava todos os seus gestos, imitava seu olhar, camuflava seu sorriso com um esgar repulsivo? O que via ali refletido não era sua própria imagem, mas o que de mais profundo havia em sua alma.

— Mãe! — gritou para a escuridão. — Cadê você, mãe? Apareça, pelo amor de Deus!

— Estou aqui — a voz de Amália surgiu mansamente. — O tempo todo, estive aqui.

— Mentira. Não vi você.

— Você estava preocupada demais com o espelho para olhar ao redor.

— Não sei mais o que fazer, mãe! — choramingou, desesperada. — Não consigo, não consigo...!

— Você está tentando forçar a vida a fazer sua vontade. Não é assim que as coisas funcionam.

— Você bem que podia me ajudar.

— Como, posso saber?

— Influenciando a cabeça dele, sei lá. Vocês não podem colocar ideias na mente das pessoas?

— De quem é que você está falando, Charlote?

— Você sabe muito bem de quem estou falando. Do delegado.

— De Gael?

— Existe outro delegado na minha vida?

— Não sei. Porque esse, com certeza, não está na sua vida.

— Agora não, mãe, por favor! Não vê que estou desesperada?

— O que você quer com ele?

— Saber se ele me ama.

— Ele já disse que não.

— Não acredito nele.

— Por quê? Que motivos ele teria para mentir para você?

— Ele pensa que está apaixonado pela policialzinha insossa.

— Você está se iludindo. Ele falou na sua cara, que eu sei, que não ama você.

— Isso não basta. Preciso saber de tudo o que ele pensa a meu respeito.

— Ele já disse.

— Mãe! Você não está me ouvindo.

— Quem não está ouvindo é você. Ele não gosta de você, e tenho minhas dúvidas se você não sabe disso. Então, fico me perguntando: o que, realmente, você quer com ele?

— O que mais haveria de ser? Você não vê o que essa moça está fazendo? Está tentando afastar de mim o único homem que me ama.

— Não adianta — lamentou Amália, com um suspiro desanimado. — Você não quer mesmo me ouvir.

— Para você, é fácil entrar nos lugares sem ser vista — prosseguiu Charlote, alheia ao comentário da mãe. — Você bem podia ir lá, na delegacia, e ler os pensamentos dele.

— Não é bem assim que as coisas funcionam. Para início de conversa, o delegado é muito protegido, sabia? É assim com todo mundo que é honesto, principalmente quem exerce funções perigosas, como ele. A dimensão espiritual sabe que as hordas do submundo astral tentam, de todas as maneiras, interferir nas ações das pessoas de bem, e colocam guardas invisíveis para protegê-las. O mundo está em guerra, e não é só lá pelos lados do Oriente, não. Todo o Ocidente está envolvido em sombras, pois seres da treva, que vieram ao mundo com a intenção de provocar o caos e impedir a transição do planeta, estão ocupando postos-chave nos governos, a fim de assegurar a vitória do mal, perpetuando o terror, a corrupção e o poder.

— Você está mudando de assunto — rebateu ela, abismada. — Isso não tem nada a ver comigo.

— Será que não tem mesmo? Indiretamente, você está contribuindo para o fortalecimento da atmosfera nociva que envenena todo o planeta.

— Eu?! — indignou-se, cobrindo o peito com a mão.

— Você, sim, por que não? Acha que suas ações não geram consequências? Que o que você faz passa impune pela vida?

— Você está tentando me confundir.

— Estou tentando alertá-la. Todas as pessoas que, de alguma forma, entram nessa vibração do mal, colaboram para que o mundo perca energia saudável e, pouco a pouco, vá mergulhando nas trevas. Ninguém vence uma batalha sozinho, e os exércitos das sombras estão sempre arregimentando espíritos, encarnados ou não, dispostos a contribuir com seus propósitos.

— O que você quer dizer é que existe uma guerra entre o bem e o mal?

— Sim.

— Essa é boa! — exclamou ela, soltando uma gargalhada. — Qual é, mãe? Isso é coisa de filme de terror.

— É a realidade. As portas do astral inferior foram abertas para que todos pudessem viver sua última chance no planeta, que está se preparando para abandonar a fase do sofrimento para ingressar na era da compreensão. A evolução espiritual não terá mais por base a dor, mas o amor. Ao invés do padecimento e da expiação como formas de aprendizado, o ser humano compensará a vida, pelos desequilíbrios que causou, através da doação de si mesmo em prol de toda humanidade.

— Depois sou eu que invento desculpas esfarrapadas. O que deu em você, mãe? De repente, parece outra pessoa. Está se bandeando para o lado de lá, é, traidora?

— Estou cansada, Charlote. Quero ir embora daqui, para um lugar onde poderei receber ajuda e trabalhar.

— Trabalhar em quê? Existem prostitutas lá no céu? Vê lá se não vai passar aids para os outros espíritos, hein?

— Por que está me agredindo? Tudo o que faço é para ajudá-la.

— Eu sei, me desculpe — arrependeu-se. — É que estou frustrada. Queria tanto saber se tenho uma chance com Gael. Tem certeza de que não dá para você tentar descobrir? Por favor...

— Impossível. Não vou nem conseguir chegar perto do delegado. Como disse, ele é protegido. E depois, ainda que conseguisse, os espíritos lá do alto não me permitiriam contar nada a você.

— Eles não têm como impedi-la! — protestou ela, com raiva.

— Ah, mas têm sim. E eu é que não sou besta de desobedecer às ordens deles.

— Por quê? Eles não são do bem? Não fariam nada para prejudicar você.

— Não se iluda, Charlote. Antes mesmo de eu chegar até você, eles já teriam me impedido. Ou você acha que muitos já não tiveram essa mesma ideia? E que os seres das sombras que os acompanham já não tentaram? Nada disso funciona. Se funcionasse, o mundo entraria em colapso e, ao invés de subir um degrau na escala evolutiva que lhe é própria, retrocederia até o estágio da barbárie, o que vai contra a lei universal da evolução.

— Você está confundindo tudo! Fala de mim como se eu fosse uma bandida, uma criminosa. Eu só quero saber se Gael me ama!

— Lamento, mas não tenho como saber isso. Se quiser, vai ter que descobrir por si mesma.

— Não entendo de onde você anda tirando essas ideias estapafúrdias. Quem está instruindo você?

— Por que acha que estou sendo instruída? Não posso usar o raciocínio e ter ideias próprias?

— Você anda muito esquisita. Nunca antes ouvi você falar assim.

— Tem razão, Charlote. A verdade é que estou aprendendo.

— Aprendendo o que e com quem? Com aquele grupinho de marginais com quem você andava é que não é.

— Quer mesmo que lhe diga? — ela assentiu. — Tem um centro espírita aqui perto que é muito bom...

— Centro espírita? — repetiu Charlote, indignada.

— É, por quê? Qual é o problema?

— Nenhum, acho. Só não sei se combina muito com você — divagou, cada vez mais perplexa. — Mas como é que você foi parar lá?

— Um dia, estava tão desiludida, que entrei lá. Era dia de sessão, a assistência estava lotada. Havia alguns espíritos encarregados de orientar os desencarnados que chegavam, que eram tantos! Fui recebida com o maior carinho e encaminhada para um local onde pude assistir à palestra. Fiquei maravilhada, Charlote! Cada coisa que eles disseram!

— Outro dia você me conta — atalhou Charlote, não querendo se desviar muito de seu propósito. — Não fuja do assunto, por favor.

— Foi você quem perguntou.

— Fiquei curiosa, só isso. E, se quer saber, não sei se essa coisa de centro espírita é uma boa.

— Por que não?

— Sei lá. Isso pode acabar metendo caraminholas na sua cabeça.

— Diz isso só porque tem medo de que eu me liberte de você, não é? Sabe que o conhecimento tem esse poder.

— E você faria isso? — replicou Charlote, acabrunhada.

— Não. Você ainda precisa de mim.

— Ainda preciso, não. Vou precisar sempre.

Amália preferiu não contestar. Sabia que, cedo ou tarde, chegaria a hora de partir, e a filha teria que aceitar.

— Tudo bem — concordou ela. — Estarei aqui.

— Agora, voltemos ao que interessa. Você vai ou não fazer o que lhe pedi?

— Não.

A resposta foi tão dura, rápida e seca, que Charlote não teve tempo de processar seu significado. Achava que havia convencido a mãe a mudar de ideia e não esperava que ela, simplesmente, encerrasse o assunto com uma negativa categórica. Quando se recuperou da indignação e ameaçou protestar, não teve mais tempo. Amália havia desaparecido, deixando Charlote a encarar o vazio do espaço que antes fora ocupado por ela.

23

Fabiano se esmerou ao máximo no jantar que, finalmente, seria oferecido a Letícia e família. Não era bem o que ele esperava para o primo, contudo, respeitaria sua escolha. Gael já deixara bem claro que não admitiria interferências em sua vida pessoal. Assim, por mais que ele achasse que Charlote seria a mulher ideal para o primo, esforçar-se-ia ao máximo para gostar de Letícia.

— Tem certeza de que não comentou nada com Charlote? — indagou Gael, admirado com a arrumação caprichada da sala, toda ornamentada com flores brancas e perfumadas.

— Não foi o que você me pediu? — rebateu Fabiano, temendo que ele descobrisse que havia feito apenas um comentário inocente.

— Foi. Mas também havia lhe pedido que só a trouxesse aqui quando eu não estivesse em casa, e não foi o que aconteceu no outro dia.

— Perdão, Gael. Eu estava para me desculpar com você, mas o tempo foi passando, e acabei me esquecendo.

— Sei como é.

— Naquele dia, a massagem estava tão boa, que acabei dormindo, como sempre, e perdendo a hora. Espero que ela não tenha lhe causado problemas.

— Mais ou menos. Você viu que ela forçou um encontro comigo no elevador, não viu?

— Vi. Pedi a ela para esperar, mas não adiantou. Ela saiu correndo atrás de você. Sinto muito.

— Deixe para lá. Já passou.

— E sua implicância com ela? Também passou?

— Não comece, Fabiano, por favor.

— Desculpe.

Fabiano virou as costas para Gael, sob o pretexto de verificar o assado no forno. Não queria acabar se delatando e deixando escapar que havia comentado com Charlote a respeito do jantar. E embora ela tivesse prometido que não apareceria por lá, ele não estava bem certo de que ela cumpriria a promessa.

— Você caprichou, como sempre — Gael elogiou, para mudar de assunto. — Obrigado.

— Não precisa me agradecer. Sou pago para isso — retrucou Fabiano, maldosamente.

Gael estacou abismado, olhando para o primo sem entender.

— Posso saber o motivo da agressão repentina e gratuita?

— Não foi nada.

— Você acredita mesmo que nossa ligação agora é apenas profissional? Primos, nunca deixaremos de ser, mas não somos mais amigos?

— Não foi bem isso que eu quis dizer — retratou-se, embora sem muita convicção. — E desculpe a franqueza, mas não é o que somos, de verdade? Patrão e empregado? Na condição de empregado, sei bem o meu lugar. Não devo me intrometer nos assuntos pessoais do patrão.

— Acha mesmo que esse é o laço que nos une? — protestou, não sem uma certa mágoa. — Quando nos conhecemos, ambos já éramos adultos. Não tínhamos uma história familiar de infância para partilhar. Nunca brincamos juntos nem dormimos um na casa do outro. Não fomos ao cinema nem à praia, nem nossas famílias planejaram férias em conjunto. Éramos dois estranhos, até o momento em que você pisou no Escritório Modelo da faculdade e se apresentou. Eu poderia apenas cuidar do seu caso, porque era minha obrigação como estagiário. Mas não. Interessei-me por você, quis estreitar os laços, fazer amizade... porque você é meu primo? Sim, claro, somos da mesma família. Eu não tive irmãos nem outros primos, então, considero natural ter me interessado pelo único parente que descobri. Aos poucos, fui me afeiçoando a você, e hoje o vejo como meu irmão. Como é que você pode, simplesmente, ignorar tantos anos de convívio e amizade e me fazer uma acusação tão injusta e inverídica como esta?

— Ai, Gael, me desculpe — retorquiu Fabiano, quase chorando, com sincero arrependimento. — Falei sem pensar.

— Mas falou. Colocou para fora o que estava guardado aí dentro. E tudo isso por quê? Por causa de Charlote, não é?

Ele não respondeu.

— Aposto como foi ela que andou enchendo a sua cabeça, envenenando você contra mim.

— Não é nada disso.

— Não compreendo você, Fabiano. Se gostasse de mulher, diria que está apaixonado por Charlote. Como não gosta, queria entender por que você tem essa fixação nela.

— Charlote é uma pessoa incrível e é minha única amiga, além de você.

— Que bom que agora reconhece que somos amigos.

— É claro que reconheço. Quando disse aquelas barbaridades, não estava raciocinando direito. Eu só queria externar o meu inconformismo.

— Podia ter feito isso sem me agredir.

— Por favor, Gael, não fique com raiva de mim. Você é meu único amigo e sempre me tratou como tal. Fui injusto e desleal com você. Me perdoe.

— Vamos deixar esse assunto para lá, está bem? Você estava com raiva, eu entendo. Mas não repita mais isso, por favor.

— Nunca mais, eu juro.

— Fico feliz.

Antes que Fabiano dissesse ou fizesse qualquer coisa, Gael o abraçou fraternalmente. O primo, emocionado, deixou escapar alguns soluços e procurou justificar:

— Eu gosto de Charlote, de verdade. Ela não é como a maioria das pessoas, que ri de mim e debocha do meu jeito.

— Eu sei. Apenas, tenha cuidado com ela. E agora cuide de tudo, sim? Vou buscar Letícia e já volto.

— Está certo.

Ainda pensando no desagradável incidente, Gael saiu da garagem, tomando o caminho da Barra da Tijuca. Nem percebeu quando, do outro lado da rua, um pescoço se empertigou por detrás de um carro irregularmente estacionado na calçada.

— Desgraçado — rosnou Charlote, mordendo os lábios, de raiva. — Dando jantarzinho para a periguete e nem deixou Fabiano me convidar.

Sacou o celular da bolsa, que começou a tocar antes mesmo que tivesse a chance de desbloqueá-lo. O número desconhecido já não a enganava mais. Tinha certeza de que era Osvaldo, acusando-a de criminosa e cobrando um dinheiro que ela nunca pretendia pagar. Pensou em não atender, contudo, resolveu que já era hora de dar um basta naquela insistência. Mal tocou a tecla correspondente, ouviu a voz desagradável de Osvaldo:

— Onde está o meu dinheiro, sua salafrária assassina?

— Escute aqui, Seu Osvaldo, já não aguento mais o senhor me ligando.

— Então pague o que me deve, ou então irei à polícia.

— Ah, é? E dirá o quê? Que lhe dei o calote nas massagens? A polícia vai rir na sua cara, velho idiota, muquirana! Chorando miséria, quando é cheio do ouro.

— Você tentou me matar.

— Tentei? Prove.

— Você está na câmera de segurança.

Durante uns breves instante, Charlote titubeou. Será que a câmera havia flagrado algo comprometedor? Não, impossível. A câmera ficava do lado de fora, no portão, e ela não tinha conhecimento de nenhuma outra no interior da casa.

— Você está blefando, velho. Não tem câmera dentro de casa.

— Isso é o que você pensa.

— Eu nunca vi.

— Não era para você ver.

— Mentiroso — acusou, insegura. — Está falando isso só para me assustar.

— Será mesmo? Vamos ver o que a polícia vai achar quando vir você me provocando um enfarte.

— Eu não provoquei enfarte algum em você! — esbravejou, perdendo a pouca calma que tinha. — Foi sem querer! Você passou mal porque é um fracote, não tive nada a ver com isso. E olhe que ainda fui boazinha e lhe dei o remédio.

— Mentira! Você o deixou fora do meu alcance de propósito, para me matar sem ter que pôr as mãos em mim. Você queria que eu morresse para não ter que pagar o que me deve. Só que o seu plano não deu certo. Eu consegui, Charlote, estou vivo!

— Mais ou menos, né?

— O que você fez se chama tentativa de homicídio e dá cadeia, sabia? E ainda tem a agravante de que eu sou idoso.

— Cale a boca! — vociferou, irritada. — Ou melhor, quer mesmo saber? Eu realmente calculei mal a distância em que coloquei o remédio, mas e daí? Queria que ele estivesse fora do seu alcance. Se você tivesse morrido ali, ninguém ia poder me acusar de nada. E teria me poupado o estresse e o dinheiro!

Um silêncio momentâneo se estabeleceu entre eles, levando-a a pensar que a ligação havia caído. O tempo no aparelho, contudo, continuava a correr, sinal de que eles ainda estavam conectados. Ela ia dizer alô quando ouviu a própria voz do outro lado da linha: "Ou melhor, quer mesmo saber? Eu realmente calculei mal a distância em que coloquei o remédio, mas e daí? Queria que ele estivesse fora do seu alcance. Se você tivesse morrido ali, ninguém ia poder me acusar de nada. E teria me poupado o estresse e o dinheiro!".

— Obrigado, Charlote — Osvaldo falou, do outro lado da linha. — Sua voz ficou ótima na gravação. Tenho certeza de que a polícia vai adorar.

— Você gravou o que eu disse? — horrorizou-se. — Velho safado, cretino, maldito!

— Pode xingar à vontade, mas isso não vai livrar a sua cara. Só vai piorar ainda mais a sua situação. E agora, adeus. Chega dessa conversa mesquinha.

— Espere! — gritou. — Não desligue, ainda.

— Por quê? Está com medo agora?

— Não se trata disso — contemporizou, a voz melíflua denotando a perfídia e o pavor. — Na verdade, não precisamos brigar. Podemos resolver essa situação da melhor forma possível.

— Pague o que me deve, e tudo ficará bem.

— Eu quero pagar, Seu Osvaldo, juro. Mas não tenho dinheiro agora.

— Vire-se.

— O senhor podia me dar um prazo. Prometo que farei o possível...

— Você tem vinte e quatro horas — cortou ele. — Ou, então, irei à polícia.

— Chantagem é crime, sabia?

— Tentativa de homicídio também. Então, somos dois criminosos. Adivinhe quem sairá perdendo.

O telefone ficou mudo. Osvaldo havia desligado, sem lhe dar a chance de tentar argumentar. O medo se alastrou dentro dela, levando seu corpo todo a tremer. Não sabia se o que ele dizia era verdade, se ela podia mesmo ser acusada de tentativa de homicídio. Por que Osvaldo não podia simplesmente deixar para lá? Ele não precisava do dinheiro. Era rico, possuía imóveis e muitos investimentos.

Ela, por outro lado, não possuía dinheiro algum, já havia gastado tudo. Tivera uma lata-velha um dia, mas fora obrigada a vendê-la para quitar suas dívidas. Aquela importância era uma miséria para Osvaldo, ao passo que, para ela, representava as contas pagas no fim do mês. Será que ele não entendia isso?

Osvaldo entendia. No entanto, não era de seu feitio deixar-se enganar. Se ela lhe devia, tinha que pagar. Era o certo, era a lei. Não era direito ela lhe dar o calote e ficar por isso mesmo. Avarento e orgulhoso, Osvaldo nunca havia permitido que alguém o enganasse e saísse lucrando. Charlote, certamente, não seria a primeira.

24

Mais bonita do que nunca, Letícia recebeu Gael à porta. Vestida como uma princesa, nem parecia a oficial de cartório eficiente que trabalhava com ele na delegacia. Feminina, elegante, perfumada, uma verdadeira *lady* de gestos graciosos, mas que não escondiam a determinação por detrás do encanto.

— Você está linda, como sempre — elogiou ele, totalmente embevecido e apaixonado.

— Obrigada. Você também não está nada mal.

— Gostou? Fiz questão de abolir a gravata.

— Fez bem.

— Estão todos prontos? Podemos ir?

— Já estamos prontos — anunciou Glória, entrando na sala, puxando o neto pela mão.

— Minha futura sogra é uma mulher incrivelmente bonita e jovem — comentou ele, e estava sendo sincero.

— Bondade sua — agradeceu ela, encabulada.

— A filha tem a quem puxar — prosseguiu ele, alisando o rosto de Letícia.

— Pare com isso — protestou ela. — Está nos deixando sem graça.

Ele riu com satisfação, agora se voltando para o garotinho que olhava para cima, na tentativa de chamar a atenção dele. Gael se abaixou, para ficar na altura dos olhos de Cauã, e, após dar-lhe um beijo no rosto, afirmou com delicadeza:

— E você é um rapazinho incrivelmente bonito, sabia?

— Obrigado — respondeu ele, com a usual simplicidade infantil.

— Podemos ir?

Saíram todos juntos, dividindo a mesma aura de harmonia. Por sorte, não havia trânsito àquela hora e, em pouco tempo, chegaram à casa de Gael.

Assim que o carro embicou na garagem, Charlote se escondeu atrás de uma árvore. Naquele exato momento, Gael olhava pelo retrovisor e notou um movimento estranho do outro lado da rua. Fixou o olhar, mas não conseguiu identificar o que seria. Por uma ínfima fração de segundo, seus olhos haviam captado os cabelos esvoaçantes de Charlote, mas aconteceu tão rápido, que ele julgou tratar-se de uma ilusão.

A porta da garagem se abriu, desviando sua atenção. Gael estacionou o carro na vaga de sempre, já esquecido do insignificante episódio. Subiram no elevador com um vizinho, que não tirava os olhos de Letícia, o que o deixou enciumado, porém, vaidoso de estar em tão boa companhia.

Parecia que Fabiano havia adivinhado que eles estavam chegando. Antes mesmo que tocassem a campainha, ele abriu a porta, saudando-os com um sorriso galante. Nem parecia o mesmo Fabiano afetado de sempre. Vestia uma calça jeans preta, camisa social e um blazer muito bem talhado.

— Oi, gente — cumprimentou ele, engrossando a voz e mal disfarçando os trejeitos que lhe eram tão peculiares. — Sejam bem-vindos. Vamos entrando, por favor.

— Você deve ser o Fabiano — Letícia adiantou-se, ao que ele assentiu. — Gael fala muito em você.

— Bem, espero — brincou ele, pigarreando para manter a voz grossa.

— Sempre.

— Esta é a Letícia — anunciou Gael. — Esta é Glória, mãe dela, e o filho, Cauã.

— Muito prazer, Fabiano — apresentou-se Glória, beijando-o no rosto. — E você, Cauã? Não fala com o tio?

— Oi — disse o menino, abrindo um sorriso sincero e estendendo os bracinhos para Fabiano, que o pegou no colo.

— Oi, Cauã. Estou muito contente que você tenha vindo.

— Também...

— Ele é uma graça — observou e, pondo o garoto de volta no chão, endireitou o corpo e caminhou todo duro.

Dentro do apartamento, seguiu-se a surpresa que o aroma da comida de Fabiano sempre provocava nos visitantes. A sala, impecavelmente arrumada, brilhava de tão limpa. E a mesa posta para o jantar fora arrumada com tanto esmero, que a conclusão a que se chegava era de que ali só poderiam ser servidas as mais finas iguarias.

Não faltaram elogios ao capricho de Fabiano, a quem Gael, merecidamente, concedeu todo o crédito. Aquela era a área dele, o que ele sabia fazer de melhor. Tudo era perfeito, menos um pequeno detalhe, que destoava da naturalidade do ambiente: o próprio Fabiano, que parecia um robô ligado no automático, se comportando de maneira totalmente artificial.

— Você foi perfeito, Fabiano, como sempre — observou Gael, num momento em que conseguiram ficar a sós na cozinha. — Só não precisa fingir uma coisa que você não é.

— Como assim? — surpreendeu-se o outro.

— Pare de fingir que é machão — gracejou. — Elas sabem que você é um gay afetado.

— Ai, Gael, jura? — retrucou ele, soltando um suspiro e relaxando o corpo, aliviado. — Posso voltar ao normal?

— Não devia nem ter saído dele. Você está parecendo uma múmia.

— Nojento — rebateu, rindo. — Eu bem achei que estava ridículo.

— E essas roupas? Onde foi que arranjou?

— São as melhores que tenho. São as roupas que uso quando vou procurar emprego. Gostou?

— Até que ficaram bem em você.

— Obrigado. — Abriu o forno, inspirando o perfume do peru, e, retomando a vozinha aguda de sempre, indagou: — Vamos comer?

Foi um jantar agradabilíssimo. Todo mundo comeu, conversou e se divertiu, principalmente Fabiano, que retomou a voz e os trejeitos afetados, causando risos espontâneos em Cauã. Letícia e Glória gostaram muito dele, que não foi capaz de negar a simpatia que sentiu por Letícia. Às vezes, a lembrança de Charlote parecia querer infligir-lhe uma espécie de remorso por simpatizar com a rival da amiga, mas ele procurava afastá-la do pensamento e centrar-se na conversa.

Afinal, não era culpa sua se Gael não gostava dela. Ele, Fabiano, continuava gostando, contudo, não podia exigir que o primo sentisse a mesma coisa nem podia tomar as dores dela a ponto de destratar a mulher que Gael realmente amava. Pensar assim lhe causou imenso alívio, liberando-o da obrigação de antipatizar com Letícia.

Quase no fim do jantar, o celular de Fabiano tocou. Pelo visor, ele viu que era Charlote e preferiu não atender. Colocou o aparelho no silencioso e guardou-o no bolso, para evitar problemas. Mais tarde, falaria com ela.

Plantada em frente ao prédio, Charlote espumava de raiva. Fabiano não atendia nenhuma das suas ligações. Nem ela mesma sabia o que pretendia com aquela insistência. Qualquer indício de escândalo só serviria para atirar Gael no lado oposto ao que ela se encontrava. Por mais que estivesse convencida disso e houvesse jurado a si mesma que não cairia na armadilha da perseguição, não conseguia manter a palavra. Era mais forte do que ela. E Fabiano, aquele traidor, devia ter-se deixado influenciar pelas baboseiras de Gael e caído na esparrela da intrometida.

Charlote respirou fundo uma, duas, três vezes. Massageou o peito, para acalmar a fúria, e sentou-se na beira da calçada, alheia aos carros que passavam tirando fino do meio-fio. Um pouco mais além, um espírito mal-encarado a observava. Atraído pela atmosfera de raiva, que criava nuvens cinza ao redor da cabeça dela, quis se aproximar. Chegou bem pertinho, pronto para dar o bote e sugar um pouco da sua energia, quando se sentiu alvejado por uma espécie de raio invisível. Olhando para os lados, não viu nada. Investiu novamente e, outra vez, foi atingido pela estranha força. Sentou-se ao lado dela e tentou perscrutar-lhe a mente, mas um estranho mal--estar começou a alastrar-se por todo seu corpo. Incomodado com aquela sensação, que não podia descrever nem sabia de onde vinha, desistiu dela e foi embora.

De cabeça baixa, Charlote pensava no que fazer. A presença do espírito a seu lado chegou a causar-lhe uma certa indisposição, contudo, ela se recompôs rapidamente, tão logo ele partiu. Acostumada à misteriosa sensação de fraqueza que por vezes sentia, sem saber precisar a causa, esperou até que ela se dissipasse, como sempre acontecia. Pensava agora até com um pouco mais de clareza. Sacou o celular pela última vez, pressionando o dedo sobre o nome de Fabiano. Ouviu o toque insistente, de novo, ignorado por ele.

Agindo com uma frieza estupenda, Charlote se levantou, limpou o traseiro da poeira da rua e caminhou na direção da portaria. Figura conhecida no prédio, teve a passagem franqueada tão logo o porteiro a identificou. Charlote entrou segura de si mesma, cumprimentou o rapaz com simpatia e foi chamar o elevador.

— Quer que a anuncie? — indagou ele.

— Não precisa. Fabiano está me esperando.

O homem apenas assentiu, voltando os olhos para a rua. Charlote entrou no elevador com uma calma da qual ela mesma duvidava. Andava vagarosa e cuidadosamente, como se contasse cada passo. Seguiu sem pressa pelo corredor, dando a si mesma tempo para concluir o processo de reequilíbrio interno. Quando, finalmente, tocou a campainha, não guardava mais nenhum resquício da instabilidade emocional que quase a havia levado a perder a cabeça.

— Quem será a essa hora? — perguntou Gael, tendo uma horrível premonição.

— Vou ver — adiantou-se Fabiano, correndo para a porta, já desconfiado de quem poderia ser.

Todos os olhares se uniram na curiosidade de saber quem seria o visitante intempestivo. Fabiano não queria abrir, temendo uma catástrofe que não tinha como evitar. Rezou silenciosamente, como poucas vezes fazia, girou a chave na fechadura e a porta se abriu lentamente, revelando a já esperada presença de Charlote.

— Boa noite, Fabiano — falou ela, forçando um sorriso e entrando sem esperar convite. — Demorei muito?

— Charlote! — ele soltou um gritinho, fingindo surpresa. — O que está fazendo aqui? Eu não tinha dito que hoje...

— Ai, meu Deus, é hoje o dia do jantar! — exclamou ela, olhando para os convidados e dando um tapinha na testa, com fingido esquecimento. — Que cabeça a minha, Fabiano. Não é que me esqueci completamente?

Da sala, todos a olhavam sem entender, à exceção de Gael, que, se pudesse, estrangularia não apenas Charlote, por ter aparecido sem ser convidada, mas principalmente Fabiano, por ter mentido e comentado com ela sobre o jantar. Para salvar a situação, levantou-se com cautela e aproximou-se, esforçando-se, ao máximo, para parecer educado:

— Lamento muito o mal-entendido, Charlote. Como pode ver, estamos dando um jantar em família. Sei que você vai entender.

— Claro, claro, não se preocupe. Que cabeça a minha. E olhe que me desabalei até aqui, achando que estava superatrasada. Não deu tempo nem de comer um salgadinho. Mas tudo bem. Amanhã, então? Vou tentar chegar mais cedo.

— Sinto muito, Charlote, sério — afirmou Fabiano, sentindo-se mal com a raiva estampada em seu olhar.

— Você vai deixar a moça sair com fome? — Letícia indagou, penalizada.

— Por que não a convida para jantar? — sugeriu Glória. — Tem tanta comida!

— Este era para ser um jantar íntimo — protestou Gael, entre os dentes, irritado com o que sabia ser uma artimanha de Charlote.

— E daí? — contrapôs Letícia. — Aposto que ninguém aqui vai se incomodar com isso, vai?

— Mas quem é ela, afinal? — Glória quis saber.

— É a massoterapeuta de Fabiano — esclareceu Gael, sem tirar os olhos de Charlote.

— Ora, muito prazer — falou Letícia, de forma inocente. E, virando-se em seguida para o namorado, indagou: — Então, Gael? Não vai convidá-la para entrar e sentar-se conosco?

Fingindo não prestar atenção, Charlote não perdia nenhuma palavra sussurrada à mesa. O plano que engendrara de última hora surtia o efeito desejado. Ela encarava Letícia com fingida simpatia, embora, pela visão periférica, não perdesse nada dos gestos de Gael. Reconhecia suas feições duras, seu olhar gélido, seus gestos contrariados.

— Tudo bem, entre, Charlote — Gael se deu por vencido, mas não fez nenhum esforço para disfarçar o desagrado. — Fabiano, pode pegar um prato para ela?

— Não quero incomodar — protestou ela falsamente.

Gael podia ter dito que não seria incômodo algum, mas não conseguiu fingir. Ignorando o próprio comentário, Charlote tomou assento na única cadeira disponível à mesa de seis lugares, bem de frente para Gael. Ele concluiu as apresentações, esmerando-se para demonstrar indiferença. Na verdade, sua irritação era tanta, que Letícia acabou percebendo.

Fabiano pôs prato, talheres e copo na frente de Charlote, fazendo sinal para que ela se servisse. Sem cerimônia, Charlote se serviu de tudo que havia à mesa, tomando cuidado para não exagerar nem demonstrar falta de educação.

— Você parece aborrecido — sondou Letícia, num tom que apenas ele foi capaz de ouvir.

— Eu queria que essa noite fosse apenas nossa.

— É só isso? — ele confirmou. — Mas você ficou estranho de repente. Não entendo por que a chegada dessa moça mexeu tanto com você.

— De onde você tirou essa ideia? Ela não mexe nada comigo.

— Não é o que parece. Ela é uma mulher bem atraente.

— Charlote não me diz nada.

— Vocês já namoraram?

Ele a olhou, indignado, sem conseguir responder.

— Se namoraram, não faz mal. Somos adultos, já tivemos outros relacionamentos antes.

— Pelo amor de Deus, Letícia, não é nada disso! Eu mal conheço Charlote. Ela é apenas a massagista de Fabiano.

— Ela me parece bem mais do que isso — considerou, notando a intimidade com que os dois se tratavam.

— Eles são amigos, e daí? É problema dela e de Fabiano.

— Ela incomoda você — afirmou, sem sombra de dúvida.

Gael silenciou. Ao invés de inventar uma desculpa, preferiu encerrar o assunto com um beijo apaixonado. Letícia correspondeu hesitantemente, com medo de chocar o filho. Cauã, porém, entretinha-se com Fabiano, que imitava a famosa dança dos pãezinhos, encenada por Charles Chaplin no filme *Em busca do ouro*. O menino dava gargalhadas gostosas, nitidamente encantado com a encenação, que também prendia a atenção de Glória e, pretensamente, de Charlote.

— Eu te amo — Gael não cansava de repetir, cada vez que conseguia afastar um pouco os lábios dos de Letícia.

Charlote acompanhava a cena tão bem desempenhada por Fabiano, mas com olhos e ouvidos atentos ao casal de apaixonados, na esperança de captar suas palavras. Olhando de soslaio para Letícia, sentiu que a odiaria para sempre. E o que mais poderia sentir por ela além do ódio que se consumia no turbilhão do despeito? À medida que o olhar de Charlote escapulia da obliquidade para se tornar insistente, Letícia foi percebendo que era sobre ela que Charlote o deitava. Incomodada com a obstinação com que a outra a fitava, ela virou a cabeça para encará-la, ainda que pretendesse não parecer arrogante nem intimidadora.

A resposta de Charlote foi um sorriso frio, impessoal, enigmático, despido de qualquer emoção. Letícia a encarou, o coração sobressaltado, sem saber como definir a pessoa que tinha diante de si. Aos poucos, o rosto de Charlote se descontraiu. Os traços do sorriso dela não se apagaram, mas adquiriram uma vivacidade curiosa, indecifrável. Depois, distenderam-se ao ponto da uma gargalhada silenciosa, subitamente substituída pelo lampejo de um desprezo sombrio, que encerrou sua face num sorriso feio e maligno.

Foi rápido, e o susto, tão grande, que Letícia perdeu a fala, e seu corpo inteiro se arrepiou.

25

Apesar do susto, para Letícia, a presença de Charlote não trouxe nenhum incômodo. Fabiano até que se sentiu constrangido, já que rompera a promessa que fizera ao primo e mentira sobre não ter comentado nada com ela. Para Gael, contudo, era um aborrecimento, uma contrariedade tamanha, tão grande que ele precisou de todo seu estoque de fingimento para tolerar a presença dela. Logo ele, que detestava hipocrisia, via-se obrigado a simular uma cordialidade que estava muito longe da forma como realmente gostaria de tratá-la. Não que desejasse passar-se pelo que não era, mas apenas porque não queria estragar o jantar que tão cuidadosamente planejara para aproximar as duas famílias.

Charlote, por sua vez, era a imagem genuína da falsidade. Sentada à mesa, entre eles, falava e agia como se os conhecesse de longa data. Esforçava-se para transmitir a ideia de que era amiga íntima, ao menos de Fabiano, e não perdia a oportunidade de elogiar o amigo. Por fim, encerrado o repertório de bajulações, resolveu dar outro rumo à conversa:

— Deve ser emocionante o trabalho de vocês — comentou, entre uma lambida e outra na colher de sobremesa.

— Mais ou menos — esclareceu Letícia. — É muito triste, na verdade.

— Imagino — concordou Charlote. — Um monte de gente morta...

— Uma barbaridade — acrescentou Glória. — Eu não queria que Letícia trabalhasse na polícia, mas ela passou no concurso e insistiu em tomar posse.

— Ainda bem, não é, Glória? — gracejou Gael. — Ou eu não a teria conhecido.

— Isso lá é verdade.

— Mas me conte, Gael — continuou Charlote. — Você vê muitas cenas horripilantes?

— Algumas.

— Gente morta não me assusta, mas sinto calafrios só de pensar em pessoas mutiladas, sem cabeça nem braços, com sangue pingando por todo lado.

— Eu, hein, Charlote! — objetou Fabiano, com ar de repulsa. — Isso lá é assunto para a hora do jantar e na frente de uma criança pequena?

— Pois eu não vejo nada de mais — ponderou Charlote. — É a vida.

— Infelizmente — concordou Gael.

— Vi o seu nome no jornal outro dia — prosseguiu ela, dirigindo-se a Gael. — No caso daquele cara esquartejado no cemitério.

— Quer parar? — zangou Fabiano.

— Li que fizeram picadinho do sujeito e puseram os pedacinhos na cova de outra pessoa. — insistiu ela. — E ainda desalojaram o coitado que estava enterrado lá.

— Cruzes, Charlote, que papo mórbido! — protestou Fabiano, fazendo cara de horror.

— Já têm alguma pista do assassino? — continuou ela, ignorando os protestos de Fabiano.

— Ainda não — explicou Gael, prestando mais atenção ao primo do que a ela. — Na verdade, não estamos nem perto de descobrir quem foi.

— Por quê? O criminoso não deixou pistas? Difícil de acreditar.

Gael não estava nem um pouco disposto a discutir aquele caso com Charlote ou qualquer outra pessoa. Alguns elementos não haviam sido divulgados pela mídia, como a gota de sangue encontrada na sepultura, e ele não iria revelar aquele detalhe apenas para satisfazer a curiosidade de uma intrometida. Além do mais, estava preocupado com Fabiano, cuja encolerizada reação, até então, era-lhe desconhecida.

— Ele se acha esperto — mencionou, com cautela. — Mas a hora dele vai chegar.

— Espero que sim. Não é possível um cara esquartejar outro e sair impune.

— No que depender de mim, isso não vai acontecer.

— Fico mais tranquila, sabendo que ainda existe gente boa na polícia.

— Podemos mudar de assunto agora? — sugeriu Fabiano, mal conseguindo controlar o mau humor. — Você já matou a curiosidade, Charlote.

A fisionomia de Fabiano demonstrava grande aborrecimento. Talvez até um pouco exagerado, diante das circunstâncias. Afinal de contas, ninguém falou nada de mais. Tudo bem que Charlote fora inconveniente e intrometida, mas o caso havia saído nos jornais, e talvez ela fosse daquelas pessoas que exultavam diante de notícias sangrentas.

Não era, contudo, o caso de Fabiano. Só naquele momento foi que Gael se deu conta de que o primo nunca perguntava sobre seus casos. Não demonstrava a menor curiosidade nem interesse. Na verdade, ignorava completamente os assuntos da polícia. Teria ele sido vítima de algum incidente traumático? Pensando nisso, Gael aproveitou que ele tirava a mesa e o seguiu até a cozinha, onde o questionou, tomando o cuidado de não ser ouvido por mais ninguém.

— Por que a conversa o incomodou tanto?

— Não gosto de sangue — foi a resposta seca.

— Mas não estávamos falando de sangue, exatamente.

— Charlote estava. Parecia até uma vampira.

— Você está exagerando.

— Pode ser, mas tenho horror a essas histórias sangrentas e gostaria de ser respeitado.

— Será que esse horror não tem um motivo?

— Que motivo? — inquietou-se.

— É o que estou lhe perguntando.

— Motivo nenhum. Eu só não gosto e pronto.

— Tudo bem.

Embora não muito convencido, Gael não insistiu, ainda mais porque Letícia entrou na cozinha.

— Gael — chamou, estacando sem graça, ao perceber que estava interrompendo uma conversa importante. — Desculpe, volto depois.

— Não precisa sair, Letícia — falou Fabiano. — O que estamos conversando não é nenhum segredo.

— Não é, não — confirmou Gael.

— Lamento incomodar, mas acho que já está na hora de irmos — anunciou ela. — Cauã está caindo de sono.

— Sim, claro — Gael assentiu. — Vou levar vocês em casa.

— Obrigada.

Passando o braço ao redor dos ombros dela, Gael voltou para a sala, onde Cauã, deitado no sofá, adormecera com a cabeça no colo de Glória.

— Seu filho é muito lindo — elogiou Charlote, observando o menino com olhar indecifrável.

— Obrigada — respondeu Letícia, embevecida. — Ele é tudo para mim. Sou louca por ele.

— Adoro crianças.

— Você tem filhos? — Glória quis saber.

— Lamentavelmente, não. Mas quero ter.

— Você não acha que já está meio velha para isso? — espetou o delegado, em tom desagradável.

— Gael, o que é isso? — recriminou Letícia, totalmente sem graça. — Charlote ainda é uma mulher jovem.

Nem ele respondeu, nem Charlote objetou. Se ela dissesse qualquer coisa, corria o risco de descontrolar-se e gritar com ele, o que seria uma péssima ideia. Por isso, contou até dez, engoliu a ofensa e, quando conseguiu falar, foi capaz de manter um tom espirituoso e, aparentemente, descontraído.

— Tenho certeza de que Gael só está preocupado com a minha saúde. E com a do futuro bebê, é claro.

— É claro — confirmou ele, tentando aparentar neutralidade.

Para desfazer o mal-estar, Glória resolveu intervir:

— Bom, gente, será que podemos ir? Cauã ferrou no sono.

— Vamos, Glória. Deixe que eu carrego o menino.

Ele se adiantou e tomou Cauã no colo. A criança se remexeu, soltou uns grunhidos engraçadinhos e ajeitou a cabeça no ombro dele, causando-lhe uma emoção indescritível. Já se sentia pai de Cauã.

— Fabiano, nem sei como lhe agradecer o jantar maravilhoso — declarou Letícia. — Acho que nunca havia experimentado uma comida tão gostosa.

— Obrigado — agradeceu ele, todo orgulhoso. — Fico feliz que tenha gostado.

— Eu também adorei — aprovou Glória. — Você tem um dom nato para a coisa.

— É o que vivo dizendo a ele — confirmou Gael. — Ninguém cozinha melhor do que Fabiano.

— Digo o mesmo — acrescentou Charlote, sentindo-se na obrigação de falar alguma coisa. — E tenho o maior orgulho de ser a melhor amiga de Fabiano.

Um sorriso acanhado emoldurou o rosto de Fabiano, desacostumado de tantos elogios. Letícia e Glória o beijaram e o abraçaram, prometendo voltar assim que recebessem novo convite.

— Será um prazer cozinhar para vocês de novo — disse Fabiano. — E para essa coisinha linda aqui também — concluiu, alisando, de leve, os cabelos de Cauã.

Saíram todos juntos, mas, para surpresa de Gael, Charlote entrou no elevador com eles. Talvez pelo cansaço, desceram em silêncio. Chegando ao térreo, Gael fez sinal para que Charlote saltasse primeiro, indicando-lhe o caminho da portaria, ao passo que ele seguiria com os demais para o outro lado, onde ficava a garagem.

— Você vai sozinha? — Letícia indagou a Charlote. — Não é perigoso?

— Acho que não — respondeu ela. — Ainda é cedo.

— Já passa da meia-noite! — exclamou Glória, demonstrando legítima preocupação.

— Acho melhor levá-la em casa, Gael — pediu Letícia.

— Tudo bem — concordou ele, sem ter como recusar. — Onde é que você mora, Charlote?

A ideia de ficar mais um pouco junto de Gael era tentadora, porém, Charlote não tinha a menor intenção de permitir que ele visse a pocilga em que ela morava. Por esse motivo, fez um gesto de negativa com a mão e retrucou rapidamente:

— Não precisa. Vocês vão para a Barra, e eu vou para o lado oposto. Além disso, é perto e posso muito bem pedir um Uber.

— Melhor esperarmos, então — sugeriu Glória.

— Nada disso. Podem ir. Ficarei do lado de dentro da portaria até o carro chegar.

— Tem certeza? — questionou Letícia.

— Absoluta! Não se preocupem comigo, ficarei bem. Levem logo o Cauã para casa. É uma maldade deixar um menino tão pequeno fora da cama a essa hora.

— Charlote está certa — endossou Gael, rapidamente. — Temos que pensar em Cauã.

— Se é assim, tudo bem. Até outro dia, Charlote. Foi um prazer conhecer você.

— O prazer foi todo meu — devolveu ela.

— Cuide-se — completou Glória.

— Vocês também.

Gael sentiu imenso alívio em se desvencilhar de Charlote. Ao sair da garagem com o carro, olhou para a portaria, onde ela estava parada, com o celular na mão, provavelmente chamando o Uber. Ele passou direto, sendo impossível notar, pela distância, o ar de raiva que ela escondia nas sombras. Depois que o SUV dobrou a esquina, ela guardou o celular na bolsa e pediu ao vigia noturno para abrir o portão. Sem dizer nada, ganhou a rua e seguiu para o ponto de ônibus. Não tinha dinheiro para esbanjar em táxi ou Uber, e o mínimo que o pão-duro do Gael podia ter feito era pagar sua corrida.

— Maldito — rosnou entre os dentes. — Isso não vai ficar assim.

26

Àquela hora da madrugada, quase não havia mais movimento nas ruas. Apesar da lua cheia, nuvens esparsas, carregadas de chuva, bloqueavam a passagem da claridade argêntea. Uma nebulosidade esbranquiçada e brilhante circundava o disco lunar, deixando escapar pequeninos focos prateados sempre que uma nuvem ou outra se movia lá em cima.

O luar prateado, parcialmente encoberto por nuvens escuras, seria o único que poderia desvendar os dois seres mal-intencionados ocultos nas sombras. Confiantes na falta de luminosidade natural, haviam se colocado à espreita atrás de uma árvore, em uma parte da rua onde também faltavam postes de iluminação. Em silêncio e pacientes aguardavam, estudando atentamente as feições dos poucos transeuntes que por ali passavam, sem, contudo, revelar sua presença.

O mais baixo deles, um sujeito robusto com cara de mau, deixou escapar um bocejo prolongado, que ecoou pela rua vazia. O outro, mais alto, corpo atlético, lançou ao comparsa um olhar de reprovação. Ia recriminar sua atitude quando foi surpreendido por um tapa no peito. Pronto para protestar, segurou a língua ao perceber que os olhos do baixinho se arregalaram sob as sobrancelhas erguidas pela surpresa.

— É ela — anunciou, com urgência.

O grandalhão se virou às pressas, apertando a vista para captar melhor a silhueta que se aproximava. Durante alguns segundos, permaneceu quieto, sentindo a respiração ofegante do companheiro a seu lado.

— Quer parar de cafungar no meu pescoço? — sussurrou, irritado.

— Estou nervoso — foi a resposta do baixinho.

A um gesto do mais alto, o mais baixo se calou, concentrando todos os sentidos na identificação da pessoa que vinha chegando. Só de vê-la virar a esquina, o baixinho a havia reconhecido. Afinal, não era uma mulher de quem se esquecesse facilmente. Mesmo assim, aguardou até que o grandão se convencesse, o que não demorou muito.

Um suor frio escapou da testa do sujeito atarracado, por pouco não se infiltrando em seus olhos. Ao seu lado, o grandão demonstrava mais confiança, esperando friamente que a vítima mergulhasse nas sombras da noite, diretamente para os braços dele.

Seguindo de cabeça baixa, Charlote não tinha a mínima ideia do perigo que a aguardava. Seus pensamentos dividiam-se entre a lembrança do jantar e a esperança de chegar logo em casa, para poder ir ao banheiro. Saíra com tanta pressa atrás de Gael, que abrira mão de usar o toalete. E agora se via naquela situação ridícula, tendo que caminhar apertando as pernas, para conter a bexiga.

Apesar de tudo, valera a pena o sacrifício. O resultado daquele jantar fora melhor do que o esperado. Conhecera a famigerada Letícia e constatara, com os próprios olhos, que a magricela não era páreo para seu corpo bem torneado e voluptuoso. Francamente, não compreendia o que Gael vira na lambisgoia. Tinha certeza de que, em todos os sentidos, era melhor do que Letícia. Se, ao menos, Gael lhe desse uma chance...

O pensamento morreu nas reticências indizíveis, substituído pelo espanto que, rapidamente, se converteu em medo. Em meio às sombras, Charlote se viu, de súbito, cercada por dois vultos indistintos, embora perfeitamente identificáveis por suas intenções. Estacou apavorada, olhando ao redor, calculando a distância que faltaria até sua casa. Arrependeu-se, no mesmo instante, de ter aberto mão do táxi e tomado o ônibus, que a deixara em um ponto tão distante do pequeno edifício onde morava.

— Não tem para onde correr não, madame — alertou o baixinho, cuja voz grave não combinava com sua pouca estatura.

— Estou dura — avisou ela, tentando conter a tremedeira que dificultava seus dedos de virar o fecho da bolsa. — Podem ver, se quiserem.

— Isso não é um assalto — informou o outro, a voz tão ou mais assustadora do que a do companheiro. — O que não significa que não seja dinheiro o que viemos buscar.

— Como assim? — questionou ela, agora mais perplexa do que assustada. — Não estou entendendo.

— Você não deve nada a ninguém não, ô, madame? — prosseguiu o baixinho, ganhando confiança diante da aparente fragilidade da mulher.

— Eu?!

— Você, claro. Quem mais poderia ser?

— S-Sinto mu-muito... — ela gaguejou. — Não sei do que vocês estão falando. Não devo nada a ninguém.

— Tem certeza?

Ela assentiu com a cabeça.

— Pois eu acho que deve. Você também não acha, Tijolão?

— Acho — concordou o outro, sem tirar os olhos dela. — Acho sim.

Naquele momento, a compreensão desceu sobre ela com a força de uma guilhotina. Somente um sujeito no mundo se considerava no direito de lhe fazer cobranças, e ela não duvidava do que ele seria capaz para reaver o que lhe pertencia. Um ódio bárbaro brotou em seu coração, levando-a a desejar possuir algum objeto cortante que lhe servisse de defesa. Saberia muito bem como usá-lo e não se arrependeria do estrago que, porventura, viesse a causar nos dois agressores parados à sua frente. Como, porém, não havia nada que fizesse as vezes de arma, além de ela estar em desvantagem diante de dois brutamontes com jeito de assassinos, achou que o mais prudente seria fingir ignorância e tentar convencê-los de que haviam abordado a pessoa errada.

— Isso só pode ser um engano — protestou ela, carregando na perplexidade. — Vocês estão me confundindo com outra pessoa.

— Não estamos não, Charlote — argumentou o baixinho, em tom cada vez mais sádico.

— Como sabem o meu nome? — reagiu ela, ainda se fazendo de desentendida. — O que vocês querem, realmente?

— Já dissemos o que queremos — lembrou Tijolão, cuja alcunha bem descrevia seu porte. — Dinheiro.

— Eu não tenho dinheiro! — objetou ela, sentindo crescer a vontade de urinar. — Não tenho nada que possa lhes interessar.

— Não tem? — desafiou o mais alto, avaliando-a com ar lúbrico.
— Ah, tem!

O medo, finalmente, venceu a cólera. Era óbvio que aqueles dois não estavam ali para brincadeiras. Suas intenções eram maldosas, recheadas de sadismo e lascívia. Ela era uma mulher forte, robusta, contudo, não era páreo para dois brutos desalmados.

— Por favor... — murmurou ela, percebendo o perigo cada vez mais próximo. — Não me façam mal.

— Isso é com você, dona. Se nos der o dinheiro que viemos buscar, vamos embora. Na boa.

— Que dinheiro? Vocês não me ouviram? Não tenho dinheiro algum, nem um tostão...

— Que pena — considerou o baixinho, batendo na palma da mão um bastão retrátil ainda fechado. — Isso é uma pena, não é, Tijolão?

— É... é sim, é uma pena.

— Pelo amor de Deus! — exclamou ela, agora realmente apavorada. — Vocês não podem estar falando sério.

— Eu sou um cara legal, Charlote — disse o grandalhão, segurando-a pelo cabelo e puxando sua cabeça para trás. — Não vou deixar meu amigo aqui lhe fazer nenhum mal.

— Obrigada — arfou ela, embora não acreditasse nas palavras dele.

— Só que, para isso, você tem que nos dar o dinheiro.

— Que dinheiro?

— Que dinheiro? Que dinheiro? — debochou o baixinho, afinando a voz para imitá-la. — Será que é só isso que você sabe falar?

— Desculpe, eu... — Ela engoliu um soluço, mas esforçou-se para continuar. — Eu... não sei o que dizer...

— Não diga nada. Nos entregue o dinheiro, e ficará tudo bem.

— Eu não tenho dinheiro! — gritou ela, em desesperada angústia.

— Quer saber, Charlote? — grunhiu o grandalhão, puxando ainda mais os cabelos dela para trás. — Já me cansei dessa baboseira. Chega de fazer terrorismo com a mocinha, cara. Diga logo de que dinheiro estamos falando.

— Se é assim, tudo bem — concordou o baixinho, desapontado com o fim da diversão que a tortura psicológica fornecia. — Seguinte,

Charlote: você deve uma grana ao Osvaldo. Sabe quem é o Osvaldo, não sabe?

Ela engoliu em seco, mas não respondeu. O sujeito mais alto foi quem se adiantou e deu continuidade às desnecessárias explicações:

— Pois é, Charlote. Osvaldo pagou a você por um serviço, e você deixou o cara na mão. E ainda o largou lá para morrer. Sabe como é, né? Ninguém gosta de ser passado para trás.

— Eu vou pagar — ela conseguiu dizer.

— O quê? Não ouvi direito. Você disse que vai pagar?

Ela assentiu, toda trêmula.

— Mas como, se você acabou de dizer que não tem dinheiro?

— Vou arranjar... prometo.

— Promete mesmo?

— Sim...

— Ela promete — repetiu ele, ar sonso, mordaz, debochado. — Posso saber o que a fez mudar de ideia tão rapidinho?

— Ela não mudou de ideia — objetou o baixinho. — Está só tentando ganhar tempo. Pensa que pode enganar a gente.

— Não é nada disso — suplicou Charlote, cada vez mais aterrorizada. — Eu preciso de um tempo, sim, mas para juntar todo o dinheiro.

— Acha que vai conseguir?

— Estou trabalhando...

— Não está dando o calote em mais ninguém, espero.

Ela meneou a cabeça.

— Bom. Não que eu tenha algo a ver com isso. De fato, nem me interessa. Não sou o guardião dos trouxas. Só estou interessado no dinheiro que você deve ao Osvaldo.

— Eu vou pagar, prometo.

— Você já disse isso — menosprezou o baixinho, estendendo o bastão.

Charlote tremeu de pavor. Para completar um líquido quente escorreu de suas pernas, impregnando o pequeno espaço ao redor deles com um cheiro ácido de urina.

— Ei! — exclamou o baixote. — Ela fez xixi nas calças!

O grandão a puxou para o lado, procurando enquadrá-la numa nesga de luz. Olhou para baixo, e a visão apenas confirmou o que o olfato já captara. Fazendo cara de nojo, ele a empurrou para trás com violência.

— Sua porca! — esbravejou, cuspindo sobre o corpo dela, estatelado no chão.

— Eca! — acompanhou o mais baixo, também cuspindo em cima dela.

— Agora não vai dar nem para a gente se divertir com você.

A humilhação aliou-se ao medo. Charlote não se lembrava de ter sentido tanta vergonha em sua vida. Quis se levantar, contudo, as pernas pareciam haver perdido os ossos. Não conseguiu falar nem fazer nada. Apenas chorava; o ódio, o medo e o constrangimento temperando o sal das lágrimas.

Diante dela, os dois brutamontes a observavam com ar divertido, rindo e debochando de seu embaraço. E ela continuava ali, inerte aos pés deles, como uma trouxa velha e inútil à espera de ser despachada no lixo. Preferiu não olhar para eles, mantendo a cabeça enfiada nos braços cruzados, ignorando as pedrinhas da calçada que pinicavam seu rosto. Aos poucos, o sadismo deles pareceu arrefecer diante do torpor que havia se abatido sobre ela. As risadas foram cessando, os ultrajes, diminuindo, até que, subitamente, eles silenciaram por completo, como se houvessem perdido o interesse nela.

Sem ousar levantar a cabeça, Charlote acompanhava o que podia do movimento deles, pelas pequenas frestas entre seus braços e o chão. Só o que via era o bico de seus sapatos, ora aproximando-se, ora afastando-se. Estabelecido o silêncio, os pés, subitamente, sumiram de seu campo de visão. Talvez tivessem desistido e ido embora. Ainda trêmula, ela não tinha coragem de se mexer, com medo de erguer os olhos e dar de cara com as carrancas diabólicas deles.

O tempo parecia haver dado uma pausa em seu transcurso. Charlote achou que ficara ali deitada por quase uma hora quando, na verdade, apenas alguns poucos minutos haviam se passado. Mesmo assim, ela hesitava em sair do acolhimento dos próprios braços para se expor diante da sanha sádica dos agressores. Resolveu que esperaria ainda um pouco mais, só para ter certeza de que eles haviam mesmo ido embora.

Mal contendo a expectativa, Charlote prendeu a respiração e aguardou. Pouco depois, porém, a mão pesada de alguém deu um puxão em seu ombro, quase destroncando sua escápula. Ela nem teve tempo de gritar. Nem sequer conseguiu compreender o que de fato acontecia. A única coisa que conseguiu registrar foi uma dor excruciante se alastrando por toda a região do abdome.

O golpe foi tão forte, que o ar fugiu de seus pulmões e não retornou mais com facilidade. Ela tossiu, sufocada, tentando respirar, apesar da dor. Deitada no chão, enroscou-se em posição fetal, apertando a barriga para tentar diminuir o sofrimento. Novamente, os pés se aproximaram, sem que lhe fosse possível identificar a quem pertenciam. Agora, porém, Charlote conseguia divisar o corpo do homem que a agredira, como se isso fizesse alguma diferença.

O homem atarracado abaixou-se ao seu lado, esticando e retraindo a haste do bastão bem diante de seus olhos. Atrás dele, Tijolão mantinha nos lábios um sorriso de escárnio, que pouco tinha a ver com a frieza de seus olhos.

— Considere isso um aviso — disse o baixinho, em tom de ameaça. — Da próxima vez que nos encontrarmos, de um jeito ou de outro, garanto que será a última.

Ele deu um pontapé no ventre dela, bem onde havia desferido a pancada com o bastão, e outro em seu rosto, que rachou os lábios ao meio. Charlote arquejou e arqueou o corpo dolorido com dificuldade. Ouviu os passos dos homens se afastando e, pelo canto do olho, viu quando desapareceram na escuridão. De repente, o estômago deu uma reviravolta, protestando contra a forma deselegante com que havia sido tratado. Charlote sentiu que algo dentro dela se rebelava, lutando para sair. As imagens se misturaram diante de seus olhos, mesclando cores e formas numa fotografia borrada. Depois disso, o mundo todo se desfez em trevas, e só o que ficou em seu pensamento foi a sensação horrível de que seus olhos nunca mais se abririam para a luz do dia.

27

Por três dias, Charlote não apareceu, recusando-se até mesmo a atender o celular. Fabiano insistia, ligando e enviando mensagens, sem nenhuma resposta. Seu silêncio derivava da raiva e do oportunismo. Sentia tanta raiva de Osvaldo, que precisou de um tempo para digerir o ocorrido e se controlar, ou então seria capaz de cometer um desatino. Por outro lado, o incidente poderia produzir algum resultado positivo, já que tudo só acontecera porque Gael praticamente a pusera para fora do prédio, sozinha, altas horas da noite, ignorando o pedido da própria namorada para que lhe desse uma carona. Não que ela fosse aceitá-la, mas ninguém sabia disso.

Antes de pôr em prática o plano direcionado ao delegado, precisava resolver as coisas com Osvaldo. Agora mais equilibrada, embora não mais tranquila, estava em condições de falar com ele de maneira civilizada. Controlando a respiração, inspirou longamente e apertou a tecla que a colocaria em contato com ele. Osvaldo, contudo, não atendeu. Irritada, ligou novamente, mas ele tornou a ignorá-la. Por fim, gravou uma mensagem de voz em que procurou transparecer angústia e indignação, esta, verdadeira; a primeira, mera encenação. De qualquer forma, tinha pressa em resolver aquela pendência.

— Osvaldo — iniciou ela, com voz chorosa. — Por que fez isso comigo? Por causa de dinheiro! E nem é tanto assim. Mas tudo bem, não estou com raiva. Ao contrário de você, consigo perdoar. Estou ligando para informar que, até o final da semana, estarei com a grana. Posso ir à sua casa entregá-la? Por favor, só não mande mais aqueles brutamontes atrás de mim. Estou esperando uma resposta.

Terminada a gravação, enviou a mensagem e aguardou, acompanhando, pelo celular, o progresso da transmissão. Quando os tiques duplos se tornaram azuis, ela teve certeza de que ele havia lido e esperou com uma ansiedade redobrada. Não demorou muito, e o número dele surgiu em sua tela. Ela não levou muito tempo para atender, mas também não quis parecer ansiosa, de modo que, no terceiro toque, arrastou a bolinha verde do aparelho e falou com a voz mais pungente que foi capaz de imitar:

— Alô, Osvaldo? Até que enfim...

— Acabei de ouvir a sua mensagem — retrucou ele, com uma dureza inquebrantável. — Quando vai trazer o meu dinheiro?

— Pode ser na sexta? Já terei juntado o suficiente até lá.

— Pode.

— Na sua casa?

Ela esperava perceber uma certa hesitação dele em recebê-la em casa, contudo, não foi o que aconteceu. Osvaldo parecia confiante demais, talvez se fiando na proteção dos gorilas que contratara para amedrontá-la.

— Na minha casa está ótimo.

— Não vou ter que me encontrar com aqueles dois de novo, vou?

— Que dois?

— Ah, sem essa, Osvaldo! Os caras que você pagou para me dar uma surra.

— Não paguei ninguém. Você está ficando maluca.

— Tudo bem, entendo. Você está com medo de que eu esteja gravando a ligação, não é?

— E você está? Pois, então, grave isto: você tentou me matar, colocando meu remédio fora de alcance enquanto eu estava à beira de um ataque do coração. Está bom assim?

— Eu não fiz isso.

— Então não fez. E agora chega de conversa mole. Espero você aqui em casa na sexta, por volta das seis da tarde. Não se atrase.

— Não vou me atrasar.

— E nem pense em me enganar.

— De jeito nenhum. Aprendi a lição.

Ele desligou sem se despedir, dando a impressão de que tinha domínio da situação, o que não deixava de ser verdade. A melhor coisa que Charlote podia fazer era devolver-lhe o maldito dinheiro e se livrar dele de uma vez por todas. Podia não ser a solução que ela desejava, mas era a que lhe garantiria a incolumidade e a vida. Só que...

Apaziguada por uma silenciosa sensação de euforia, Charlote tomou um banho demorado, vestiu-se com esmero e usou maquiagem para imprimir maior palidez ao rosto e acentuar os pequenos arranhões deixados em sua pele pela aspereza do chão. Satisfeita com a aparência de acidentada, apanhou a bolsa e saiu, lembrando a si mesma de engolir o sorriso assim que chegasse ao apartamento de Gael.

Passava pouco das sete e meia quando ela entrou na portaria. Deu boa-noite, como sempre, encaminhando-se para o elevador, mas foi parada no meio do caminho pelo porteiro.

— O Doutor Gael deu ordens para não deixar a senhora subir sem ser anunciada — avisou ele, visivelmente sem graça.

— Tudo bem — concordou ela, dissimulando a raiva, incapaz de dizer qualquer outra coisa.

Após alguns segundos, o porteiro desligou o interfone e anunciou que ela poderia subir. Charlote agradeceu com um aceno de cabeça e entrou no elevador. Quando saiu, Fabiano a aguardava na porta, e o sorriso que abriu logo murchou, ao se deparar com o rosto ferido da amiga.

— Charlote! — ele deu um gritinho de espanto, cobrindo a boca com a mão. — O que foi que aconteceu com você?

— Nada não — murmurou ela, evitando encará-lo, para parecer que fugia do assunto. — Um pequeno acidente.

— Estou vendo. Mas como? Onde foi? Você caiu? Por isso não atendeu o telefone?

— Eu... — ela hesitou, travando um conflito interno que não existia. — Deixe para lá.

— Ah, não, Charlote, de jeito nenhum! Você está escondendo algo de mim. O que é?

— É que... — fez uma pausa, para engolir um soluço imaginário. — Bom, é que... naquela noite... Oh, Fabiano!

Como as lágrimas não vinham, o jeito foi esconder o rosto nos ombros dele, na esperança de que ele não percebesse a secura em seus olhos. Agarrada ao pescoço de Fabiano, Charlote soltou um suspiro sofrido, mais parecido com o miado de um gato moribundo do que com um lamento de dor.

— Você está me assustando — considerou ele, procurando acalmá-la, fazendo carícias em sua cabeça. — Quer me contar logo o que foi que aconteceu?

— Nada... nada de mais — soluçou ela, afastando o rosto, agora com uma boa desculpa para esfregar os olhos. — É só que... naquela noite, quando saí daqui... Gael não quis me dar carona, e eu tive que pegar um ônibus e descer numa rua escura e deserta e, no caminho, bem, no caminho, eu...

O silêncio estudado tinha a intenção de acentuar o teatro consciente, o que surtiu um ótimo resultado.

— No caminho o quê? — incentivou Fabiano, cada vez mais aflito. — Fale logo, Charlote, pelo amor de Deus!

— Fui assaltada! E quase estuprada. Pronto, falei!

— Meu Deus, Charlote! Os bandidos fizeram isso com você?

Ela assentiu.

— Que horror!

— Tudo porque eu não tinha dinheiro. E ainda ameaçaram me estuprar. Só desistiram porque eu fiquei com tanto medo, que fiz xixi nas calças.

— Jesus! Que coisa horrível! Eles a machucaram muito?

Além dos lábios rachados, ela mostrou a ele os grandes hematomas que se formaram em sua barriga, resultado de uma bordoada e um chute.

— Nossa! — Fabiano consternou-se. — Você foi ao hospital?

— Fui. Graças a Deus, não quebrou nada.

— E à delegacia, você foi?

— Não. Não adianta nada mesmo.

— Não diga isso. Gael é delegado, ele poderia fazer alguma coisa.

— Francamente, Fabiano — contrapôs ela, simulando um desabafo impensado. — Se Gael não quis nem me dar uma carona, você acha mesmo que ele se daria ao trabalho de tentar descobrir quem me agrediu?

— Pessoalmente não, porque ele é do Departamento de Homicídios, mas poderia pedir ao delegado responsável que desse especial atenção ao seu caso.

— Gael não gosta de mim — dramatizou, os lábios tremendo ante a iminência do pranto que ela fingiu conter. — Não vai nem ligar para o que me aconteceu.

— Não é bem assim. Ele não podia prever que você seria agredida.

— Numa cidade feito o Rio de Janeiro? De madrugada? Realmente, Fabiano, ninguém seria capaz de prever.

Ela fingia externar indignação, quando o que queria mesmo era plantar a dúvida na mente de Fabiano, utilizando a realidade incontestável e evidente para ocultar o veneno das palavras. Deu certo. Por mais que Fabiano não quisesse admitir, via verdade no que ela dizia. Diariamente, os jornais noticiavam os mais variados crimes, que tomavam conta de toda a cidade: assaltos, balas perdidas, guerra do tráfico e das milícias. Todos os dias, mais e mais pessoas inocentes morriam, vítimas da violência desenfreada.

— Como é que Gael me apronta uma dessas? — desabafou Fabiano, finalmente se rendendo às argumentações dela. — Largar uma mulher sozinha na rua, àquela hora da noite... Ele foi muito irresponsável.

— Não fique com raiva do seu primo, por favor. Isso só faria eu me sentir ainda pior.

— Mas ele foi mesmo irresponsável! Espere só até eu me encontrar com ele.

— Eu não devia ter falado nada — retratou-se, fingindo-se de arrependida. — Não foi culpa de ninguém. Não é justo acusar Gael por algo que está fora do controle dele.

— Sim, mas, como você mesma disse, é previsível.

— Eu sei, mas as coisas não são assim tão simples. Gael estava com a namorada. E o filhinho dela estava dormindo.

— Isso não é desculpa. Aposto que Letícia não teria se importado.

— Tenho certeza de que, quando falou com ele, ela também não pensou que isso poderia acontecer.

— Falou o quê? Por acaso, ela impediu Gael de lhe dar carona?

— Acho que não foi isso.

— Como assim? Ela disse alguma coisa?

— Não sei o que ela disse. Não sou bisbilhoteira, não ouvi.

— Mas ela disse alguma coisa? — insistiu, incrédulo.

— Sussurrou algo baixinho no ouvido dele, mas não sei o que foi. Na certa, não teve nada a ver com me dar carona ou não.

— Foi depois disso que ele mandou você embora?

Ela pensou por alguns instantes, como se estivesse forçando a mente a lembrar, até que respondeu com estudada insegurança:

— Acho que foi.

— Era só o que me faltava! — esbravejou Fabiano, incapaz de conter a perplexidade. — Dois irresponsáveis! Mas isso não vai ficar assim. Gael vai ver só uma coisa.

— Por favor, Fabiano, não brigue com Gael por minha causa. Como eu disse, só vai servir para eu me sentir ainda pior.

— Mas, Charlote, isso não pode ficar assim! Gael tem que saber o que a omissão dele causou.

— Não quero, não adianta. E você não tem o direito de passar por cima da minha vontade.

Ele a olhou, hesitante.

— Prometa que não vai falar nada.

— É isso que você quer?

— Sim.

— Então, prometo, ainda que não concorde.

— Obrigada.

— Mas você está magoada com ele, não está?

Ela abaixou os olhos e assentiu levemente.

— Que pergunta a minha. Quem não estaria?

— Deixe isso para lá.

— Você pode ser sincera comigo, Charlote. Não adianta ficar aí, defendendo Gael, quando, na verdade, ficou chateada.

Ela não respondeu.

— Não ficou?

— Se quer mesmo saber, fiquei sim! — assumiu, com ar de quem, a contragosto, se dava por vencida. — No fundo, no fundo, fiquei chateada com o pouco caso. E ele, por mais que não desejasse o meu mal, não ligou muito para o que poderia acontecer.

— Essa não é a atitude correta de um delegado. Gael devia proteger as pessoas, em vez de colocá-las em risco.

— Vamos esquecer esse assunto, Fabiano, por favor. Agora, não adianta mais.

— Coitadinha da minha amiga — lamentou, sinceramente pesaroso. — Devia estar em casa descansando, em vez de ficar perambulando por aí, correndo o risco de passar mal.

— Eu estou bem e preciso trabalhar. As contas não querem saber do meu estado de saúde.

— Quer que eu lhe adiante outra série de massagens?

— Tem como fazer isso?

— Tenho, claro. Não me custa nada.

— Então, eu aceito. Vai me ajudar bastante neste momento.

— Espere um instante, que vou lá pegar o dinheiro.

Os acontecimentos pareciam sincronizados. Assim que Fabiano sumiu cozinha adentro, a porta da sala se abriu e Gael entrou, abraçado a um maço de pastas e papéis. Sem ver Charlote sentada na meia-luz da sala, seguiu diretamente para o quarto, parando apenas quando ouviu a rouquidão familiar da voz dela.

— Boa noite, Gael.

Apesar da irritação, ele se virou para cumprimentá-la, ensaiando seu sorriso mais frio. Não foi capaz de dizer nada. Saindo da penumbra, Charlote adentrou a luminosidade que banhava uma pequena área da sala, vindo da lâmpada acesa no hallzinho de entrada. Ele levou um susto. Ergueu as sobrancelhas e ficou ali parado, boquiaberto, tentando decifrar o significado do que via.

— Ah, Gael, que bom que você chegou — disse Fabiano, surgindo por detrás dele. — Pelo visto já viu a Charlote, não é?

— Vi — assentiu, abalado. — Mas não compreendi. O que foi que aconteceu com você?

— Ela foi assaltada, na noite do jantar — Fabiano adiantou-se. — Ou quase. Como não tinha dinheiro, bateram nela, o que não teria acontecido se você tivesse lhe dado uma carona.

— Fabiano, você prometeu — lembrou Charlote, aparentemente contrariada.

— Eu sei, desculpe. É que não deu para segurar. O que aconteceu com você foi... revoltante!

— Mas não foi culpa minha — defendeu-se o delegado, apesar de um pouco constrangido.

— É claro que não foi — concordou Charlote. — Não ligue para Fabiano, Gael. A culpa foi toda minha, por ter invadido o jantar de vocês, sem ser convidada, e ainda sair andando sozinha pela rua, tarde da noite.

— Pensei que você fosse pedir um Uber.

— Eu ia — confessou ela, pretensamente encabulada. — Mas é que não tinha dinheiro...

— O quê? Por que não me pediu?

— Sério, Gael? Na frente de todo mundo? E você teria me dado? Ele não respondeu. Ao invés disso, mudou de assunto:

— Você foi à delegacia?

— Não.

— Ela acha que não vai adiantar — esclareceu Fabiano.

— Se você quiser, posso falar com o delegado responsável — ofereceu Gael. — Onde foi que aconteceu?

— Deixe isso para lá, por favor — recusou ela, visivelmente incomodada com a conversa. — Só quero esquecer que isso aconteceu.

— Tem certeza?

— Tenho.

— Se é assim, não tem mais nada que eu possa fazer. Vou tomar um banho e dormir. Estou exausto.

— Não vai jantar? — Fabiano quis saber.

— Não, obrigado. Não estou com fome.

Gael despediu-se com um aceno de cabeça e rodou nos calcanhares, caminhando em direção ao quarto, sob o olhar atento de Charlote. Devia sentir-se culpado pelo ocorrido, contudo, estranhamente, não sentia culpa alguma. Não se comprazia com o sofrimento dela e lamentava que ela tivesse passado por tamanha violência, mas era só. Não tinha nada a ver com aquilo.

28

Letícia bateu à porta de Gael no exato momento em que ele pensava nela. Ao vê-la surgir à sua frente, seu semblante, endurecido pelas agruras da profissão, suavizou-se com um sorriso que revelava todo seu amor.

— Tudo bem? — indagou ela, com metade do corpo para o lado de dentro.

— Entre e feche a porta — pediu ele. E aguardou até que ela se sentasse para prosseguir: — Sabe o que eu queria mesmo?

— O quê?

— Agarrar você e beijá-la até você sufocar e implorar que eu pare.

— Isso nunca aconteceria.

— Por quê? Acha que poderia escapar de mim?

— Não. Eu simplesmente jamais pediria para você parar.

Ele a encarou, embevecido. Estendeu a mão e tocou a dela por cima da mesa, alisando seus dedos com carinho.

— Amo você, sabia? — confessou, com ar apaixonado.

— Também amo você. E, pela primeira vez em muitos anos, sinto que sou amada de verdade.

— Vamos nos casar.

— O quê?!

— Você ouviu. Vamos nos casar.

— Está falando sério? Não acha que é muito precipitado?

A pergunta ficou sem resposta, porque o clima de romantismo acabou sendo interrompido pela chegada de Laureano, que parou no meio do caminho, indeciso se entrava ou saía. Gael, porém, após se recompor, fez sinal para que ele entrasse. O inspetor tomou a cadeira ao lado de Letícia e encarou o delegado.

— O que foi, Laureano? — indagou Gael, tentando se reconectar ao trabalho.

— Desculpe, doutor, mas é que o senhor pediu para avisar quando estivesse terminando, de novo, o prazo para conclusão do inquérito naquele caso do cemitério. Lembra?

— Lembro, claro.

— Pois é. Nosso prazo está no fim. O senhor vai pedir nova prorrogação?

De forma quase instantânea, a mente de Gael retomou o curso do inquérito frustrado. Passados vários meses, ainda não tinham o menor indício de quem havia cometido aquele crime bárbaro. Seus instintos quase gritavam para que ele continuasse investigando, que novas evidências acabariam surgindo, mas ele não sabia mais o que dizer ao promotor para justificar novo pedido de adiamento. Também não era de seu feitio simplesmente engavetar os autos do inquérito. Não dava mais para esticar os prazos sem apresentar qualquer progresso ou, ao menos, uma perspectiva, por mais insignificante que fosse, de avanço nas investigações.

— Acho que não, Laureano — afirmou ele, com pesar. — É difícil para mim, mas tenho que reconhecer que, em todos esses meses, não avançamos nada. Do jeito que está, não resta alternativa ao promotor senão pedir o arquivamento do inquérito.

— Nós sempre podemos desarquivá-lo — Laureano tentou consolar. — De repente, podem surgir novas provas.

— Quem sabe? Só espero que, se isso acontecer, o crime ainda não esteja prescrito. No momento, porém, não temos mais nada a fazer. Nossa atuação está encerrada. De agora em diante, não é mais conosco.

— Tenho certeza de que o senhor deu o melhor de si nesse caso, como em todos os outros sob sua responsabilidade.

— Obrigado, Laureano. Todos demos o melhor de nós, na verdade. Pena que o assassino tenha sido mais esperto do que a gente.

— Não existe crime perfeito — observou Letícia. — O senhor sabe disso melhor do que nós. Mais dia, menos dia, o criminoso há de cometer algum erro e vamos pegá-lo.

— Mas, para isso, teremos que esperar que ele mate novamente. Não era bem isso que eu tinha em mente, sabem?

— Sabemos — confirmou Laureano. — Mas, infelizmente, não temos alternativa.

— Vou fazer o relatório e enviar os autos para a promotoria — anunciou Gael. — De agora em diante, não tenho mais nada a ver com isso.

— Lamento muitíssimo — atalhou Laureano, sinceramente penalizado. — Gostaria de poder ter feito mais.

— Não lamente. Como eu disse, todos nós demos o nosso melhor. Mas sei que tudo tem seu momento de acontecer. Na hora certa, ele será preso, vocês vão ver. Deus não dorme nem se descuida da vida. E ninguém escapa aos olhos Dele, que se revela em nossas vidas através da nossa consciência.

— É verdade, doutor — concordou o inspetor, tentando acompanhar o raciocínio dele. — Deus é quem sabe, não é mesmo?

— Exatamente. De Deus, nada se esconde. Quando Ele achar que deve, a verdade será revelada. Se não nesta vida, em alguma vida futura.

— Danou-se — Laureano cochichou no ouvido de Letícia, que riu discretamente. Depois, ergueu a voz e falou para o delegado: — O senhor vem com uns enigmas difíceis de decifrar, doutor. Mas tudo bem, não vou nem tentar.

— Outro dia lhe explico essas coisas, se você quiser.

— Não sei. Acho que minha inteligência não alcança esse papo meio zen, não. O senhor é budista, por acaso? Ou esotérico? Ou da maçonaria?

— Deixe disso, Laureano — gracejou Gael. — Fui criado no espiritismo, mas acredito em tudo.

— Logo vi. Bem, vou deixar o senhor com seus espíritos, se o caso é esse. Ainda precisa de mim?

— Não, pode ir. Já está na hora.

— Certo, então. Até amanhã.

— Até amanhã — os outros dois responderam, a uma só voz.

— Você não vem? — questionou Letícia, assim que a porta se fechou.

— Daqui a pouco. Primeiro, quero redigir o relatório.

— Por que a pressa? Vai enviar para a promotoria ainda hoje?

— Não.

— Então, vamos sair. Pode ser que nem tudo tenha dado certo, mas nós dois temos o que comemorar.

Ele levantou os dedos, que já estavam no teclado do computador, para encará-la com ternura.

— Só nós dois? — considerou.

— Só nós dois. Amanhã, contaremos a todo mundo, mas, hoje, a festa pode ser apenas nossa.

A perspectiva de ter nos braços a mulher que amava afastou a frustração causada pela derrota naquele caso específico. Enquanto ela telefonava para a mãe, ele apanhou o paletó no encosto da cadeira e abriu a porta. Letícia a atravessou com um andar gracioso, que o fez suspirar. Queria pôr a mão nos ombros dela, mas se conteve. Ninguém na delegacia, à exceção, talvez, de Laureano, suspeitava de que os dois estivessem namorando.

— Tudo certo? — perguntou ele, quando ela desligou o celular.

— Tudo certo.

Saíram da delegacia quase de mãos dadas. Iam em direção ao SUV de Gael, estacionado bem ao lado, quando uma mulher surgiu inesperadamente diante deles.

— Charlote! — exclamou Letícia, em dúvida. — É você mesma?

— Em pessoa — confirmou ela, fazendo questão de virar para a outra o rosto ferido.

— Mas o que aconteceu com o seu rosto? Foi algum acidente?

— Gael não lhe contou? — redarguiu ela, com um leve toque de malícia.

— Contou o quê?

— Charlote foi atacada por dois marginais na noite do jantar em minha casa — esclareceu ele, rapidamente. — Como não tinha dinheiro, bateram nela.

— Que horror! E você...

— Sim, ela foi ao hospital, e não, ela não foi à delegacia — cortou Gael, tomado de repentina irritação.

— Obrigada pelo esclarecimento, senhor delegado — considerou Charlote, fitando-o com ar entre divertido e zombeteiro. — Eu já estava mesmo ficando cansada de repetir a mesma história.

— Perdoe-nos, Charlote — arrematou ele, louco para se afastar dali. — É que nós estamos com um pouco de pressa.

— Compreendo. Por acaso vocês não vão para sua casa, vão?

— Infelizmente, não. Você tem hora marcada com Fabiano?

— Na verdade, ele é que tem hora marcada comigo — corrigiu ela, um sorriso misterioso plantado no rosto machucado e indecifrável. — Mas pode deixar. Acho que ninguém vai me atacar no caminho até sua casa.

Gael sentiu uma ardência nas orelhas, torcendo para que nenhuma das duas percebesse o embaraço que o comentário de Charlote provocara nele. Pelo modo como Letícia encarava a outra, era evidente que não havia notado nada. Charlote, por sua vez, apesar do sorriso artificial e congelado, não deixava transparecer nenhum sinal do que ia em seus pensamentos, de forma que ele ficou sem saber se ela tinha ou não conhecimento de que fora bem-sucedida na provocação.

— A gente podia jantar lá pela Tijuca — sugeriu Letícia, com ar de genuína preocupação. — Não acha, Gael?

— Talvez — ele respondeu sem vontade, já antevendo o resultado da conversa.

— Não precisa. Não quero ser um transtorno para vocês.

— Transtorno nenhum — objetou Letícia. — É o mínimo que podemos fazer, depois do que lhe aconteceu. Não acha, Gael?

— Acho...

— Afinal, foi por causa do descuido de Gael que você foi assaltada — prosseguiu Letícia, alheia à satisfação que suas palavras faziam crescer no peito de Charlote. — Se ele a houvesse levado em casa naquele dia, você não teria sido assaltada.

— Não foi culpa dele — protestou Charlote, a voz tão melíflua que Gael ficou enjoado.

— Não se trata disso, mas não custa nada. Vamos, Gael. Podemos deixar Charlote na sua casa e seguir para o restaurante.

— Está bem, Letícia — assentiu ele, finalmente saindo do torpor provocado pela indignação. — Vamos indo.

Feito um autômato sem vontade, Gael se viu rodeado pelas duas mulheres, a quem parecia caber a condução de seus passos. Em seu íntimo, o dever se engalfinhava com o desejo, num duelo desesperado pela predominância. Gael *devia* tratar Charlote bem, contudo, o que *desejava* mesmo era gritar para que ela os deixasse em paz.

Finalmente, o senso de dignidade prevaleceu sobre o anseio do coração, levando Gael a recriminar-se por quase ceder à vontade mesquinha. A muito custo, conseguiu se manter beirando a cordialidade, mas fez com que seus olhos evitassem o ângulo do espelho onde encontrariam os olhos ávidos dela.

29

Charlote daria tudo para ocupar o lugar de Letícia naquele jantar. Pensou em sugerir que chamassem Fabiano e saíssem os quatro juntos, mas a atitude pouco amistosa de Gael a desencorajou. Mais que depressa, Gael a deixou na porta do edifício em que ele morava e acelerou assim que ela saltou, quase sem lhe dar tempo de fechar a porta. Tinha tanta pressa em estar a sós com Letícia como em se afastar de Charlote. Ela agradeceu polidamente, mordendo os lábios para não permitir que as pragas que rogava mentalmente saíssem em disparada na direção deles. A pressa do delegado, contudo, levou-o para longe antes mesmo que ela concluísse o agradecimento.

— Grosso — murmurou ela, fitando a traseira do SUV com raiva.

Quando chegou ao apartamento, já não existia mais nenhum vestígio da ira que a dominara havia pouco. Ao contrário, Charlote exibiu um sorriso espontâneo, com um esforço para mantê-lo assim que apenas ela conhecia. Como sempre, ela conseguiu enganar Fabiano, que foi logo tratando de abraçá-la e puxá-la para dentro.

— Ai, Charlote, venha logo. É agora que a Lili vai beijar o cara.

— Hã? — estranhou ela. — Que Lili? Que cara?

— *A garota dinamarquesa*, ué! O filme já começou há um tempo, mas posso voltar, se você quiser.

— Pelo amor de Deus, Fabiano! De novo, não! Vim aqui para lhe fazer massagem.

— Acha mesmo que ainda preciso? Não sinto mais dor alguma.

— Pensei que você gostasse das minhas mãozinhas de fada.

— Eu gosto. Adoro sua massagem, me relaxa à beça! Mas hoje, não. Quero ver o filme.

— Tudo bem, então. Se é assim, volto outro dia para lhe contar a novidade.

— Que novidade? — intrigou-se, congelando o dedo sobre a tecla *play* do controle remoto.

— Vai me ouvir?

— Estou esperando.

— Consegui um médico particular para você — ela contou, exibindo-lhe um cartãozinho azulado. — Foi o mais barato que encontrei, que seja de confiança.

— Médico de quê? Não estou doente.

— Se liga, Fabiano! Você não quer se operar?

De repente, o filme perdeu toda importância. Fabiano agarrou o controle remoto e premiu o botão da pausa, encarando Charlote com incredulidade.

— Você se refere àquela operação? Para mudança de sexo?

— Tem alguma outra que você queira fazer?

— Está falando sério, Charlote? — entusiasmou-se ele, arrancando o cartão das mãos dela.

— Mais sério, impossível.

— Quanto será que vai custar?

— Somando tudo?

— É.

— Uns quarenta mil reais.

— Tudo isso? — Ele deixou o queixo cair, abismado.

— Como eu disse, esse é um dos mais baratos. Agora, se você quiser um cobrão, vai desembolsar aí, por baixo, uns cem mil reais.

— Credo! Não pensei que fosse tão caro.

— Mas é.

— É muita grana, Charlote. Não tenho esse dinheiro todo.

— Gael não pode lhe emprestar?

— Tenho vergonha de pedir a ele.

— Por quê? Você mesmo falou que ele não tem nada contra.

— Não ser contra é uma coisa. Financiar é outra bem diferente.

— Então, ainda resta o SUS.

— É uma opção.

— Só que vai demorar. Tem uma fila imensa!

— Quanto tempo, mais ou menos?

— Isso eu não sei. No particular, o tempo mínimo seria de dois anos, contando as avaliações do psiquiatra, do psicólogo, do assistente social e do endocrinologista, que é o responsável pela sua transformação física. Você vai ter que passar aí um tempo tomando hormônios, até que ele considere completo o seu processo de transição.

— Já faço isso.

— Eu sei, e foi por isso que resolvi ajudar. Não quero que você continue tomando hormônios sem orientação médica.

— Não sei, Charlote — ele hesitou, devolvendo-lhe o cartão. — Eu adoraria fazer esse tratamento, mas não tenho dinheiro para isso.

— Peça emprestado ao Gael, já disse. Aposto como ele vai ajudá-lo.

— Pode até ser, mas não quero.

— Deixe de ser orgulhoso. Para Gael, isso não deve custar nada.

— Não é bem assim. Gael não é rico. E ele agora está namorando sério. Vai que resolve se casar?

— Casar? Que história é essa? Ele falou alguma coisa?

— Não, mas não sou idiota. Conheço bem o meu primo. Nunca vi Gael assim com mulher nenhuma.

— Isso é fogo de palha.

— Não é, não. Olhe, Charlote, sei que você gosta dele, mas é melhor partir para outra. Gael está muito apaixonado por Letícia.

— Isso não me interessa — retrucou ela, mordendo a raiva. — Não vim aqui para falar de Gael, muito menos de Letícia. Vim lhe trazer o telefone do cirurgião, mas se você não quiser, tudo bem. Não é problema meu.

— Posso saber onde foi que você arranjou esse médico?

— Sou massoterapeuta. Tenho muitos clientes e nas mais diversas áreas.

— Tem certeza de que ele é bom?

— Fabiano! Você quer ou não quer virar mulher?

— Não sei — ele hesitou, amedrontado. — Agora que estou vendo a coisa começar a acontecer está me dando um medo danado. E se der algo errado?

— O que é que pode dar errado? Você vai ser acompanhado por uma equipe de profissionais treinados. O cirurgião é competente, tem registro no CRM e já realizou centenas dessas cirurgias. A sua não será a primeira nem a última.

— Vou pensar. Prometo.

— Pensar em quê? Você já vem tomando hormônios há muito tempo, sem qualquer acompanhamento especializado. É perigoso...

— Eu sei, eu sei! Você já disse isso.

— Ora, desculpe-me por me preocupar com você.

— Desculpe, Charlote, pelo amor de Deus. Eu devia agradecer sua ajuda e sua preocupação. E sou grato, de verdade. Mas é que as coisas não são bem assim.

— Assim como?

— Não sei. É que, de repente, me deu um medo...

— Medo de perder o que você já não usa há muito tempo?

— Não é nada disso, sua doida — ele objetou, achando graça no comentário dela.

— Então, o que é?

— Não sei explicar.

— Tudo bem, Fabiano, isso é com você. Não sou eu que quero mudar de sexo. Na hora em que decidir, procure o médico.

— Obrigado.

— De nada. Só me prometa uma coisa.

— O quê?

— Que vai parar de tomar hormônio.

— Não posso prometer isso.

— Pode e vai. É para o seu bem.

— Está bem, se você insiste.

— Jura?

— Não preciso jurar.

— Olhe lá, hein? Estou confiando em você.

— Obrigado de novo.

— E agora, onde está mesmo aquele jantar que você me prometeu?

— Eu prometi? Não me lembro.

— Brincadeira, bobo. É que estou morrendo de fome.

— Não seja por isso. A essa hora, dá para sair uma macarronada.

— Ótima pedida.

— Venha comigo, meu bem. Podemos conversar enquanto preparo a comida.

Charlote seguiu-o até a cozinha. Queria mesmo era encerrar a conversa, pois seu plano já estava traçado e, pelo visto, caminhava muito bem. Ela não estava nem um pouco interessada na cirurgia de Fabiano. Arranjara aquele cartão ao acaso. Procurou na internet o nome de um cirurgião especializado em redesignação sexual, foi até o consultório dele, pediu informações à secretária e saiu de lá com o cartão, dizendo que era para uma amiga.

Tudo isso para impressionar Gael. Buscava uma desculpa para chamá-lo para uma conversa, e a preocupação com a saúde de Fabiano era um bom motivo. Sua intenção era fazer-se de interessada, de boazinha, e contar a ele que o primo recusara a ajuda médica que ela, tão obsequiosamente, lhe arranjara, e andava tomando hormônios por conta própria. Grato e comovido, Gael passaria a vê-la como uma aliada, uma pessoa de confiança, alguém com quem ele podia contar para dividir com ele assuntos importantes.

30

Distraído em frente ao computador, Gael nem percebeu quando Letícia entrou em sua sala. Durante alguns minutos, ela permaneceu encostada à porta, observando-o com intensidade. Foi a energia de paixão transmitida pela força de seu olhar que desviou a atenção dele da tela, onde lia e relia o relatório que dava por encerradas as investigações sobre o assassinato de Ney Ramos da Silva.

— Letícia! — alegrou-se ao vê-la. — O que está fazendo aí, tão quietinha?

— Tem uma pessoa querendo falar com você.

— Comigo? É sobre algum caso?

— Não. É a Charlote.

— Charlote? — repetiu, incrédulo. — O que ela quer?

— Não sei. Só falou que é pessoal.

— Era só o que me faltava. Não dá para dispensá-la?

— Creio que não. Ela insistiu, disse que é importante.

— Não imagino o que Charlote possa me dizer que seja tão importante. Nada do que ela faz me interessa.

— Por que você não gosta dela? — Letícia indagou subitamente. — O que foi que ela lhe fez?

— Nada.

— Difícil acreditar. A antipatia que você sente por ela não pode ser gratuita.

— E não é, embora nem eu saiba definir muito bem o que seja. Tem algo nela que não me agrada, alguma coisa de falsidade, de leviandade, sei lá.

— Pois acho que você terá que enfrentá-la, mesmo assim. Ou quer que eu a mande embora?

— E vai adiantar? Você mesma disse que ela está insistindo em falar comigo.

— Está.

— Se você a mandar embora, ela vai me cercar na rua até conseguir falar comigo.

— O melhor então é ver o que ela quer e livrar-se dela o quanto antes, não é?

— Sim. Muito bem. Pode mandá-la entrar.

— É para já, doutor.

Não demorou muito, e Letícia voltou, conduzindo Charlote. Ela o cumprimentou com um sorriso desagradável, ao que ele correspondeu com um "como vai?" seco e impessoal.

— Por favor, sente-se — disse ele, oferecendo-lhe uma cadeira. — O que posso fazer por você?

Ela se acomodou diante dele, esperou até Letícia sair e só então começou a falar:

— Na verdade, Gael, não estou aqui por mim, mas por Fabiano.

— Não entendi.

— Vou ser direta. Você sabia que Fabiano está tomando hormônios, sem acompanhamento médico?

— Como é que é?

— É isso mesmo que você ouviu. Você não sabia?

— É claro que não.

— Nunca reparou que ele tem seios e tudo o mais?

— Já, mas não me liguei que ele estivesse tomando hormônios.

— Pois deveria. Ele tem seios, quadris arredondados e voz fina. Como acha que ele conseguiu isso tudo?

— Sinceramente, Charlote, eu nunca havia pensado nisso.

— Pois eu respondo. Tomando hormônios, é claro. Ele vem se automedicando há algum tempo, sem nunca ter consultado um endocrinologista. Conversei com ele, mas não adiantou. Até arranjei o telefone de um cirurgião, especializado em redesignação sexual, que tem endocrinologista na equipe, mas foi em vão. Ele não quer gastar dinheiro e prefere fazer tudo por conta própria, ignorando os riscos de câncer, AVC e sei lá o que mais.

— Isso é sério — considerou Gael, deveras preocupado.

— É muito sério. Foi por isso que resolvi falar com você. Já que Fabiano não me ouve, talvez ouça você.

— Fez bem, Charlote. Vou conversar com ele hoje mesmo.

— Tomara que você consiga colocar um pouco de juízo na cabeça dele, porque todas as minhas tentativas foram inúteis.

— Ele sabe que você veio falar comigo?

— É claro que não! E vai ficar com raiva de mim, se souber, mas não me importo. Por isso, eu agradeceria se você não lhe contasse que fui eu quem o alertou.

— Ele não vai desconfiar?

— Talvez, mas não vai ter certeza. E, se ele perguntar alguma coisa, você pode dizer que foi mera coincidência.

— Não existem coincidências.

— Melhor ainda. Você pode dizer que foi obra do plano divino, que alertou duas pessoas amigas ao mesmo tempo.

— Puxa vida, Charlote! — exclamou, impressionado. — Nem sei o que dizer.

— Não precisa dizer nada. Sei que nós dois não temos nos entendido muito bem, mas eu gosto de Fabiano de verdade. Não quero que nada de mau lhe aconteça.

— Você me surpreendeu — admitiu ele, olhando para ela com admiração e simpatia. — Jamais imaginei que você fosse tão amiga de Fabiano.

— Ainda que não fosse, eu tentaria ajudar. Pode não parecer, mas eu me preocupo com as pessoas.

— Estou vendo isso agora.

— Bem, minha missão aqui já acabou — concluiu ela, levantando-se. — Agora é com você.

— Deixe comigo. E obrigado.

— Não me agradeça. Cuide daquele moço, de quem gosto muito.

— Farei isso, pode ter certeza.

— Até logo.

— Até logo. E obrigado, mais uma vez.

Ela lhe atirou um último e comedido sorriso, virando-se para sair sem pressa, mas com decisão. Gael permaneceu onde estava, sem saber ao certo o que pensar. Havia algo nela que insistia em lhe causar desconfiança, contudo, seu gesto fora, indubitavelmente, de intensa nobreza. Ele chegou a considerar se tudo aquilo não passaria de encenação, mas recriminou a si mesmo pela desconfiança. Charlote apenas demonstrara preocupação com Fabiano, sem pedir nada em troca, sem fazer nenhum comentário maldoso nem qualquer insinuação maliciosa. Parecia mesmo que seu único interesse era com o bem-estar de Fabiano. Pesando bem as palavras dela, achou que Charlote merecia uma chance. Ele não podia ser tão implacável, ao ponto de desconsiderar a atitude generosa dela por causa de sua repulsa, que agora ele começava a pensar se não seria apenas implicância.

A chegada repentina de Letícia interrompeu seus pensamentos. Ele fez sinal para que ela entrasse e fechasse a porta. Letícia sentou-se na cadeira antes ocupada por Charlote, e Gael a colocou a par da situação.

Enquanto isso, do lado de fora da delegacia, Charlote seguia, exultante. Seu plano parecia ter saído melhor do que o esperado. Tinha certeza de que impressionara Gael muito além das expectativas. De agora em diante, ele a veria com outros olhos e seria mais condescendente. Quem sabe até mais carinhoso?

Em meio ao grande contentamento, o toque do celular surgiu como uma flecha envenenada, destruindo, em poucos segundos, os momentos de brilho que haviam jogado um pouco de luz sobre sua vida sombria. O aparelho tocava e vibrava dentro da bolsa, mas ela não precisava vê-lo para saber que a ligação era de Osvaldo.

Decidida a ignorar a chamada, seguiu caminhando pela rua. Tinha um cliente que não podia perder. Se chegasse atrasada mais uma vez, ele acabaria dispensando-a, e seria mais um a lhe cobrar o adiantamento. Osvaldo, porém, era insistente. Continuava ligando e ligando, como se não tivesse nada mais para fazer.

Pensando bem, talvez fosse melhor atender. A lembrança dos dois orangotangos que ele mandara para intimidá-la acendeu um alerta em sua mente, aconselhando-a a falar com ele. Contendo a irritação, atendeu:

— Alô.

— Por que demorou tanto a atender? — soou a desagradável voz de Osvaldo, do outro lado da linha.

— Estava ocupada. O que você quer?

— Estou ligando para lembrar que faltam só dois dias.

— Por que não me deixa em paz, Osvaldo? — ela gritou, perdendo a calma e atraindo a atenção de vários transeuntes. — Já não disse que vou pagar?

— É só um lembrete.

Osvaldo desligou bruscamente, deixando-a parada no meio da rua, ar atônito, remoendo a raiva do momento.

— Imbecil — rosnou ela para o aparelho mudo.

Ela estava ficando sem tempo. Osvaldo a pressionava e só sossegaria quando recebesse o dinheiro de volta. Ela havia esperado muito para tomar providências. A hora de resolver tudo era agora, e ela já sabia o que fazer. De cara emburrada, seguiu para o ponto de ônibus, onde pegou a condução para a Tijuca, esquecendo-se totalmente do cliente agendado.

Atrás dela, espíritos galhofeiros e oportunistas ensaiaram uma perseguição. Naquele momento, sobretudo, em que seu corpo fluídico disparava dardos de vibrações conflitantes, muitos seres que por ali vagueavam, tal qual feras farejando a presa, atiraram-se sobre ela, na tentativa de sorver um pouco das energias de raiva, frustração e medo que se desprendiam dela. Por um instante, Charlote sentiu um mal-estar indizível, uma espécie de tremor desmedido, um torpor desconhecido a enfraquecer-lhe as pernas.

— Jesus, o que é isso? — ela sussurrou para si mesma, assustada com o inesperado ataque.

Era mesmo um ataque, do qual ela não poderia se livrar sozinha, mesmo porque, não via os agressores. Subitamente, uma calmaria, vinda não sabia de onde, atravessou sua pele e aquietou seus músculos, fazendo cessar a tremedeira. O coração, que dava saltos descompassados dentro do peito, de uma hora para outra, reencontrou o ritmo e sossegou. Tudo retomou a normalidade, como se nada tivesse acontecido. Os espíritos, espantados com a dose energética desconhecida e invisível, capaz de, sozinha, desprendê-los da vítima, afastaram-se acabrunhados, perscrutando o ambiente astral à procura do ser de luz responsável por aquilo. Não encontraram ninguém, contudo, desistiram de Charlote mesmo assim.

Recuperada do que ela considerava um mal súbito, Charlote entrou no ônibus sozinha. Não entendia por que, de vez em quando, sentia aquelas coisas, embora as atribuísse a algum distúrbio emocional. O trânsito àquela hora estava surpreendentemente tranquilo, de forma que ela não demorou muito para chegar à casa de Fabiano. Do ônibus, havia ligado para ele, informando que precisava falar-lhe com uma certa urgência. Não lhe adiantou o assunto, apenas pediu que ele franqueasse sua entrada na portaria, a fim de não se ver obrigada a passar novamente pela humilhação de ser barrada pelo porteiro.

Agora parada em frente ao edifício, Charlote olhou para cima, tentando identificar as janelas do apartamento de Gael, que ficava no sexto andar. Não foi difícil. Viu as persianas abaixadas e entrecerradas, o que lhe deu a agradável sensação de conforto que nunca encontrou em seu próprio lar. Seria inveja? Ou apenas a frustração de nunca ter conseguido nada na vida além de problemas?

O portão de entrada se abriu com um clique, e ela passou, tentando caminhar com confiança, evitando demonstrar o temor que sentia de ser novamente barrada. Passou pela porta de vidro com ar altivo e cumprimentou o porteiro com um simples aceno de cabeça, ao qual ele respondeu com indiferença. Não parecia nem um pouco preocupado com a entrada dela, sinal de que Fabiano cumprira a promessa e dera ordens para que a deixassem subir sem precisar ser anunciada.

Ótimo, pensou. Mais uma vez, tudo parecia dar certo.

31

Quando Fabiano abriu a porta, Charlote já não exibia mais o ar de irritação que a consumira durante todo o trajeto até a Tijuca. Ele a cumprimentou sorridente, dando-lhe dois beijinhos no rosto. Ela correspondeu ao cumprimento, estudando seu rosto com atenção, a fim de reconhecer algum sinal de aborrecimento. Como não viu nada, deduziu que Gael ainda não havia comentado nada com ele. *Melhor assim*, pensou. Evitaria o tédio de ter que representar um novo teatrinho de preocupação.

— Está ocupado? — indagou ela, notando que ele segurava uma vassoura.

— Estou arrumando a casa, mas tudo bem. Posso terminar depois.

Largando a vassoura a um canto da área de serviço, Fabiano puxou Charlote pela mão, conduzindo-a até o sofá da sala. Fez com que ela se sentasse e atirou-se a seu lado, dando um suspiro de cansaço.

— Gael explora você, não é mesmo? — observou ela, não sem malícia.

— De jeito nenhum! — foi a resposta rápida, veemente. — Estou cansado porque fui dormir tarde ontem à noite. Fiquei vendo um filme e perdi a hora. Gael não pergunta nem me cobra nada. Faço meu serviço porque tenho noção do dever e gosto de cuidar da casa e de cozinhar.

— E isso não é bom para Gael?

— É claro que é! Mas ele me paga por isso, né? E nem precisava, já que me deixou morar aqui de graça.

— Você não mora de graça. Paga pela estadia com o seu trabalho.

— Gael me paga um salário muito maior do que se costuma pagar pelo serviço doméstico. E deixa tudo por minha conta. Me trata como o amigo que sou. E não entendo por que você, que diz gostar tanto dele, resolveu atacá-lo gratuitamente.

— Desculpe se dei essa impressão — retratou-se. — É que gosto muito de você e não quero que seja explorado.

— Gael não me explora, já disse.

— Tudo bem, não vamos brigar por isso.

— É, não vamos. E agora me diga: o que você queria falar comigo de tão importante?

— Sabe o que é, Fabiano? — ela começou, fingindo acanhamento. — Fico meio sem graça de lhe dizer... Na verdade, queria lhe pedir um favor. Sei que você já me adiantou uma importância, mas estou precisando de mais.

— Quanto?

— Mil reais.

— Só isso? Tudo bem.

— Não vai me perguntar para que preciso?

— Não me interessa. Sou seu amigo, não sua babá.

— Oh, Fabiano! Nem sei como lhe agradecer.

— Não precisa. E você pode me pagar com massagens, se preferir.

— Mas, outro dia mesmo, você disse que não precisava mais, que não sentia mais dor!

— Massagem é ótimo para relaxar as tensões do dia a dia, não é?

Ela fez que sim.

— Então, está resolvido.

— Você é demais! — exclamou, envolvendo-o em um abraço exagerado.

— Eu sei. Sou o máximo.

— Pode até ser convencido. Você merece.

— Puxa-saco — gracejou, bem-humorado. — Pode ser em cheque ou você prefere uma transferência?

— Você tem conta em banco? — surpreendeu-se.

— Para você ver como Gael me paga bem. Sem falar que não tenho nenhuma despesa aqui. Ganho casa e comida, meu salário dá e sobra. Então? Como vai ser?

— Eu não tenho conta, Fabiano — revelou, envergonhada. — Sinto muito.

— Não tem? Como é que uma profissional liberal trabalha sem conta bancária?

Ela não podia dizer que tinha o nome sujo e mentiu sem titubear:

— Ganho pouco e não posso perder dinheiro pagando taxas bancárias.

— É um bom motivo. Então, teremos que sair e sacar. Não tenho esse dinheiro todo em casa.

— Podemos fazer isso agora?

— Se você me der um tempo para tomar banho e me arrumar, sim.

— Claro. Ficarei esperando.

Tão logo ele se afastou, ela apanhou o celular e foi direto aos ajustes, escolhendo a função "Som". Com dedos ágeis e rápidos, selecionou "Toque", em seguida, pousou o dedo sobre o clássico "Telefone Antigo". Assim preparada, recolocou o celular de volta na bolsa e aguardou, tomando o cuidado de não permitir que a tela se apagasse. Quando ouviu Fabiano se aproximar, agiu rapidamente. Premiu a opção antes selecionada, e o aparelho fez soar a apresentação do novo toque, dando a impressão de que se tratava de uma nova ligação. O toque se repetiu, como se fosse continuação da mesma chamada, mas ela nada fez.

— Seu celular está tocando — Fabiano alertou. — Não vai atender?

Exagerando um fingido olhar de desgosto, sem permitir que Fabiano visse a tela, Charlote comprimiu o botão que ligava e desligava o celular, fazendo cessar o toque. Em seguida, levou-o ao ouvido e sussurrou ao aparelho mudo, fingindo uma consternação preocupante:

— O que você quer, Osvaldo? Já não disse que era para você não me ligar? — Parou de falar, como se ouvisse, para depois continuar: — Estou fazendo o que posso, o.k.? Não é fácil... Sei que não... O que você quer que eu faça? — Uma pausa mais prolongada e, então, ela prosseguiu: — Sim... Já arranjei o dinheiro... Não sei... Não precisa me ameaçar... Vou levar depois de amanhã, conforme o combinado... Escute, não posso falar agora... Na sexta, você terá o seu dinheiro.

Desligou, certa de que Fabiano ouvira tudo. Os lábios apertados demonstravam uma angústia que não passou despercebida pelo amigo.

— O que foi que houve, Charlote? Você está com algum problema?

— Nada de mais — rebateu ela, evitando encará-lo. — Não tem nada a ver com você. Não se preocupe.

— Como assim, não tem nada a ver comigo?

— Não é problema seu.

— Olhe, sei que disse que não me interessava o motivo pelo qual você precisa do dinheiro, mas, se é algo sério, tenho que saber.

— Não quero envolver você nisso.

— Quem é Osvaldo?

— Ninguém.

— E esse *ninguém* a está ameaçando?

— Não tem ninguém me ameaçando — ela protestou, a voz diminuindo cada vez mais, até se tornar um fiozinho quase inaudível.

— Não adianta mentir para mim. Ouvi muito bem quando você disse ao tal Osvaldo que ele não precisava ameaçá-la. Ele quer dinheiro, não é? O que foi? Você se envolveu com algum agiota?

À medida que Fabiano falava, Charlote se concentrava no pranto. Pensou tanto na própria desgraça que ele acabou brotando, fazendo borbulhar em seus olhos um rio caudaloso de lágrimas.

— Ai, Fabiano — lamentou ela, agarrando-se ao pescoço dele. — Estou numa encrenca danada.

— Por quê? O que você fez? Está devendo dinheiro a esse cara?

— Não era para você ouvir nada disso.

— Acontece que eu ouvi, e agora não tem mais jeito. Quero saber o que está acontecendo.

— Maldito Osvaldo! Por que foi que atendi? Como fui burra, meu Deus! Era só não atender. Por que fui atender, por quê?

— Tenha calma, querida, e me conte tudo.

Ela enfiou o celular no bolso de trás da calça e inspirou fundo, como se franqueasse a passagem da coragem com a respiração. Não queria parecer ansiosa nem enroladora. Queria falar no momento e na medida certos. Nem uma palavra a menos, nem a mais do que o necessário.

— Não é um agiota — ela começou, pausadamente. — Na verdade, é só um cliente...

— Um cliente? Que tipo de cliente ameaça a massagista? Um traficante?

— Não é isso. Você sabe como eu trabalho, com pacotes de massagens pagos adiantados.

— Sei. Hoje em dia, quase todo mundo trabalha assim.

— Foi isso que falei ao Osvaldo. Ele pagou adiantado por um pacote de dez massagens e depois quis cancelar. Eu teria devolvido o dinheiro na hora, se o tivesse. Acontece que eu já havia gastado tudo. Expliquei isso a ele, mas não adiantou. Ele queria o dinheiro de volta de qualquer jeito.

— Mas se foi ele quem cancelou, não tem direito à devolução.

— Eu disse isso a ele, mas não adiantou. Foi então que ele começou a me ameaçar. No começo, pensei que ele só quisesse me assustar, até que vieram aqueles dois brutamontes... — Ela se calou, ainda sentindo na pele a dor dos golpes recebidos.

— Que dois brutamontes? Espere aí, Charlote, você está querendo dizer que aquela história de assalto do outro dia foi invenção? Que o que aconteceu, na verdade, foi que o tal de Osvaldo mandou dois capangas para lhe dar uma surra?

— Foi exatamente isso que aconteceu.

— Agora está tudo explicado — explodiu ele, o rosto tingido pelo rubor da raiva. — Foi por isso que você não quis ir à delegacia, não foi?

— De que adiantaria? Eu não tinha provas, nem conheço os caras. Sem contar que Osvaldo era bem capaz de mandar me matar.

— Que absurdo, Charlote! Isso não pode ficar assim. Temos que fazer alguma coisa.

— Por favor, Fabiano, não quero que você faça nada. Só o que quero é me livrar de Osvaldo, de uma vez por todas. Foi por isso que recorri a você, para me emprestar o dinheiro. Osvaldo me deu um prazo até sexta-feira, às seis da tarde.

— Você vai se encontrar com ele? — horrorizou-se.

— Não tenho escolha. Por mais apavorada que esteja, preciso resolver logo essa situação. Não posso ficar na mão dele para sempre, com medo de dar de cara com os dois capangas novamente.

— Mas que covarde! É muito fácil ameaçar e espancar uma mulher indefesa. Queria vê-lo fazer isso comigo.

— Com você? Menos, Fabiano. Você é um amor de pessoa, mas não faz o tipo durão. Osvaldo ia acabar com você. E se ele mesmo não desse conta do recado, ia mandar os brutamontes lhe darem uma lição para você nunca mais esquecer.

— Não tenho medo, Charlote. E você se engana comigo. Posso ter jeito de mulherzinha, mas sei ser bem macho quando quero.

— Que papo é esse? — ela se surpreendeu genuinamente. — Nunca ouvi você falar assim.

— Você não me conhece. Sou muito bonzinho, mas viro uma fera quando me sinto ameaçado.

— Não estou reconhecendo você, Fabiano. Cadê aquele cara que tinha pavor de violência e de sangue? Já se esqueceu do ataque que deu no outro dia, por causa de uma simples conversa?

— Continuo detestando violência e sangue, e é por isso que não posso ficar quieto diante do absurdo que esse sujeito está fazendo com você. É uma questão de defesa, Charlote, justamente para repelir a violência e a ameaça.

— Você pode até ter razão, mas eu não tenho escolha.

— Por que não leva a polícia com você? Gael poderia ajudar.

— Nem pensar! E pôr em risco o meu pescoço, em uma futura vingança? Por causa de mil reais? Não vale a pena.

— Mas e se ele vir que dá certo e continuar extorquindo você? Isso pode virar uma constante, você não acha?

— Não creio. Osvaldo é só um velho orgulhoso que quer ter sempre razão e acha que foi passado para trás. No momento em que eu lhe devolver o dinheiro, ele me deixará em paz.

— Tem certeza?

— Tenho.

— E não corre o risco de ele mandar os tais capangas receberem você?

— Isso eu já não posso dizer. Vamos torcer que não.
— Não sei não, Charlote. É perigoso.
— Você não ouviu nada do que eu disse? Eu não tenho escolha.
— E se eu fosse no seu lugar?
— Você?

Ela precisou se segurar no braço do sofá para não saltitar de alegria. Fabiano estava fazendo exatamente o que ela sabia que ele faria.

— De jeito nenhum! — objetou ela, com uma exaltação que ela fez parecer de indignação, mas que era de felicidade. — Não vou deixar você se arriscar por minha causa. Eu nunca me perdoaria se lhe acontecesse alguma coisa.

— Bobagem. Sei me cuidar.

— Sério, Fabiano? — tornou ela, ávida por aceitar. — Você faria isso por mim?

— Estou dizendo que sim. Você é minha melhor amiga. Não vou permitir que um idiota qualquer a intimide nem a maltrate. Você vai ver só. Quando quero, viro homem.

Ele engrossou a voz e assumiu uma postura tão máscula, que Charlote se espantou. Depois riu intimamente do ridículo que era uma bicha com cara de travesti falando grosso e cerrando os punhos feito um lutador de boxe. De qualquer forma, era o que ela precisava ver e ouvir. Satisfeita com o resultado de sua empreitada, ela se atirou nos braços dele e estalou vários beijos nas faces, disfarçando, com isso, o ar de vitória que transfigurava seu rosto.

— Você é demais! — elogiou, sem deixar de beijá-lo. — Nem sei como lhe agradecer.

— Não precisa. Você já faz muito por mim. Agora, me explique o que tenho que fazer.

— É tudo muito simples. Basta ir à casa dele e entregar o pacote.

— Só isso? Ele marcou o encontro na casa dele? Ele não mora em nenhuma comunidade, espero.

— Não. Ele mora em uma casa em Vargem Grande.

— Tudo bem, não importa. Irei até lá, entregarei o dinheiro e não falaremos mais nisso, certo?

— Certo.

— Será que ele vai me receber? Afinal, ele não me conhece.

— Não se preocupe. Ligarei, avisando.

— Acha que vai dar certo? Considerando as circunstâncias, ele pode ficar com medo de um estranho enviado pela mulher em quem ele mandou dar uma surra. E se ele achar que pode ser vingança?

— Mostre-lhe o dinheiro. Quero ver ele se recusar a abrir a porta. E depois, acho mais perigoso para você. Osvaldo não é confiável.

— Não tenho medo dele.

— Pois deveria. De gente assim, tudo se pode esperar.

— Se ele for esperto, não vai folgar comigo. Tenho um companheiro inseparável.

— Como assim? Não entendi.

— Um canivete, meu bem.

— Um canivete? — repetiu ela, mal acreditando em sua sorte. — É sério?

— Venha, vou lhe mostrar.

Em seu quarto, ele apanhou uma caixinha no fundo do armário e abriu-a com cuidado, expondo uma espécie de faquinha camuflada.

— Este é um canivete artesanal — explicou. — Lâmina de inox e cabo de madeira. Ganhei de um antigo namorado.

— Bonito — comentou ela, olhando-o à distância. — Espero que você não precise usá-lo.

— Também espero. — E, abaixando o tom de voz, confidenciou: — Nunca o usei... Quero dizer, nunca feri ninguém, de verdade. Tenho mesmo pavor de sangue, mas os caras não sabem disso.

— Se Deus quiser, não será necessário. Você vai chegar à casa de Osvaldo, vai lhe entregar o dinheiro e sair tranquilamente. E ponto-final, fim da história, simples assim.

— Isso. E agora, que tal você me fazer uma massagem? Eu ainda tenho crédito com você, não tenho?

— Bobinho. Você sempre tem crédito comigo, e isso não tem nada a ver com dinheiro.

— Você é maravilhosa! — elogiou ele, esticando-se na cama para receber a massagem. — Pode começar.

— Aí, não, né, Fabiano? Essa cama é horrível para fazer massagem. Você pode pegar minha maca dobrável, por favor? Deixei-a lá na sala.

— É para já.

Ele deu um salto e foi buscar a maca. Enquanto aguardava, Charlote fitava o canivete de Fabiano. Sentiu uma atração mórbida pelo objeto, mas evitou tocá-lo. Um arrepio percorreu sua espinha, quando Fabiano entrou, trazendo a maca, que ela desdobrou ao lado da cama dele. Ele se deitou, espreguiçando-se languidamente. Olhou para ela e, cerrando os olhos, anunciou:

— Sou todo seu.

Charlote deu um risinho frio, cheio de malícia. Sim, Fabiano tinha muitos créditos com ela, o que não tinha nada a ver com dinheiro. Tinha a ver com interesse.

32

O apartamento jazia em silêncio quando Gael chegou. Da cozinha, levantava-se o familiar aroma de comida saborosa. A sala, limpa e arrumada, exalava um perfume suave de lavanda, enquanto, no quarto, todas as coisas ocupavam seus devidos lugares. Tudo impecavelmente em ordem, mas nem sinal de Fabiano.

Gael pensou em ligar para ele, contudo, desistiu no minuto seguinte. Não queria parecer intrometido nem controlador. Estava ansioso para conversar com o primo e, por isso, talvez a ausência dele tivesse sido melhor. Toda preocupação que sentia por Fabiano não era justificativa para tomar conta da vida dele. Precisava conversar com calma, sem demonstrar cobrança, crítica ou recriminação.

Tomou um banho, vestiu uma roupa confortável e, para que o tempo passasse mais rápido, resolveu pôr a mesa para o jantar. Em seguida, sentou-se no sofá e ligou a televisão. Não demorou muito, e a porta da frente se abriu.

— Oi, Gael — cumprimentou Fabiano, parando para observar a mesa posta. — Isso tudo é fome, é?

— Mais ou menos — respondeu o outro, tentando aparentar bom humor. — Cheguei e você não estava. Achei que não me custava nada pôr a mesa.

— Ótimo. Então, vou servir o jantar.

Gael não perguntou aonde ele fora, nem Fabiano contou que dera um pulo no caixa eletrônico, para sacar o dinheiro que entregaria a Osvaldo. Gael, por sua vez, mantinha o ar reservado, mentalmente ensaiando a forma de abordar o assunto sem irritar o primo. Depois de muito pensar, concluiu que não tinha jeito. Ou entrava diretamente na conversa, ou era melhor esquecer.

— Me responde uma pergunta? — questionou Gael, olhando para o primo de soslaio.

— Que pergunta?

— Você anda tomando hormônio feminino?

Fabiano quase virou a concha de feijão em cima da mesa. A pergunta, direta e inesperada, causou-lhe pânico, a princípio, mas depois se virou mais para a estranheza.

— Quem foi que lhe disse isso? — retrucou, desconfiado. — Não precisa nem responder. Foi a Charlote, não foi?

Como Gael não sabia mentir, não conseguiu manter a desculpa que ela havia sugerido, de que fora obra do plano divino.

— Ela está preocupada com você — afirmou. — E eu também.

— Eu sabia! Não devia ter confiado naquela traíra. Contei-lhe meu maior segredo, e ela foi correndo bater para você, mesmo depois de prometer que não o faria. Aposto como fez isso só para passar por boazinha e impressionar você.

— Não acho que seja o caso. Ela me pareceu, realmente, preocupada.

— Que conveniente! Aposto como ainda lhe pediu para não me contar nada, não foi? É claro que pediu. Dá para ver pela sua cara. Além de não saber mentir, você é um péssimo ator.

— Quer parar de fazer drama?

— E a danada esteve aqui e não me falou nada.

— Ela esteve aqui hoje?

— Saiu ainda agorinha mesmo.

— Ela estava com medo de que você ficasse com raiva dela.

— O que não seria nenhum absurdo, não é mesmo? Ninguém trai a confiança de um amigo e sai impunemente.

— Menos, Fabiano. Charlote não quis trair você. É só preocupação.

— E você ainda a defende! Justo você, que sempre teve horror a ela.

— É verdade, mas essa atitude me fez repensar minha opinião a seu respeito. Logo que ela me procurou, achei que poderia se tratar de mais uma desculpa para se aproximar de mim, só que ela me surpreendeu. Passou o tempo todo falando de você, demonstrando uma preocupação sincera. Pode até ser que ela esteja fingindo, mas não foi essa a impressão que eu tive.

— Não interessa! Ela me prometeu que não ia contar.

— Esqueça Charlote um momento, o.k.? Ela não é o assunto em pauta aqui. E essa sua reação só confirma que ela falou a verdade. Você está mesmo tomando hormônios, não está?

— E se estiver, Gael? — irritou-se. — Qual o problema?

— Você sabe que é perigoso.

— E daí? Já faço isso há anos e nunca tive nada, nem você reclamou antes. Ou você acha que eu já nasci com peitinhos e bumbum arrebitado?

— Eu não tenho que reclamar de nada, é problema seu. Falo como amigo, porque tenho medo de que lhe aconteça algo grave, tipo, um AVC, câncer de mama, sei lá...

— Sua preocupação me comove, mas não precisa. Não tenho a menor intenção de ter nenhum desses problemas.

— Por que você não faz a coisa direito e procura um médico? É muito mais seguro.

— Não tenho dinheiro para isso.

— Eu posso ajudar.

— Você já tem uma lista de problemas para resolver. Não precisa acrescentar os meus. Além do mais, você não entende nada desse assunto nem conhece nenhum médico especializado.

— Isso é o de menos, Fabiano. E se estou dizendo que posso ajudar, é porque posso. Eu não faria nada além das minhas possibilidades.

A sinceridade nas palavras de Gael amenizou a raiva de Fabiano, que rebateu emocionado:

— Sei que não, primo, e agradeço. Fico até comovido, sério, mas não posso aceitar.

— Você está sendo orgulhoso.

— Não se trata de orgulho, mas do que é certo. Você já fez muito por mim.

— E daí? Se fosse o contrário, tenho certeza de que você faria a mesma coisa.

— Não venha querer me enrolar, Gael.

— Não estou querendo enrolar você. Só quero que você veja que estou disposto a ajudar porque tenho condições de fazê-lo. Eu não arriscaria nada além do que sou capaz.

— Hum... Não sei, não.

— Pense bem, Fabiano. A gente encontra um médico competente, e você faz uma consulta. Se for algo que eu possa pagar, ótimo. Se não, você espera mais um pouco.

— Está falando sério?

— E você ainda duvida?

— Ai, Gael, você é muito mais do que um primo ou amigo — avaliou, emocionado. — É meu verdadeiro irmão.

— Amo você como um irmão, e você sabe disso, não sabe?

— Sei, sim. E a recíproca é verdadeira.

— Sei que é. Então, está combinado. Você não toma mais hormônios, e a gente procura um especialista.

— Charlote me deu o cartão de um médico. Eu podia ligar para ele.

— Isso. Podemos começar por aí.

Fabiano não disse mais nada. Limitava-se a assentir, acompanhando as suposições de Gael. Um turbilhão de questionamentos, porém, se atropelava em sua mente, revirando sentimentos e dúvidas que ele não sabia definir. Terminado o jantar, ele lavou a louça e foi para o quarto. Esperou até que o silêncio dominasse o ambiente para apanhar o celular e ligar para Charlote.

— Aconteceu alguma coisa? — perguntou ela, assim que atendeu.

— Por que você contou a Gael sobre os hormônios?

Silêncio.

— Por quê, Charlote? Você prometeu que não falaria nada.

— Eu estava preocupada com você — admitiu ela, após alguns segundos. — Você se recusou a me ouvir e não quis ir ao médico. Achei que Gael seria o único que poderia convencê-lo a mudar de ideia.

— Isso foi uma tremenda traição, sabia? Eu confiei em você.

— Eu sei, sinto muito. Achei que estava agindo para o seu bem.

— Você não tinha o direito. O segredo era meu, você não podia revelá-lo sem a minha autorização. Ainda por cima, esteve aqui em casa hoje e não disse nada.

— Não pensei que Gael fosse lhe contar.

— E nem precisou. Eu adivinhei.

— Ele brigou com você?

— Não, mas agora está morrendo de preocupação.
— O que é natural, você não acha?
— Acho. E é por isso que eu não queria que ele soubesse.
— Agora, já era.
— É só isso, Charlote? Você me trai, revela o meu segredo, não me conta nada e só o que tem a dizer é que já era?
— O que você quer que eu diga, Fabiano? Que não fiz por mal, que achei que estava ajudando? Preciso mesmo dizer isso? Parece meio óbvio, não?
— Isso não é desculpa. Você não devia ter traído a minha confiança, para início de conversa. Mas, já que traiu, podia ter me contado. Eu não teria feito papel de idiota na frente de Gael.
— Eu ia contar, mas fiquei com medo da sua reação. Depois, a gente acabou se envolvendo no assunto do Osvaldo, e confesso que me esqueci. Desculpe. — Como ele não respondeu, ela repetiu, quase em súplica: — Desculpe, Fabiano, por favor.
— Então foi isso, não foi? Você ficou com medo de me falar e eu mudar de ideia a respeito de Osvaldo.
— Você está sendo injusto. Eu nem ia lhe falar sobre Osvaldo. Foi você quem ouviu minha conversa ao telefone e se ofereceu para ir lá no meu lugar. Eu nem queria isso. E, se quer saber, acho que é melhor a gente desistir dessa ideia. Eu mesma irei, se você me entregar o dinheiro. Ou vai desistir disso também?
— Eu não vou desistir — objetou ele, agora um pouco mais calmo. — Mas coloque-se no meu lugar. Como você se sentiria se fosse eu que tivesse revelado a alguém um segredo seu? Com certeza, não iria gostar.
— Não. E é por isso que estou lhe pedindo desculpas. Minha intenção não foi de fazer fofoca nem nada parecido. Eu, realmente, achei que poderia ajudar.
— Tudo bem, Charlote, eu compreendo. Sei que você não fez por mal, mas que foi uma traição, isso foi. Depois de tudo o que fiz por você...
— Está certo, Fabiano, vamos fazer o seguinte: amanhã de manhã, passo aí para pegar o dinheiro, e irei, eu mesma, à casa de Osvaldo. Está bem assim?

— Não foi isso que eu quis dizer.

— Sei que não, mas a última coisa que quero é brigar com você. Gosto de você demais e prefiro ir, eu mesma, resolver o assunto do Osvaldo a perder sua amizade.

— Você está misturando as coisas.

— Pelo contrário, estou tentando separá-las. Sua amizade é valiosa demais para mim para colocá-la em risco por causa de um sujeitinho sem importância feito Osvaldo.

— De jeito nenhum, Charlote! Vamos seguir com o combinado.

— Não precisa, Fabiano, sério. Não estou dizendo isso só para você ficar com peninha de mim e fazer o que combinamos. Estou falando porque acredito que é melhor assim.

— Já disse que não. Está tudo acertado, e vamos manter nosso plano.

— Não precisa...

— Agora chega, Charlote. Já que está tudo esclarecido, não há motivos para mudarmos os planos em cima da hora. Amanhã, às seis horas, estarei na porta de Osvaldo, e não se fala mais nisso.

— Tem certeza?

— Absoluta.

— Isso quer dizer que você me perdoou?

— Não tenho o que perdoar. Compreendo que você fez o que fez por amizade, porque achou que era o melhor para mim. Não estou mais chateado.

— Que maravilha, Fabiano! Você não sabe como fico aliviada.

— Eu também. E agora vá dormir. Amanhã, a essa hora, já estará tudo resolvido. Boa noite.

— Boa noite, amigo. E muito obrigada.

Ao desligar, Fabiano já havia superado o desgosto sentido com a pequena traição de Charlote, convencido de que ela agira desinteressadamente, apenas por amizade. Charlote, por sua vez, suspirou aliviada. Devia ter adivinhado que o *Senhor Certinho* não mentiria para protegê-la. Felizmente, tudo acabara bem. Ou quase. Seu futuro, agora, estava nas mãos de Fabiano.

33

O lugar para onde Fabiano se dirigia não lhe pareceu dos mais confiáveis. A casa de Osvaldo ficava em uma rua deserta, sem asfalto e com pouca iluminação. Sentiu a insegurança aliar-se ao medo, provocando calafrios em sua pele. Instintivamente, apalpou o envelope com o dinheiro, identificando, ao lado, o canivete com a lâmina fechada.

Mais alguns minutos e avistou a casa do homem, muito bem guardada atrás de muros altos e portões de madeira maciça. Cuidadosamente, olhou para todos os lados, receando ser surpreendido por algum bandido ou segurança particular. O ar, contudo, permanecia parado, às vezes, entrecortado pelo vento frio da noite que deslizava por entre as árvores.

Em frente ao portão social, parou e olhou para a câmera acima, imaginando se alguém o estaria observando. Tocou o interfone e aguardou. Não demorou muito, e um homem atendeu:

— Quem é?

Fabiano pigarreou de mansinho, para que a voz não saísse tão fina quanto costumava ser, e respondeu com uma segurança que não sentia:

— Meu nome é Fabiano. Estou aqui a mando de Charlote. — Como não obteve resposta, o rapaz continuou após alguns segundos de espera: — Oi! Seu Osvaldo? Está me ouvindo? Charlote não ligou, avisando que eu vinha?

Ele retirou o envelope do bolso e abriu-o na frente da câmera, exibindo as notas de cem reais lá dentro. Na mesma hora, um clique se fez ouvir, e o portão se abriu, liberando a passagem. Fabiano empurrou o pesado portão e entrou num jardim mal-cuidado e escuro, à procura de capangas ou cães de guarda. Como ninguém apareceu, animou-se a seguir adiante. Em poucos instantes, uma luzinha se acendeu no alpendre, e um velho desleixado escancarou a porta da frente, encarando Fabiano com ar carrancudo.

— Eu devia saber que a vagabunda não ia ter coragem de dar as caras por aqui, depois de tudo o que me aprontou — sibilou, exasperado. — E tinha que mandar logo alguém feito você?

— Qual o problema comigo, Seu Osvaldo? — rebateu ele, falando grosso como antes havia feito. — O senhor nem me conhece.

— Conheço tipos da sua laia — retrucou Osvaldo, dominado pela exasperação. — Mas vamos ao que interessa. Cadê a grana?

Fabiano estendeu-lhe o envelope com o dinheiro, que Osvaldo arrancou da mão dele. Com avidez, sem tentar esconder a cobiça, molhou a ponta dos dedos na língua e pôs-se a contar as cédulas, certificando-se de que não faltava nada.

— Está tudo aí, como pode ver — afirmou Fabiano, lançando a ele um olhar de desdém.

— Muito bem, então, você pode ir. — Vendo que o outro não se mexia, Osvaldo enfiou o envelope no bolso da calça e, de má vontade, insistiu: — Está esperando o quê?

— Só mais uma coisinha, Seu Osvaldo. Daqui para a frente, deixe a Charlote em paz. O senhor já conseguiu o que queria.

— Não sei do que você está falando.

— Eu acho que sabe.

— Não sei, não. Mas vou lhe dar um conselho, rapaz... Se é que posso chamá-lo de rapaz. Cuidado com aquela víbora. Ela não é o que parece ser.

— Charlote é uma boa pessoa, e o senhor devia ter vergonha de ameaçar uma mulher indefesa. Pior ainda, de mandar capangas para bater nela. Eu a aconselhei a ir à polícia, mas ela não quis.

— Escute aqui, moleque! Você pensa que sabe das coisas, não é? Pois você não sabe de nada. Eu não fiz o que você está dizendo, mas, se tivesse realmente feito, sabe por que Charlote não teria procurado a polícia? Porque ela tentou me matar. — Ante o ar de incredulidade de Fabiano, Osvaldo prosseguiu: — É isso mesmo que você ouviu. Ela tentou me matar. Eu quase enfartei por causa daquela cadela. Ela viu que eu estava passando mal, mas não me socorreu, não fez nada. Simplesmente colocou o remédio fora do meu alcance e me largou ali, bem no meio da sala, para morrer.

— Mentiroso.

— Cada um acredita no que quer, não é mesmo?

— Se isso tivesse realmente acontecido, por que é que o senhor não chamou a polícia?

— Eu não morri, morri? A polícia não ia resolver nada, eu não tinha como provar.

— O senhor está inventando isso só para justificar sua covardia. Quem quase perdeu a vida foi ela, depois das pancadas que levou dos seus gorilas.

— Nem imagino de que gorilas você está falando. E se ela disse que eu sou responsável por qualquer mal que lhe tenha acontecido, pode ter certeza de que é mais uma invenção daquela mente doentia.

— O senhor é que inventa as coisas. Pensa que só porque é rico e velho pode fazer mal às pessoas, mas não é bem assim que as coisas funcionam.

— Se você fosse homem de verdade, diria que está transando com Charlote. Como não é, ainda não descobri bem qual o seu interesse nela. Agora, o dela por você, dá para deduzir. Ela o está usando. Está se aproveitando da sua burrice para fazer o que ela quer.

— Não é nada disso.

— Ah, não? Então, por que não veio, ela mesma, me entregar o dinheiro? Porque está com medo? É o que você ia dizer, não é? Medo de um idoso indefeso, que ela quase matou?

— Medo de dar de cara com os dois brutamontes que a espancaram.

— E aí, ela manda você, é claro, porque, se os tais brutamontes existissem, você é que acabaria apanhando, não é mesmo?

— Ela não me mandou. Fui eu que me ofereci para vir.

— É claro. Você é meio bichona, mas é macho quando precisa. Já vi tipos assim.

— O senhor é um ser humano desprezível. Além de bater em mulheres, é homofóbico.

— E daí? Estou dentro da minha casa, posso ser o que quiser. E acho que já está na hora de você ir andando. Essa conversa já se estendeu demais.

— Também acho. E pode ter certeza de que não sinto o menor prazer em estar na sua casa suja e maltratada. Seja como for, o recado está dado. Fique longe de Charlote.

— Ou o quê? Você, um veado esmirrado, vai fazer o que contra mim? Vai me bater? Experimente. Não tenho medo de você ou de qualquer outro atrevido.

— Não me provoque, Seu Osvaldo. O senhor não me conhece.

— Digo o mesmo. Você também não sabe nada a meu respeito.

— Nem quero.

— Então saia, ande! Não tenho mais tempo para perder com tipos feito você.

— Estou saindo. Mas não se esqueça. Nunca mais ouse encostar um dedo em Charlote, ou vai ter que se ver comigo no futuro.

— Saia daqui, maricas! — insistiu Osvaldo, aos berros. — Ou não responderei por mim.

Nesse momento, Osvaldo avançou na direção de Fabiano, que, tomado mais pelo susto do que pelo desejo de violência, sacou o canivete do bolso e, rapidamente, expos a lâmina diante dos olhos de Osvaldo.

— Fique longe de mim — avisou Fabiano, assumindo um ar ameaçador. — Não pense que tenho medo de usar isso, porque não tenho.

— Será que não? — desdenhou Osvaldo. — Pois eu acho que tem. Acho que você é só mais uma bichona tentando se fazer passar por valente.

Sem demonstrar receio algum, Osvaldo chegou ainda mais perto, levando Fabiano a retroceder alguns passos.

— Acho bom o senhor não se aproximar mais — Fabiano tornou a alertar. — Sei muito bem usar um canivete.

— Não duvido.

Fabiano não teve tempo de pensar nem de se preparar. Com surpreendente agilidade, Osvaldo deu-lhe um tapa na mão, fazendo cair o canivete. Foi um susto, mas Fabiano conseguiu se recuperar a tempo de evitar a abordagem do adversário. Dando uma olhada rápida ao redor, avistou a arma caída a seus pés, enfiada entre os tufos desordenados do capim. Mais que depressa, conseguiu apanhá-la e apontou-a para Osvaldo, que estacou, agora um pouco receoso.

— Velho safado — rugiu Fabiano, segurando firmemente o canivete, cuja lâmina refulgia à luz fraca da varanda. — Merece uma lição.

— E quem é que vai me dar, hein, moleque? — rebateu Osvaldo, recuperando-se rapidamente da hesitação. — Você, com essa faquinha ridícula de escoteiro? Pois pode vir, seu pilantra! Não tenho medo de covardes feito você!

Mais uma vez, Osvaldo o surpreendeu. Detrás dele surgiu, inesperadamente, um facão de cozinha, que ele mantivera enfiado no bolso de trás da calça.

— É, moleque! — prosseguiu Osvaldo, uma expressão de regozijo, misturada ao cinismo, tomando conta de seu semblante. — Posso ser velho, mas não sou estúpido. Pensou que eu ia receber o valentão de Charlote de mãos vazias? Só não esperava que ela mandasse um veadinho, em lugar de um homem de verdade.

O momento foi tenso. Os dois homens se estudavam com cautela, evitando fazer o primeiro movimento. O crepúsculo se derramava sobre o quintal, fazendo as sombras do capim pontiagudo parecerem espadas direcionadas ao céu. À meia-luz, Fabiano divisava o ar de ódio que consumia as feições de Osvaldo, esperando que a penumbra ocultasse o terror que se espalhava nas dele. Osvaldo ensaiou alguns passos adiante, fazendo o outro andar para trás, assustado. Fabiano sabia que, se recuasse, estaria perdido. A certeza de que ele sentia medo daria ao inimigo a chance de atacar, confiante na vitória. Pensando nisso, engoliu em seco, apertou o canivete e avançou.

34

Gael caminhava pela rua praticamente arrastando Letícia pela mão. Tinha pressa e não podia esperar nem mais um minuto. Na verdade, pensava que já havia esperado tempo demais. Aquele momento deveria ser especial para os dois, e ele não pretendia deixar que as coisas saíssem menos do que perfeitas.

— Posso saber por que tanta pressa? — indagou Letícia, intrigada com a correria.

— Não vejo a hora de estar a sós com você.

— Por quê? Alguma coisa especial?

— Você vai ver — finalizou ele, abraçando-a com força. — Eu a amo muito, sabia?

— Sabia. E eu também o amo.

— Então, vamos logo.

Ao se aproximarem do carro, Charlote surgiu do outro lado. Caminhava como se estivesse distraída, embora não perdesse nada dos movimentos dos pombinhos apaixonados.

— Oi, Gael — cumprimentou ela, acercando-se do casal.

— Ah! — assustou-se ele, sentindo retornar a antipatia de sempre, que conseguiu controlar com um certo esforço. — Tudo bem, Charlote?

— Tudo. E vocês?

— Estamos bem — falou Letícia, instintiva e casualmente interpondo-se entre ela e o namorado.

— Desculpe perguntar, mas vocês estão indo para a Tijuca?

— Não, sinto muito — avisou Gael. — Temos um compromisso agora. Só nós dois.

— Tudo bem, então. Vou pegar o ônibus.

— Certo. Tchau.

Gael abriu a porta do carro para Letícia e entrou rapidamente a seu lado. Meio sem graça, a moça se virou para acenar para Charlote, mas ela já havia se afastado, em desabalada carreira, na direção do ponto de ônibus.

— Todo mundo parece estar com pressa hoje — ponderou Letícia, intrigada.

— Ela é doida — falou Gael, demonstrando um certo desprezo.

— Pensei que você tivesse dito que havia mudado de ideia a respeito de Charlote.

— E mudei.

— Não parece. Você a tratou com tanta frieza, que até eu fiquei gelada.

— Foi ela quem saiu correndo para o ponto de ônibus, sem nem se despedir.

— Depois que você praticamente a expulsou.

— Ah, Letícia, não exagere.

— Não estou exagerando.

— Você acha mesmo isso? — questionou ele, após alguns segundos de reflexão.

— Tenho certeza.

— Você deve ter razão, mas não foi por mal. É que estou ansioso para ficar a sós com você.

— Isso não é desculpa. Você nunca foi mal-educado.

— Você está certa, mais uma vez. Não sei explicar, Letícia, mas tem algo em Charlote que entala na minha garganta. Pensei que, depois de ela ter me alertado sobre os hormônios de Fabiano, eu seria mais paciente com ela. Sério, fiquei agradecido e até convencido da sinceridade dela, mas não sei... Toda a simpatia daquele momento se esvaiu no instante em que a vi agora há pouco, nos rondando como sempre fez.

— Você acha que ela estava nos rondando?

— Acho.

— Por que ela faria isso? Ela está a fim de você?

— Não sei.

— Às vezes, ela dá essa impressão.

— Você percebeu?

— Toda mulher percebe quando outra está interessada em seu namorado.

— Só espero que você não pense que é recíproco.

— Não. Embora a sua implicância possa parecer suspeita, sei que você não tem nenhum interesse nela.

— Suspeita? — repetiu ele, espantado. — Como assim?

— Você sabe que, quando o outro incomoda, é porque a gente tem algo mal resolvido com ele, não sabe?

Ele não respondeu.

— Então, sua implicância é suspeita nesse sentido.

— Não tenho nada mal resolvido com Charlote — afirmou, ofendido. — Eu só acho que ela é falsa.

— Mesmo depois do que ela fez por Fabiano?

— Pois é. Na verdade, não sei bem o que pensar. Será que a intenção dela era ajudar Fabiano ou ela só quis se fazer passar por boazinha?

— Não faço a mínima ideia.

— Nem eu. E agora que tal deixarmos Charlote de lado? Temos coisas mais importantes para fazer e em que pensar.

— O que é, hein? Por que tanto mistério?

— Você vai ver.

— Só espero que você não esteja me levando a nenhum lugar chique. Estou malvestida, com roupa de trabalho.

— Você está linda, não se preocupe.

Ele sorriu com jovialidade, seguindo pela avenida em meio ao tráfego lento da hora do *rush*. Mais adiante, tomou a saída para a praia, levando Letícia a pensar que iriam a um restaurante à beira-mar. Passaram pelo primeiro, pelo segundo, pelos quiosques, lanchonetes e tudo o mais onde se pudesse parar para comer.

— Pensei que fôssemos jantar — observou ela, cada vez mais intrigada.

— E vamos, só que num lugar especial.

— Que lugar?

— Você vai ver.

— Você está me matando de curiosidade, sabia?

— Aguente um pouco mais. Vai valer a pena, você vai ver.

Em poucos instantes, ele embicou o carro no portão da garagem de um prédio pequeno, em frente ao mar.

— Vamos visitar alguém? — surpreendeu-se ela. — Gael, quem é que mora aqui?

Sem dizer nada, Gael endereçou a ela seu sorriso mais maroto e acionou o botão do controle remoto que abria o portão da garagem. Da portaria, o porteiro o cumprimentou, levantando o polegar, e ele estacionou o carro na vaga de número 201.

— Não vá me dizer que você comprou um apartamento neste edifício. É isso, não é? Só pode ser isso.

Ele não respondeu, mantendo o ar enigmático que sustentara durante todo o trajeto. Saltou do carro, abriu a porta para ela e conduziu-a até o elevador. Diante do apartamento 201, ele sacou a chave do bolso e a introduziu na fechadura. A porta se abriu lentamente, revelando uma sala escura, iluminada apenas por dois castiçais que projetavam uma luz bruxuleante sobre uma mesa lindamente decorada com uma toalha branca de renda e pratos de comida perfumados e fumegantes.

— Você comprou este apartamento — afirmou ela, seguindo o marulho das ondas que entrava pela janela. — E vamos comemorar com um jantar em grande estilo, não é?

— Mais ou menos isso.

— Você devia ter deixado eu tomar um banho e me arrumar. A ocasião merece.

— Depois — concluiu ele, puxando uma cadeira para ela. — Agora, vamos comer.

— Foi Fabiano quem fez tudo isso?

— Lamentavelmente, não. Veio de um restaurante aqui perto, e Nílson, o porteiro, arrumou tudo para mim. Não é melhor do que um restaurante?

— Muito melhor!

— Sente-se, vamos. Estou morto de fome.

O jantar estava delicioso. Comeram com gosto, conversaram, riram, trocaram palavras e gestos de carinho. Terminada a sobremesa, Gael a puxou pela mão, conduzindo-a até o quarto, onde uma cama *queen* exibia lençóis alvos e macios. Cortinas de *voile* branco esvoaçavam levemente, acompanhando a brisa que avançava pela janela.

— Você é incrível — comentou ela, extasiada com o amor que reconhecia por detrás de tantos cuidados.

— Você ainda não viu nada. Se quiser, pode tomar banho agora ou depois.

Ele sorriu maliciosamente, indicando-lhe a porta do banheiro.

— Vou tomar banho primeiro, se não se importa.

— Eu não me importo.

No banheiro, ela encontrou toalhas felpudas e sabonetes cheirosos, além de vários produtos de higiene. Letícia entrou no chuveiro maravilhada; quando saiu, Gael estava recostado na cama. Havia tomado banho no banheiro social e a recebeu com mais um sorriso, só que, dessa vez, não havia mistério nem malícia, só amor. Com a toalha enrolada ao redor do corpo, ela se deitou ao lado dele, pousando a cabeça em seu peito. O silêncio entre eles revelava o que não precisava ser dito, de forma que, durante um bom tempo, os dois permaneceram assim, abraçados, permitindo que o amor substituísse as palavras.

Depois de muito tempo, Gael beijou os cabelos de Letícia, afastando-a um pouco para fitar seus olhos. Havia emoção neles, tanta que ele sentiu, no próprio peito, o mesmo sentimento que agitava o coração dela.

— Eu te amo — ele segredou, quase em lágrimas.

— Também te amo...

No momento em que ela virou o rosto para ele, oferecendo-lhe os lábios para o beijo, Gael a surpreendeu novamente. Em suas mãos hábeis, surgiu uma caixinha aveludada, que ele abriu diante dela.

— Quer se casar comigo? — perguntou ele, abrindo-a para mostrar duas alianças de ouro e um anel de brilhantes, que reluziam em contraste com o veludo negro.

Tomada pela surpresa, Letícia levou as mãos à boca, sufocando o grito de alegria. A muito custo, conseguiu conter a ameaça dos soluços e balbuciou:

— Sim! Ah, Gael, é o que mais quero.

Com toda gentileza de que foi capaz, Gael colocou a aliança e o anel no dedo dela, oferecendo-lhe a outra, para que ela colocasse nele.

— Agora, somos, oficialmente, noivos — declarou ele, em tom solene, porém, amoroso.

Envolvidos pela emoção, amaram-se como nunca antes haviam se amado, certos de que, a partir daquele momento, começavam a construir uma nova vida, que ela, tinha certeza, seria coroada da felicidade que merecia.

35

Passava das onze horas da manhã quando Charlote tocou a campainha na casa de Gael. Fabiano atendeu mal-humorado, ignorando o sorriso artificial da amiga, que agia como se nada tivesse acontecido. Ela fechou a porta com cuidado e beijou-o no rosto, fingindo não perceber a irritação no semblante dele.

— Pelo visto, Gael me franqueou a entrada novamente — comentou ela, indiferente. — O porteiro nem me barrou dessa vez.

— Bom para você — respondeu, ar sisudo.

— Nossa, Fabiano! Por que o mau humor? — Ela parou de falar subitamente, só agora notando o enorme hematoma ao redor do olho esquerdo dele. — O que foi que aconteceu com você? Foi Osvaldo quem lhe fez isso?

— O que você acha?

— Meu Deus! O que foi que deu errado?

— Tudo. Tudo deu errado.

— Nossa, Fabiano, eu nem sei o que dizer. Não imaginei que as coisas pudessem chegar a esse ponto.

— Isso não foi nada. O que me incomoda é você. Por onde você andou? Por que não atendeu o telefone?

— Eu... devo ter dormido.

— Você dormiu? Mesmo sabendo que eu estava me arriscando para resolver o seu problema, conseguiu deitar a cabeça no travesseiro e adormecer como uma princesa despreocupada?

— Eu não sabia que você estava se arriscando! — objetou, espantada. — Nunca imaginei que Osvaldo pudesse reagir com violência.

— O problema não é esse, já disse. Só estou chateado porque você não ligou a mínima para mim. Ignorou todas as minhas mensagens.

— Não vi mensagem alguma... — afirmou ela, conferindo o celular e mostrando-o a ele. — Viu? Não tem nada.

— Impossível. Mandei várias.

— Deve ter havido algum problema. Eu jamais deixaria de atender você. Ainda mais nessas circunstâncias.

— Ainda que se considere que houve um problema com seu aparelho, o que acho difícil, não lhe passou pela cabeça ligar para mim, para saber como tinha sido o encontro? Se tinha dado tudo certo? Se Osvaldo recebeu o dinheiro?

— Eu peguei no sono, já disse. Não foi intencional, mas aconteceu. Eu estava cansada, tive um dia duro, trabalhei feito uma condenada.

— Gael disse que viu você ontem, por volta das seis horas, na saída da delegacia, e que você lhe pediu carona para cá.

— É verdade.

— Por que, se sabia que eu não estava em casa?

— Minha intenção era esperar você chegar, mas aí, ele não pôde me dar carona, e resolvi ir para casa, tomar um banho e esperar você ligar. Só que caí no sono. Sinto muito, Fabiano, não fiz por mal.

— E por que você não ligou para Osvaldo, avisando que eu ia no seu lugar?

— Eu me esqueci. Fiquei tão chateada porque você se aborreceu comigo por causa daquela história do hormônio, que acabei me esquecendo. Desculpe-me, Fabiano, por favor! Não fique aborrecido comigo. Eu não queria que nada disso acontecesse.

— Sei que não, mas você podia, ao menos, ter demonstrado alguma preocupação.

— Nunca me passou pela cabeça que Osvaldo pudesse chegar a esse ponto. E por que você não se defendeu? Não levou o canivete?

— Levei, mas foi inútil. Osvaldo puxou um facão para mim. Eu até ameacei avançar para cima dele, mas não deu certo. Acho que ele estava tentando me distrair com a faca, porque a ficava passando de uma mão a outra. Fiquei tão preocupado com aquele facão gigante que nem percebi o murro chegando. Fiquei aturdido, rodei nos calcanhares e fugi.

— Que horror! — exclamou ela, chocada. — Mas, pensando bem, talvez tenha sido melhor assim. Podia ter acontecido uma tragédia.

— Só que, no caso, a vítima seria eu.

— E o dinheiro? Você entregou?

— Entreguei.

— Pelo menos isso.

— Tem mais uma coisa, Charlote.

— O quê?

— Osvaldo me contou que você tentou matá-lo.

— Eu?! — indignou-se, apontando para o próprio peito. — Não me faltava mais nada. Até parece que eu teria forças para isso. Osvaldo é velho, mas é parrudo.

— Ele disse que você não deu o remédio dele de propósito.

— E você acreditou? Sério, Fabiano, acha mesmo que eu seria capaz de uma coisa dessas?

— Eu achava que não.

— Osvaldo está mentindo. Quis jogar você contra mim e inventou essa história de remedinho. Eu nem sei que remédio ele toma!

— Acho melhor a gente esquecer esse assunto. Já está feito, você agora está livre dele.

— E você ficou chateado comigo — observou ela, fazendo cara de magoada. — Com razão, é claro, mas eu não fiz por mal. Queria muito que você acreditasse em mim e me perdoasse... mais uma vez.

— Eu acredito — acabou admitindo, ainda um pouco hesitante. — Fiquei meio aborrecido no começo, mas já passou.

— Tem certeza? Se não, nada disso terá valido a pena.

— Como não? Eu apanho para saldar a sua dívida, e você diz que não valeu a pena?

— Não, se eu perder a sua amizade.

— Você não vai perder minha amizade — contestou ele, agora emocionado. — Pois se foi, justamente, em nome da nossa amizade que fiz o que fiz.

— Eu sei e serei eternamente grata a você por isso, mas acho que devia ter ido, eu mesma, resolver esse assunto. Ver você nesse estado faz com que eu me sinta péssima.

— Até parece, Charlote. O cara podia ter matado você.

— Eu não estaria armada.

— Mesmo assim. O velho é forte e poderia ter lhe dado uma surra. Ou coisa pior... Não. A melhor coisa que fiz foi ter ido no seu lugar.

— Ah, Fabiano! — dramatizou ela, atirando-se no pescoço dele. — Você é o meu melhor amigo.

— Sou mesmo — concordou ele, virando para ela os olhos cheios de lágrimas. — Assim como você é minha melhor amiga.

— Mais do que Gael?

— É diferente. Gael é praticamente meu irmão.

— Por falar em Gael, me esclarece uma dúvida?

— O que é?

— Você disse que Gael lhe contou sobre nosso encontro ontem, na porta da delegacia.

— Foi.

— Você contou a ele que foi à casa de Osvaldo?

— Ficou maluca, Charlote? Gael ia ficar danado da vida!

— E como explicou esse hematoma?

Ele abaixou os olhos e confessou, envergonhado:

— Ai, Charlote, fiz uma coisa horrível.

— O quê?

— Quando vi o meu rosto, entrei em pânico. Gael só me viu hoje de manhã, e é lógico que perguntou o que havia acontecido. Sem saber que desculpa dar, falei a primeira coisa que me veio à cabeça.

— Que foi...

— Disse que foi Waldir quem me bateu.

— Waldir? Seu ex?

— É. Inventei que ele havia telefonado, pedindo para falar comigo, e que eu, inocentemente, fui ao encontro dele. Disse que ele queria voltar e, como eu me recusei, ele perdeu a cabeça e me bateu.

— E Gael acreditou?

— Acreditou. Afinal, não seria a primeira vez, né? Foi por causa de uma surra que levei de Waldir que Gael contratou você, lembra?

— Lembro, claro. Mas e aí? Gael não pensou em fazer nada?

— Pensou em ir atrás de Waldir, em chamar a polícia e o escambau. Só a muito custo consegui convencê-lo a não fazer nada.

— Como? Que argumentos você usou?

— Disse a ele que isso só serviria para me expor ainda mais e que eu morreria de vergonha. Como Gael tem pavor de ser invasivo, acabou respeitando a minha vontade, não sem antes tentar me convencer de que eu estava errado.

— Ufa! Ainda bem que você conseguiu.

— E agora não quero mais saber dessa história. Quero esquecer que tudo isso aconteceu.

— É o melhor. Está tudo resolvido, Osvaldo recebeu seu dinheiro e vai me deixar em paz.

— Espero.

— Vai sim. Conheço Osvaldo. Ele é orgulhoso, não admite ser passado para trás. De agora em diante, vai querer distância de mim.

— Tomara.

— E agora, para compensar, vou lhe fazer uma massagem.

— Eu bem que mereço.

— Chegue para lá. Vou armar a maca.

Fabiano fez como Charlote lhe pediu e recebeu uma massagem tão maravilhosa, que acabou adormecendo, como sempre acontecia. Ela sempre o acordava ao término, mas, dessa vez, permitiu que ele dormisse um pouco mais. Ele merecia.

Durante o resto do dia, Charlote permaneceu junto de Fabiano, mimando-o de todas as formas possíveis. Em pouco tempo, Osvaldo caiu no esquecimento, e o calor da amizade ressurgiu, muito embora algo na mente de Fabiano insistisse em colocá-lo em estado de alerta. Era uma espécie de desconfiança, de medo, de dúvida.

Algo no comportamento de Charlote, subitamente, soou artificial e ensaiado. Mesmo assim, ele lutou contra o aviso interno, atribuindo-o à mágoa causada pela aparente indiferença dela. Ficara desapontado, contudo, convencia-se de que era uma decepção causada por ele mesmo, pelas suas expectativas além do razoável, que Charlote retribuíra da maneira que pôde. Não era isso que Gael sempre dizia? Que não se podia esperar das pessoas mais do que elas podiam dar? Então, ele esperara de Charlote um interesse que estava além do temperamento dela, o que não significava que ela não se preocupasse, apenas que tinha uma forma meio fria de demonstrar.

Como não queria perder a única amizade que possuía além de Gael, Fabiano calou a voz da razão íntima e aceitou as justificativas que ele mesmo criara para Charlote. E tudo prosseguiu dentro da normalidade aparente, embora a desconfiança silenciada permanecesse ali, latente, amordaçada em um recanto obscuro da mente de Fabiano, para onde ele costumava atirar os pensamentos inoportunos.

36

Tudo havia sido planejado com muito cuidado. Gael financiara o apartamento em dez anos e pretendia colocá-lo no nome de Letícia. Deixaria Fabiano morando no da Tijuca, e só faltava convencer Glória a se mudar também.

— Não quero sair daqui — disse ela. — Posso muito bem cuidar de mim. Tenho meu emprego e o apartamento é próprio. A não ser que você precise da sua parte para dar entrada em outro.

— Não se trata disso, mãe — objetou Letícia. — Só não queríamos que você ficasse longe de nós.

— Até parece que vocês vão se mudar para outro país. E Cauã? Já sabe da novidade?

— Contei a ele, mas acho que é ainda muito pequeno para entender. Ao mesmo tempo que ficou feliz porque Gael irá morar conosco, sentiu-se triste por ficar longe de você.

— Isso é chantagem, sabia? Você está usando Cauã para me convencer a me mudar.

— Cada um luta com as armas que tem — brincou ela.

— Engraçadinha.

— Por favor, mãe, estou pedindo. Sei que você gosta de morar sozinha, mas você podia, ao menos, considerar se mudar para mais perto de nós.

— Em meu próprio apartamento, você quer dizer?

— Exatamente.

— Se é assim, pode até ser — considerou ela, após uns momentos. — Cada um fica na sua e ninguém perde a independência.

— Quer dizer que você concorda?

— Desse jeito, concordo.

— Ah, mãe, você não sabe como estou feliz — exultou Letícia. — E Cauã vai ficar radiante. Amanhã mesmo colocaremos seu apartamento à venda e procuraremos outro, mais perto de nós.

— Estou muito feliz por você, minha filha. Finalmente conseguiu se dar a chance de refazer a sua vida. Gael é um excelente rapaz. Tenho certeza de que fará você e Cauã muito felizes.

— Sei disso. Nós nos amamos muito. Sem contar que ele e Cauã se adoram. Sabia que ele vai reconhecê-lo como filho? Já está até providenciando o registro na certidão de nascimento. Meu filho terá um pai.

— Ele merece. E você também.

As duas se abraçaram, felizes. Depois, Letícia consultou as horas no celular e avisou, apressada:

— Tenho que ir trabalhar. Não é porque sou noiva do chefe que posso chegar atrasada.

Na delegacia, Letícia encontrou Gael acabrunhado, fitando a tela do computador com olhar distante, vazio. Estava tão absorto nos próprios pensamentos que nem a ouviu bater. Somente quando ela se postou a sua frente foi que ele se deu conta da presença dela.

— Oi, amor — cumprimentou ele, relaxando um pouco ao vê-la.

— Está tudo bem? Você está com uma cara...

— Terminei o relatório final do caso do cemitério. Não tem mais jeito. Vou enviar o inquérito para o promotor e sei que ele vai pedir o arquivamento.

— Tem certeza?

— Certeza, não tenho. Mas não posso engavetar o inquérito até que surjam novas provas, posso? Preciso dar andamento nisso, porque não vejo como reunir mais evidências.

— Não fique assim, querido. Você fez o que pôde.

— Não foi o suficiente. Queria ter mais tempo, mais elementos, mais recursos, mais tecnologia, mais pessoal...

— Chega. Isso só vai fazer você sofrer.

— Eu sei. Mas encerrar este caso é dar a vitória ao assassino, e isso é o que mais me incomoda. O cara vai continuar matando por aí.

— Já temos o DNA dele. Quem sabe, um dia, não aparece uma correspondência?

— Quem sabe, não é...?

Nesse instante, a entrada súbita de Laureano fez com que ambos se calassem e encarassem o inspetor.

— Outro homicídio, delegado — informou ele.

— Onde?

— Perto. Lá em Vargem Grande.

— Tudo bem, vamos nessa.

Deixando de lado o relatório, Gael acenou em despedida para Letícia, apanhou o paletó e saiu com o inspetor. A equipe técnica também já se dirigia ao local e, no caminho, o delegado foi se inteirando do crime.

— A única coisa que sei é que a faxineira achou o corpo e chamou a polícia. Já está morto há alguns dias.

— E só agora a faxineira o descobriu?

— Segundo ela disse, só vai lá de quinze em quinze dias.

— Sabemos quem é?

— Um tal de Osvaldo Pereira da Silva. Morto a facadas, pelo que parece.

— Tem ideia do motivo?

— Nenhuma.

A primeira coisa que notaram quando chegaram à casa de Osvaldo foi a câmera acima do portão. Talvez alguma imagem tivesse ficado registrada ali. Segundo o legista, o homem já estava morto havia uns dez dias, mais ou menos. Pelos ferimentos, parecia um objeto perfurocortante, como uma faca pequena ou um canivete, o que somente poderia ser confirmado após a autópsia, mas afiado o suficiente para quase decepar a cabeça da vítima.

— Roubaram alguma coisa? — indagou Gael.

— À primeira vista, a faxineira não deu pela falta de nada. Apesar da bagunça na sala, todos os eletrodomésticos estão aqui, e a mulher não sabe dizer se ele guardava dinheiro em casa. Fora isso, não tem nada de valor, realmente.

— Houve briga?

— É o que parece. Ele tentou se defender, mas o assassino era mais forte. Pode ser que consigamos impressões digitais e DNA. Tem muito sangue por aqui.

— Quero tudo catalogado e analisado o mais rápido possível. E mande logo o DVR* para análise.

— Sim, senhor.

De volta à delegacia, Gael sentiu um leve mal-estar. Não por causa do cadáver recém-descoberto, ele já estava acostumado com isso. Algo, porém, remexeu em sua energia, uma inquietação que ele não soube explicar. Sua intuição, porém, insistia em apontar para o homicídio e para o DVR retirado da cena do crime.

— Laureano! — chamou.

— Pois não, doutor — respondeu o inspetor, acorrendo prontamente.

— Cadê o DVR?

— Está lá na sala do técnico.

— Ele já começou a examiná-lo?

— Não sei.

— Mande-o parar tudo o que está fazendo e pegá-lo agora. Algo me diz que tem alguma pista nele.

— É para já, doutor.

As imagens extraídas da câmera, na maior parte do tempo, mostravam a rua vazia, à exceção do carteiro, que apareceu algumas vezes. Em retrospecto, a chegada da polícia ficou registrada imediatamente antes da chegada da faxineira, que tinha sua própria chave. De vez em quando, alguém tocava o interfone e ia embora, sem ser atendido, provavelmente porque o homem já estava morto. Apareceram algumas Testemunhas de Jeová e uma ou outra pessoa enfiando folhetos de propaganda na caixa de correio.

Nada de significativo, até que, de repente, um homem surgiu. Ele parou, olhou para a câmera e tocou o interfone. Dessa vez, alguém atendeu, porque o homem se debruçou sobre o aparelho e falou alguma coisa. Em seguida, retirou um envelope pardo do bolso, virou-se para a câmera e mostrou várias notas de cem reais. Depois disso, o portão se abriu e ele entrou, para sair cerca de vinte minutos mais tarde, correndo feito louco. Pelo visto, aquela fora a última pessoa a ser atendida por Osvaldo, muito provavelmente, o assassino.

---

* Aparelho que grava e mantém registradas as imagens de uma câmera de segurança.

— Doutor, achamos alguma coisa — anunciou Laureano, eufórico. — O senhor tinha razão, apareceu um cara muito suspeito nas imagens.

— Vamos ver.

A um sinal seu, Letícia o seguiu. Entraram na sala do técnico, que já havia ajustado a gravação para retroceder a partir do momento em que o suspeito aparecia. Tão logo o homem surgiu no campo de visão da câmera, Gael o reconheceu, recusando-se, a princípio, a acreditar nos próprios olhos. A revelação o abalou aos extremos, mas, mesmo assim, acompanhou, mortificado, os movimentos do sujeito na tela.

Não era possível. Devia ser ilusão ou alguém muito parecido com Fabiano. O primo não tinha motivos para ir à casa de Osvaldo, muito menos, para matá-lo. Os dois nem sequer se conheciam. Ou será que se conheciam? Seria possível que Fabiano e Osvaldo fossem amantes?

Os técnicos conversavam entre si, levantando hipóteses, e ninguém estranhou o silêncio do delegado. Apenas Letícia compreendia não só seu mutismo, como também o ar de pavor com que ele permanecia fitando o monitor.

— Gael — Letícia sussurrou, sem que ninguém ouvisse.

— Não pode ser — rumorejou ele, balançando a cabeça de um lado a outro. Até que, subitamente, bradou a plenos pulmões: — Não pode ser!

Movido pelo desgosto, Gael rodou nos calcanhares e saiu desabalado da delegacia, com Letícia em seu encalço. Por mais que ela o chamasse, ele não respondia. Ela tentou detê-lo, contudo, não obteve sucesso. Gael não ouvia nem diminuía o passo. Não conseguia pensar em nada. Só o que queria era segurar Fabiano pelo colarinho, encará-lo e perguntar o que ele estava fazendo no vídeo de um homem assassinado.

37

Gael nunca havia feito o trajeto Barra-Tijuca em tão pouco tempo. Não se lembrava nem de ter estacionado o carro e entrado no elevador. Era como se sua mente houvesse se desconectado das coisas ao redor para se concentrar apenas na imagem de Fabiano.

Entrou no apartamento feito um tornado sem controle, batendo a porta e caminhando com pressa. Na sala, Fabiano espanava os móveis, cantarolando um samba antigo. Não teve nem tempo de perceber o que estava acontecendo. Viu um vulto abordá-lo com violência e só percebeu que era o primo quando este o agarrou pela gola da camisa.

— O que você fez? — esbravejou Gael, o rosto vermelho de fúria. — Por quê, Fabiano? Por quê? Vamos, diga! Quero saber a verdade!

Os olhos de Fabiano encheram-se de lágrimas. Não entendia muito bem o que Gael dizia, embora a dor em sua garganta dispensasse maiores explicações.

— Está me machucando, Gael — queixou-se ele, tentando afrouxar os dedos que apertavam a gola da camisa e o estrangulavam.

— Eu devia era matá-lo. Como pôde me enganar desse jeito? Logo a mim, que confiei tanto em você!

— Não sei do que você está falando.

— Chega de fingimento! — berrou, colérico. — Você mentiu para mim e, como se isso não bastasse, ainda colocou a culpa em outra pessoa.

— Menti? — repetiu ele, atônito. — Culpa... Que culpa? Em quem?

— Não precisa mais se fazer de idiota, porque já descobri tudo. Não foi Waldir que bateu em você. Foi um senhor chamado Osvaldo, que mora lá em Vargem Grande, não foi?

— Como é que você descobriu sobre Osvaldo? — admirou-se Fabiano, sem se preocupar em esconder que o conhecia. — Ele procurou a polícia?

— Não, Fabiano, não! Gente morta não vai à polícia! Ou será que estou enganado?

— Gente morta? — Fabiano repetiu, atônito. — Como assim, gente morta?

— Você está dando uma de idiota ou ficou burro de repente?

— Dá um tempo, Gael! Não faço a mínima ideia do que você está falando.

— Ah, não faz?

— Não.

Gael encarou-o, confuso. Havia nas palavras do primo não apenas sinceridade, mas um tom de genuína surpresa. Um pouco mais calmo, Gael soltou a gola de Fabiano, passou as mãos pelos cabelos e, olhando fundo em seus olhos, para perscrutar-lhe as reações, contou pausadamente:

— Osvaldo está morto. Levou várias facadas.

— Morto? — indignou-se. — Mas como?

— A facadas, como acabei de dizer.

— Espere um instante... Não estou entendendo...

— Nem eu, Fabiano. Será que você pode me explicar?

— Explicar o quê? Eu nem conhecia o cara!

— Posso saber, então, o que é que você fazia na casa dele? E não adianta negar, porque é a sua cara que aparece nas imagens da câmera de segurança.

— Espere aí, Gael, está havendo um grande mal-entendido. Admito que fui à casa dele, mas não sei nada sobre ele estar morto. Quando saí de lá ele estava vivo, e bem vivo. Não viu o soco que ele me deu?

— Ele estava tentando se defender, não é? Por quê?

— Não. Olhe, eu já admiti que fui lá, mas não tenho nada a ver com a morte dele. Não fui eu. Na verdade, eu mal conhecia o cara...

— Se não o conhecia, o que foi fazer lá?

Fabiano não respondeu, limitando-se a olhar para os próprios pés.

— Você está mentindo, Fabiano. Desde quando você conhece Osvaldo? Ele era caso seu?

— Deus me livre! — Fabiano reagiu, persignando-se várias vezes. — Imagine se eu me envolveria com um sujeito asqueroso feito aquele.

— Pare de tentar me enrolar, pelo amor de Deus! Será que você ainda não percebeu como o caso é grave? Você aparece no vídeo de segurança de um homem assassinado. Tornou-se o maior, ou melhor, o único suspeito. Daqui a pouco, a polícia vai bater na minha porta para prender você. Não acha que está na hora de começar a me contar a verdade?

— Me prender? Mas eu não fiz nada!

— Infelizmente, as evidências desmentem suas palavras.

— Não podem me prender. Por favor, Gael, você tem que me ajudar. Sou inocente, eu juro.

— Ainda que eu acredite em você, não tem nada que eu possa fazer. Na verdade, vejo-me obrigado a declarar minha suspeição para presidir as investigações. É uma questão de consciência.

— Mas eu não posso ser preso. Pelo amor de Deus, Gael, me ajude! Você sabe o que acontece com pessoas como eu na cadeia.

— Não vai acontecer nada.

— Eu não matei ninguém — choramingou, cada vez mais próximo do desespero. — Não é justo eu pagar por um crime que não cometi. Não fui eu, não fui eu. Eu juro!

— Se não foi você, então, me conte o que estava fazendo lá no dia em que ele foi morto.

— Eu conto! Conto tudo. Eu só fui lá para fazer um favor a Charlote. Pronto, falei.

O nome Charlote acionou todas as antenas do delegado. Era estranho, mas não de todo surpreendente, ver o nome dela associado a um incidente daquela espécie.

— Que favor? — pressionou Gael.

— Charlote devia dinheiro ao cara. Fui lá para pagar a dívida, e o velhote me ameaçou — concluiu, omitindo, de propósito, que ele sacara o canivete primeiro.

— Por quê? — rebateu Gael, não muito convencido. — Ele não recebeu o dinheiro?

— Recebeu, mas deve ter ficado com raiva, sei lá. Como é que eu vou saber o que se passou pela cabeça dele?

— Certo. Então, você deu o dinheiro a ele, que ficou com raiva porque recebeu o pagamento de uma dívida e resolveu socar a sua cara. Depois, um desconhecido surgiu do nada e encheu o corpo dele de facadas. É isso mesmo?

— Não nego que parece estranho, mas foi isso mesmo. Vai ver, mataram o cara para roubar o dinheiro.

— Pode ser. Nenhum dinheiro foi encontrado na casa, e as imagens mostram você exibindo um maço de notas de cem.

— Aí está. Eu não disse?

— O quê? Isso só prova que você levou o dinheiro, mas não que Osvaldo o recebeu, muito menos, que você o deixou lá. E se, por acaso, você mesmo matou o velhinho para pegar a grana de volta?

— Você não acredita nisso.

— Não, mas a polícia e a Justiça vão acreditar. Ainda mais porque você apareceu com o olho roxo justamente no dia em que Osvaldo foi morto, e, ainda por cima, inventou que apanhou do ex-namorado. Tem ideia do quanto isso é suspeito e pouco convincente?

— Eu não queria acusar o Waldir. Fiquei desesperado, sem saber que desculpa dar.

— Desculpas não resolvem. A verdade, sim. E agora me diga: por que você foi lá, e não Charlote? A dívida não era dela?

— Charlote não tem culpa de nada. Ela ia, mas eu me ofereci para ir no lugar dela. Fiquei preocupado de ela ir sozinha, porque Osvaldo já havia mandado dois caras baterem nela.

— Que história é essa agora?

— Lembra da surra que ela levou no dia do jantar aqui em casa?

Gael assentiu.

— Pois não foi assalto coisa nenhuma. Foram dois capangas a quem Osvaldo pagou para baterem nela.

— Porque ela lhe devia dinheiro.

— Exatamente.

— Então, pode ter sido vingança.

— De Charlote? Impossível. Ela nem chegou perto da casa dele.

— Como é que você sabe?

— Eu sei. Ela não aparece no vídeo, aparece?

— Não, mas isso não quer dizer muita coisa. Qualquer aparelho pode ser manipulado.

— Charlote não saberia fazer uma coisa dessas.

— Tem certeza?

— Acho que sim.

— Você esteve com ela naquela noite?

— Não, mas você esteve. Foi na noite em que ela lhe pediu carona, na porta da delegacia, para vir aqui em casa. Não se lembra?

— Lembro muito bem. Ela foi embora sem nem se despedir direito. Até Letícia estranhou.

— Ela queria me esperar aqui, na porta de casa. Mas isso é outra história, não vem ao caso.

— Parece que tem uma coisa que você ainda não compreendeu direito — considerou Gael, olhando para o primo com ar enigmático.

— O quê?

— As pessoas mentem.

— Eu não estou mentindo.

— Você, não.

— Você acha que Charlote mentiu? Mas ela devia mesmo dinheiro ao cara.

— Pode ser, mas tem algo que não bate nessa história. E depois, temos um problema.

— Qual?

— Ninguém mais aparece no vídeo além de você.

— Você mesmo disse que os vídeos podem ser manipulados. O assassino deve ter dado um jeito de apagar as imagens.

— É possível, mas não sei se poderemos recuperá-las. Osvaldo não tinha cópia de segurança e, muito provavelmente, a câmera gravou outras coisas por cima.

— E agora, Gael? — lastimou-se Fabiano, sentindo o nó do desespero fechando sua garganta. — O que é que eu faço?

— Venha comigo até a delegacia. Conte tudo ao delegado que irá me substituir e pode ser que você não seja preso preventivamente.

— Não seria melhor ligarmos para Charlote?

— Para quê?

— Ela pode confirmar que fui lá a pedido dela.

— E daí? Isso só prova que você foi lá fazer um favor a ela, mas não o inocenta. Você pode ter perdido o controle da situação, ou a ambição pode ter crescido...

— Por causa de mil reais? — exasperou-se. — Me poupe, Gael. Nem você acredita nisso.

— Tem gente que mata por muito menos. Pensando bem, ligue para Charlote. Quanto mais gente falar a seu favor, melhor.

Muito a contragosto, Fabiano acompanhou Gael até a delegacia. O inquérito foi instaurado, sob a direção de outro delegado, o Doutor Camilo. Ali, Fabiano narrou novamente a história que havia contado a Gael, mais uma vez omitindo o fato de que levara um canivete consigo e que o sacara antes de Osvaldo puxar um facão e lhe desferir um soco. Como não havia câmeras de segurança do lado de dentro da casa, ninguém descobriria sobre aquele pequeno detalhe que, muito certamente, só serviria para comprometê-lo.

A verdade, porém, tem seus meios de aparecer. Cedo ou tarde, o que está oculto se revela, a verdade ganha luz própria e ocupa seu lugar na ordem das coisas.

38

A imagem de Fabiano no vídeo de segurança de Osvaldo era bastante comprometedora, contudo, não era suficiente para que sua prisão fosse decretada. E, embora a polícia estivesse quase certa de que era ele o autor do crime, ainda aguardava uma prova mais incisiva. As digitais também não eram relevantes, já que Fabiano não havia negado que estivera na casa de Osvaldo, e elas somente foram encontradas no portão. Fabiano não acreditava que houvesse outras provas contra ele, contudo, ficava nervoso só de pensar na possibilidade de ser preso.

— Ai, Charlote, o que é que vai ser da minha vida? — queixou-se ele, debruçado, aos prantos, no colo da amiga.

— Vamos aguardar. Quem sabe a história que eu contei não é suficiente para convencê-los da sua inocência?

— Do jeito que você fala, até parece que eu sou o culpado.

— Você não precisa mentir para mim, Fabiano. Foi uma loucura o que você fez, mas estou do seu lado.

— Como assim? Fiz o que você me pediu.

Ela revirou os olhos e sussurrou, como se estivesse revelando um grande segredo:

— Não pedi para você matar o sujeito.

— Eu não matei ninguém! — negou ele, chocado. — E muito me admira que você pense o contrário.

— E o canivete? Para que foi levar aquele canivete?

— Você sabe para quê.

— Contou isso à polícia?

— É claro que não! Eu disse apenas que Osvaldo me deu um murro.

— E nem falou que ele tinha um facão?

— Francamente, Charlote, não vejo em que isso poderia ajudar. Eu não usei o canivete. Posso ter ameaçado, mas não usei. Tampouco ele me feriu com a faca.

— É, mas alguém foi lá e o matou. Você não imagina quem pode ter sido?

— Sei lá. Os dois capangas mal-encarados, talvez?

— Por que eles fariam uma coisa dessas? Osvaldo devia lhes pagar bem.

— Eu não sei, Charlote, está bem? A polícia é que tem que descobrir, não eu.

— Tem razão.

— E Gael me disse que o envelope com o dinheiro sumiu. Vai que eles mataram o velho para ficar com a grana.

— Será? Mas era tão pouco! Mil reais é uma ninharia.

— Pode ser pouco para você. Para um viciado em drogas, por exemplo, é uma fortuna. Tem ideia de quanto custa uma trouxinha de maconha ou um pacotinho de cocaína?

— Nem desconfio!

— Nem eu. Não sou chegado a essas coisas. Mas a gente sabe que tem pessoas que roubam tudo dentro de casa para bancar o vício. E se Osvaldo foi morto por alguém assim? Alguém que viu o dinheiro e pensou em quanta droga poderia comprar?

— É uma possibilidade. Já falou sobre isso com Gael?

— Na verdade, foi ele quem levantou a hipótese.

— Gael é inteligente e esperto. Tenho certeza de que vai descobrir quem foi.

— Gael não está no caso.

— Não?

— Dado nosso grau de parentesco e amizade, ele preferiu se afastar.

— Sério? — surpreendeu-se. — Mas ele poderia fazer as coisas de um jeito que favorecessem você!

— É isso mesmo que ele não quer, que as pessoas pensem que ele está dificultando ou sabotando as investigações para me favorecer.

— Mas ele é seu primo!

— Ele acredita na minha inocência.

— Francamente, Fabiano! Todo mundo faz isso.

— Gael não é todo mundo. E, por favor, vamos mudar de assunto. Melhor fazer o jantar. Vai me distrair.

— Quer ajuda?

— Não precisa. Basta me fazer companhia na cozinha.

Quando Gael chegou, mais tarde, não se incomodou em ver Charlote ali. Mais uma vez, ela demonstrava amizade por Fabiano. Comparecera espontaneamente na delegacia e dera um depoimento contundente em defesa do primo. Gael aguardou até que ele tirasse a mesa e fosse lavar a louça para comentar, reservadamente, com Charlote:

— Quero lhe agradecer o que está fazendo por Fabiano. Foi muita coragem sua contar o que Osvaldo e aqueles dois brutamontes lhe fizeram.

— Acha que eles são os culpados?

— Não sei. Eles foram chamados para depor, mas a verdade é que não há nada contra eles.

— Que droga!

— Não é bem assim, Charlote. Quero que o culpado seja preso, mas não torço para que seja ninguém em particular. Se eles são inocentes, não podem ser incriminados.

— Eles me deram uma surra.

— Que você nunca reportou à polícia, e agora já é tarde para provar qualquer coisa. É a sua palavra contra a deles.

— Tem razão, desculpe. É que estou, realmente, preocupada com Fabiano. Concordo, porém, que não seria justo colocar a culpa em ninguém. No fundo, quero tanto que ele seja inocente, que prefiro desconsiderar os fatos.

— Que fatos? Não estou entendendo o que você quer dizer. Você não acredita na inocência de Fabiano? Acha que ele não está falando a verdade?

— Acreditar, acredito. Somos amigos... Mas tem a história do canivete...

— Que canivete? Do que é que você está falando?

— Ele não lhe contou? — retorquiu ela, fazendo cara de surpresa e arrependimento. — Pensei que ele tivesse contado.

— Contou o quê?

— Nada — reconsiderou ela, tentando fazer parecer que, inadvertidamente, falara demais. — Deixe para lá. Na certa, não é importante.

— Pelo amor de Deus, Charlote, se você sabe de alguma coisa, diga logo o que é.

— Não posso — fingiu esquivar-se. — Sinto muito, falei o que não devia.

— Mas falou. E agora é tarde para voltar atrás.

— Esqueça, por favor.

— Não vou esquecer. Você falou algo de um canivete. Que canivete é esse? Fabiano ameaçou Osvaldo com um canivete?

— Jura que não vai tomar nenhuma atitude que possa prejudicar Fabiano? — redarguiu ela, como se se desse por vencida.

— Não posso jurar nada.

— Mas você é primo dele!

— Por favor, Charlote, deixe de enrolação. Se você pensa que vai ajudar Fabiano desse jeito, está muito enganada. A polícia tem seus métodos de descobrir a verdade.

— Ai, meu Deus, como sou burra! Mas agora não tem mais jeito. É verdade, Gael. Fabiano foi lá com um canivete e o apontou para Osvaldo.

— O quê? Por que ele faria uma coisa dessas?

— Para se defender, é claro.

— Dando vinte e duas facadas num velho desarmado? Difícil acreditar.

— Vinte e duas facadas?

— O laudo da perícia saiu hoje. Osvaldo foi esfaqueado vinte e duas vezes com uma faca pequena ou um canivete.

— Jesus! E agora?

— Não sei. Vou ter que contar isso ao Camilo.

— Camilo?

— O delegado responsável pelo inquérito.

— Mas Fabiano é seu primo!

— Não acredito que ele seja o culpado, mas não posso ocultar provas.

— Isso não é uma prova!

— É claro que é.

— Posso saber sobre o que vocês estão falando com tanta veemência? — indagou Fabiano, surgindo da cozinha com um pano de prato nas mãos. — Não precisam responder. Sobre mim, é claro. Existe algum outro assunto mais interessante por aqui nesses dias?

— Responda-me uma coisa, Fabiano, e seja sincero — pediu Gael, ignorando o sarcasmo. — Você ameaçou Osvaldo com um canivete?

O olhar que Fabiano lançou a Charlote não era de raiva, mas de indignação.

— Você contou a ele! — exclamou, perplexo.

— Desculpe, não sabia que era segredo — defendeu-se Charlote.

— Como não? Eu disse a você que não havia contado isso à polícia.

— À polícia, não a Gael!

— Que diferença faz? Ele é a polícia!

— Mas é seu primo, seu amigo. Não entregaria você... — E, virando-se para o delegado, acrescentou em dúvida: — Entregaria?

— Essa discussão é inútil — censurou Gael. — Fabiano, você não pode ocultar provas da polícia.

— Não ocultei prova nenhuma — objetou ele. — O canivete é meu e eu não o usei. Não matei Osvaldo, já disse!

— Onde você arranjou esse canivete?

— Um ex-namorado me deu.

— Para quê?

— Para eu me defender, ora! Para que mais seria?

— Não sei. Por isso estou perguntando.

— Olhe, eu ganhei o canivete há muito tempo, mas ele nunca foi usado. Não costumo nem sair com ele. Só o levei comigo quando fui ver Osvaldo porque achei que o cara podia ser perigoso.

— E você nunca o usou?

— Já disse que não.

— Se é assim, permite que eu o leve para análise?

— Por quê?

— Porque terei que reportar esse fato e quero evitar um mandado de busca aqui em casa.

— Viu o que você fez, Charlote? — repreendeu ele, irritado. — Agora, Gael pensa que eu matei o cara com meu próprio canivete.

— Não penso nada — protestou ele. — E depois, se você não o usou, qual o problema de levá-lo ao laboratório?

— Se eu não o usei, não. Eu *não* o usei — afirmou categoricamente.

— Eu sei. E é por isso que insisto em levá-lo. O perito compara a lâmina com as marcas das lesões e descarta você. E mesmo que, por acaso, a arma do crime seja do tipo do seu canivete, ele vai estar limpo, e isso vai favorecer você.

— Tem certeza?

— Absoluta. Talvez a arma usada no crime guarde vestígios de sangue, que o luminol poderá detectar. No seu caso, nada vai acontecer. Então? Posso levá-lo?

— Está bem — concordou Fabiano, após alguns minutos de reflexão.

— Ótimo. E é melhor você vir comigo, para acrescentar esse fato ao seu depoimento.

— Mas o que vou dizer? Que esqueci de mencionar o canivete?

— A verdade, Fabiano, só a verdade. Diga que ficou com medo e ocultou o fato, mas que não tem nada a temer e resolveu revelar o ocorrido.

— Tem certeza de que isso não vai me prejudicar? Eu menti para a polícia, não foi?

— Aqui no Brasil, o acusado não presta compromisso de falar a verdade, pelo simples fato de que não é obrigado a se acusar. E se o canivete está limpo, repito, você não tem nada a temer.

— Certo. Confio em você, Gael.

— Ótimo. Amanhã cedo, trataremos logo disso.

Mesmo sabendo que não tinha motivos para recear a análise do canivete, Fabiano ficou apreensivo. O contato com a polícia, por si só, era bastante intimidador. Não era a primeira vez que ele se via envolvido com a lei, e apesar de nunca ter sido condenado pela Justiça, tinha antecedentes, da época em que fora acusado da prática de ato libidinoso pelo antigo patrão. A única coisa que o confortava era a total confiança que tinha em Gael.

A confiança em Charlote, por outro lado, começava a se esvair. Depois que Gael se recolheu, ela fez menção de ir embora, mas Fabiano a impediu.

— Queria entender por que você fez isso — comentou ele, transtornado. — Eu confiava em você, Charlote.

— E não confia mais?

— Não sei.

— Só porque contei a Gael?

— Você me traiu... de novo.

— Eu não traí você. Já disse que pensei que Gael soubesse.

— Mentira. Você sabia que não.

— Não vamos começar tudo de novo, está bem? Eu só quis ajudar.

— Será mesmo?

— Você não pode duvidar de mim. Tenho demonstrado ser sua amiga durante todo esse tempo.

— Não sei o que pensar, Charlote, sério.

— Pense o que quiser — rebateu, esboçando uma irritação desconhecida, que ela logo procurou desfazer. — Desculpe.

— Você mudou, Charlote. Não a reconheço mais.

— Eu não mudei.

— Então, fui eu que não consegui enxergar quem você é de verdade.

— Você está exagerando. Sou a mesma de sempre.

— Aí é que está o problema.

Sem saber se havia compreendido direito, Charlote se aproximou e o abraçou demoradamente. Fabiano se permitiu envolver, embora não retribuísse o abraço com entusiasmo. Estava confuso, decepcionado, sem saber se acreditava ou não na sinceridade dela.

— Não pense mais nisso — pediu Charlote, segurando o queixo dele. — Sou sua amiga e pronto. Entendeu?

— Entendi.

— Ótimo. E agora preciso ir. Tenho um cliente bem cedo amanhã, lá em Copacabana.

— Está bem.

— A gente se fala depois.

Ela deu um beijo rápido na testa dele, apanhou a bolsa e saiu, sem olhar para trás. Parado na sala, Fabiano fitava a porta de entrada, tentando concatenar os pensamentos, de forma a tirar sentido do que parecia não ter sentido algum.

39

Logo na primeira hora, Gael chegou à delegacia em companhia de Fabiano. Assim que entrou, Letícia o abordou e, sem nem dar bom-dia, foi logo indagando:

— Você chegou a mandar o inquérito do cemitério para o promotor?

— Não. Com essa confusão de Fabiano, confesso que acabei me esquecendo. Por quê? O promotor está cobrando? Diga a ele que não se preocupe. Farei isso agora.

— Não é nada disso. Você não vai acreditar! Surgiu uma nova testemunha.

— O quê? — surpreendeu-se ele, mal acreditando nas palavras dela. — Como? De onde?

— É uma senhora idosa. Disse que só agora soube do crime e se lembrou do que vira naquela noite.

— Será que é sério? Depois de tanto tempo...

— Não custa nada ouvi-la, custa?

— Não.

— Essa pode ser a nossa chance. Quem sabe, a mulher não tem algo esclarecedor a acrescentar?

— Peça para ela aguardar um instante. Vou entregar isto no laboratório — levantou o saquinho contendo o canivete — e levar Fabiano para complementar a declaração dele. Pode chamar alguém para tomar o depoimento dele? Não gostaria que fosse você.

— Tudo bem.

Ela sorriu, sem graça por haver se esquecido de cumprimentar Fabiano. Ele devolveu o sorriso com um aceno de cabeça e aguardou até ser chamado por outro policial.

— Vou fazer companhia à senhora até você poder ir lá — avisou Letícia.

— Ótimo. Não vou me demorar.

Letícia se foi, e ele se virou para Fabiano, que falou baixinho:

— Assim que acabar, vou embora. Não precisa se preocupar comigo.

— Está bem. Falo com você em casa, mais tarde. E fique calmo. Vai dar tudo certo.

Fabiano seguiu para um lado e Gael, para outro. Em sua sala, a idosa o aguardava, conversando com Letícia sobre suas viagens a Aparecida.

— Dona Conceição, este aqui é o Doutor Gael, o delegado encarregado do caso — apresentou.

— Prazer — disse ela. E observou, com simpatia: — Um moço tão jovem e já delegado!

— Obrigado, Dona Conceição. A senhora é muito gentil. Então? Letícia me falou que a senhora tem informações sobre o caso.

— Não sei se são importantes, mas vi algo naquela noite e me senti na obrigação de relatar à polícia.

— Entendo. Mas por que só agora? Faz meses que o crime aconteceu.

— A gente que mora em frente ao cemitério vê e ouve coisas estranhas. Já estou acostumada e nem ligo mais. Não costumo dar importância a burburinhos, mas esse caso me chamou a atenção.

— Por quê?

— Porque aconteceu no dia em que viajei para Aparecida com a minha irmã, conforme eu já havia falado a essa mocinha aqui.

— Sei. E o que isso tem a ver? Volto a dizer que foi há muito tempo.

— Pois é, eu sei, mas a verdade é que só ontem ouvi falar desse crime. Não foi fofoca, mas uma conversa no supermercado. A moça do caixa estava comentando com a empacotadora que nunca mais ouvira falar do crime do cemitério. Perguntei a ela que crime era aquele, e ela me contou que o corpo de um homem esquartejado havia sido encontrado numa sepultura, alguns meses atrás. Até aí, não dei muita importância, mas ela prosseguiu e disse que o sujeito deve ter tido um trabalhão para pular o muro com uma mala pesada. "Que mala?", perguntei, e ela falou que o assassino, provavelmente, havia enfiado os pedaços do corpo em uma mala e entrado no cemitério pelo muro. Fiquei intrigada e fui pesquisar na internet.

— A senhora mesma fez a pesquisa?

— O que é que tem? Não sou tão velha assim. E hoje em dia, qualquer um sabe mexer num computador.

— Desculpe, não foi o que eu quis dizer.

— Foi, sim, mas não tem importância. Bom, voltando ao caso, o fato é que, naquela noite, vi algo suspeito. Era madrugada, na verdade, e eu não conseguia dormir porque estava preocupada em perder a hora do ônibus para Aparecida. Foi aí que vi o carro.

— O carro?

— O carro do assassino, é claro. Mas não me apresse, por favor. Vou chegar lá.

— Não a estou apressando — desculpou-se, contendo a ansiedade. — Leve o tempo de que precisar.

— Obrigada. Bem, como eu ia dizendo, vi o carro do assassino. Não é comum carros passarem em frente ao cemitério àquela hora, muito menos estacionarem na rua.

— A senhora viu a placa?

— Não deu para ver, lamento. Estava muito longe.

— Que tipo de carro era? A senhora sabe?

— Não, sinto muito. Não entendo nada dessas coisas.

— E a cor?

— Parecia preto. Mas também podia ser cinza-chumbo ou marrom.

— Ou talvez estivesse escuro demais para a senhora perceber — completou Gael, desanimado.

— Ou isso. O fato é que, como achei estranho, fiquei de olho, mas me escondi atrás da cortina. Eu não sabia se era gente de bem ou bandido, então, achei melhor me ocultar. Levou um bom tempo para a porta do carro se abrir e, quando abriu, uma mulher saltou, pôs uma mochila nas costas...

— Perdão, Dona Conceição — Gael interrompeu —, a senhora disse mulher?

— Mulher, sim. Ou, pelo menos, parecia uma. Confesso que, quando ela tirou do carro aquela mala pesada, fiquei em dúvida, mas depois me convenci de que era mesmo uma mulher, do tipo gostosona, sabe? Tinha busto e quadris arredondados.

— Tem certeza?

— Absoluta. Era uma mulher, só que muito forte, para conseguir arrastar aquela mala.

— A senhora viu como ela era? Pode descrevê-la?

— Não deu para ver a fisionomia dela, porque estava muito escuro e eu já não enxergo lá muito bem. Só o que sei é que ela estava toda vestida de preto, de calça e jaqueta.

— Era alta, baixa, branca, preta, gorda, magra?

— Nem muito alta nem muito baixa. Não era magra, mas também não era gorda. Fazia mais o estilo boazuda, conforme falei. E se era branca ou negra, não deu mesmo para ver.

— Entendo. E depois?

— Ela pôs a mala no chão e saiu andando sorrateiramente, olhando para todos os lados, procurando as sombras, numa atitude verdadeiramente suspeita. Foi ladeando o muro e, de vez em quando, parava para apalpá-lo e olhava para cima, como se estivesse procurando alguma coisa. Muito esquisito. Até que ela caminhou para dentro da escuridão e não pude ver mais nada.

Gael encarou Letícia com ar cético. A história até que fazia sentido, mas não batia com as evidências recolhidas na cena do crime. O DNA coletado numa das sepulturas revelava que o assassino era homem, mas aquela senhora insistia que vira uma mulher. Seria possível que houvesse duas pessoas? Ou que alguém chegara à cena do crime antes deles, se cortara e deixara pingar uma gota de sangue dentro da cova? Essa hipótese, com certeza, não era das mais viáveis. Uma outra explicação era que a velha estava caduca ou buscava chamar a atenção. De qualquer forma, ele não podia ignorar o testemunho dela.

— Muito bem, Dona Conceição — disse o delegado. — Seu depoimento foi muito... útil. Anotou tudo, Letícia?

— Sim, senhor.

— Então, dê para Dona Conceição ler e, se estiver tudo de acordo, a senhora pode assinar.

— E agora? — ela quis saber.

— Agora a senhora volta para casa e aguarda. Se precisar da senhora novamente, mando alguém ir buscá-la. Pode ser?

— Pode, claro. Faço tudo para ajudar a pegar essa bandida.

— Obrigado. A senhora cumpriu seu dever como cidadã e prestou um serviço à sociedade. Sou-lhe muito grato por isso.

Diante do elogio e do reconhecimento, Conceição saiu satisfeita. Gael, porém, não sabia o que pensar.

— Você acha que o que ela disse é verdade? — indagou Letícia.

— É verossímil, mas não sei. A amostra de DNA que temos é de um homem, mas ela jura que viu uma mulher.

— Não pode ser um travesti, ou transgênero, ou transexual?

— Essa é a hipótese mais viável. Explicaria a silhueta feminina e a força máscula.

— E casaria com o DNA.

— Só que não faz muita diferença, faz? Continuamos sem a mínima ideia de quem poderia ser o assassino.

Batidas soaram na porta, e Laureano entrou logo em seguida. Trazia no rosto um esgar de contrariedade, olhando para o chão como se quisesse evitar algum tipo de confronto.

— O que foi, Laureano? — questionou Gael.

— É sobre o seu primo — falou ele. — Na verdade, é sobre o canivete que o senhor mandou para o laboratório.

— O que tem ele?

— Bem, o luminol acusou vestígios de sangue.

— O quê? Não é possível! Fabiano disse que nunca havia usado o canivete.

— O canivete estava limpinho, não tinha nem um grãozinho de poeira. Parece que foi lavado e ensaboado recentemente.

— Não pode ser um falso positivo?

— Lamento, doutor, mas não é. Se o sangue tivesse sido detectado apenas na lâmina, o resultado não seria conclusivo, já que ela é de inox. Acontece que havia vestígios no cabo do canivete, que é de madeira. Gotículas minúsculas, mas de sangue, com certeza. O Doutor Camilo mandou levar o canivete para o legista, para comparar com as lesões no cadáver e para um teste de DNA. Se der positivo, seu primo vai estar bem encrencado.

— Ele ainda está aqui?

— Não. Saiu faz tempo. Acrescentou a história do canivete à declaração e foi embora.

— Está certo, Laureano, isso é tudo. Obrigado.

— Disponha, doutor. E sinto muito pelo seu primo.

— Obrigado.

Depois que ele saiu, Gael afundou o rosto entre as mãos, contendo a vontade de chorar. Nunca antes havia passado por situação semelhante. Sentia-se enganado, traído, um tolo sentimental que dava crédito ao irmão trapaceiro.

— Que história é essa de canivete? — Letícia perguntou.

— Foi o que eu trouxe hoje comigo, lembra? É de Fabiano. Ele disse que foi presente de um ex-namorado e que nunca o havia usado.

— Talvez seja uma coisa antiga. Se foi um presente, pode ser que o ex-namorado tenha feito uso dele antes de dá-lo a Fabiano.

— Espero que seja isso. Se for, o DNA não coincidirá com o de Osvaldo. Ou, talvez, as marcas das lesões não batam com o formato da lâmina.

— Na certa que nada vai bater. É só uma coincidência, você vai ver.

— Não acredito em coincidências, e se muitas delas estão ocorrendo, é porque a vida está me mandando uma mensagem que ainda não consegui decifrar.

— Quer uma opinião?

Ele a encarou, sem dizer nada.

— Esqueça o caso de Osvaldo e concentre-se no de Ney. Temos uma nova pista agora.

— Não temos pista nenhuma, mas, em todo caso, não vou mandar o inquérito ainda. Tenho a sensação de que algo ainda pode acontecer.

Era uma intuição que ele resolveu seguir, como sempre costumava fazer. Tentou concentrar-se no caso de Ney, porém, as dúvidas acerca da inocência de Fabiano desviavam sua atenção. Não podia acreditar que o primo fosse culpado, simplesmente não podia. Ou não queria aceitar.

40

Charlote desligou o celular com irritação. Como se não bastasse o mal disfarçado desprezo de Gael, agora, nem Fabiano queria falar com ela. A simpatia que ela pensou haver despertado em Gael, quando lhe contou a respeito dos hormônios, parecia ter se diluído subitamente, e a velha aversão retornara, embora um pouco mais branda e mascarada. Fabiano, por sua vez, ainda estava aborrecido porque ela contara ao delegado sobre o canivete. Fora uma estratégia bem planejada, mas que não podia afastar Fabiano dela.

"Quero falar com você, Fabiano", escreveu ela no WhatsApp. "Foi sem querer que eu falei do canivete. Por favor, me responda". Ele não respondeu.

De onde ela estava, viu quando Gael saiu em companhia de Letícia, provavelmente, para o almoço. Os dois continuaram a pé, dando-lhe a chance de segui-los a uma distância segura. Quando eles entraram no restaurante, ela entrou atrás, com alguns minutos de diferença. Fingindo surpresa ao vê-los sentados, cumprimentou-os cordial e formalmente, indo sentar-se a uma mesa mais afastada.

— Felizmente ela não quis sentar-se conosco — comentou Gael.

— Coitada, Gael. Até que ela quis ajudar Fabiano.

— Ajudar como, se foi ela quem pediu a ele para procurar o tal de Osvaldo?

— Pelo que eu soube, foi ele que se ofereceu para ir.

— Dá no mesmo. Charlote é esperta; Fabiano, um bobo. Aposto como Charlote veio com uma conversa mole que o sensibilizou e o levou a se oferecer.

— Isso não é desculpa. Você, melhor do que ninguém, sabe que cada um é responsável por aquilo que faz. Charlote não obrigou Fabiano a ir, e se ele caiu na lábia dela, foi por escolha própria.

— Pode ser que eu esteja sendo parcial e injusto, mas custo a acreditar que Fabiano seja capaz de uma atrocidade dessas. Ele tem pavor de sangue!

— Isso é o que ele diz.

— Como assim? Você acha que ele pode estar fingindo?

— Não sei, mas, em minha profissão, me acostumei a duvidar de tudo e de todos. E você também, se bem que esteja com o discernimento comprometido por causa de seu envolvimento com Fabiano.

Gael encarou-a, em dúvida. Será que havia uma possibilidade de que Fabiano estivesse fingindo o tempo todo? Pensando nisso, levantou-se subitamente.

— Preciso sair — avisou ele. — Não sei se voltarei hoje.

— Aonde você vai, posso saber?

— Visitar uma pessoa.

— Quem?

— Conto depois.

Saiu tão apressado que Charlote nem teve tempo de segui-lo. Ia largar a bandeja com o almoço e correr atrás dele, mas notou que Letícia não tirava os olhos dela. Só por isso conseguiu controlar-se.

Uma hora e meia depois, Gael entrava no salão de beleza decadente onde Fabiano estivera a serviço de seu ex-namorado Waldir. Não o conhecia pessoalmente. Só sabia onde ele trabalhava porque, após muita insistência, Fabiano lhe havia dado o endereço quando fora morar em sua casa.

— Posso ajudar? — indagou a recepcionista, uma moça magrinha e desengonçada.

— Pode. Quero falar com o Waldir. Ele está?

A moça encarou-o, cheia de desconfiança, e retrucou:

— Quem quer falar com ele?

— É particular. Ele está ou não?

Ela não sabia o que dizer. Não era costume o chefe ser procurado em seu ambiente de trabalho, ainda mais por um sujeito bem-apessoado como aquele.

— O senhor é da polícia?

— Escute aqui, garota, eu só quero falar com ele. É pessoal, não tem nada a ver com polícia ou qualquer outra coisa.

— Não sei se ele está. Pode ser que tenha saído. Ele não costuma me dar satisfações.

— Pode verificar para mim, por favor? — pediu ele, sacando uma nota de cinquenta da carteira.

— Tudo bem — concordou ela, após apanhar a cédula discretamente e enfiá-la no bolso da minissaia jeans. — Espere um instante.

A garota entrou numa porta lateral, e Gael não aguardou. Entrou atrás dela e deu de cara com um sujeito sentado a uma mesa, contando dinheiro, que ele presumiu ser Waldir.

— Mas o que significa isso? — surpreendeu-se ele, erguendo-se de supetão. — Quem é esse cara, Janaína? E quem foi que mandou você deixá-lo entrar?

— Calma, Waldir, só quero conversar com você.

— A respeito de quê? Não fiz nada.

— Eu não disse que fez e nem estou interessado em seus assuntos particulares.

— Quem é você, camarada? É da polícia? Você tem cara de doutor.

— Isso não importa. Sou só um sujeito interessado em algumas informações.

— Que tipo de informações?

— Sobre um ex-empregado seu. E ex-namorado também.

De súbito, Waldir compreendeu que se tratava de Fabiano. Fora o último namorado que tivera e que trabalhara ali. Encarando Gael com desconfiança, protestou de má vontade:

— Não tenho nada a dizer.

— Por favor, é importante.

— Importante para quem? Para mim, é que não é. Mas vou lhe dar um conselho. Se você se envolveu com ele, melhor desistir e partir para outra. Fabiano é encrenca certa.

— Por que diz isso?

— O que foi que ele aprontou dessa vez, hein? Você parece um cara decente e deve ter grana. Tinha que se envolver logo com Fabiano?

— Não é nada disso. Fabiano é meu primo.

— Primo? — repetiu, atônito, subitamente compreendendo tudo. — Você é o primo delegado de Fabiano? De quem ele vivia falando?

— Sou.

— Escute aqui, doutor, não vejo Fabiano há um bom tempo e não tenho nada a ver com as birutices dele. O que foi que ele aprontou dessa vez? Não, não me diga. Não quero saber, na verdade. Daquele ali, quero mais é distância.

— Podemos falar a sós? — Ele fez um gesto para Janaína, que saiu de fininho. — Obrigado.

— Olhe aqui, doutor, não sei o que Fabiano andou falando a meu respeito, mas, seja o que for, não tenho nada com isso.

— Vou ser franco com você, Waldir. Atualmente, Fabiano está morando comigo, só que há algumas particularidades a respeito dele que preciso compreender melhor.

— Como assim? Que particularidades são essas?

— Não importa. Coisas de família, entende?

— Não, não entendo, e não é problema meu.

— Por favor, me responda a umas perguntas. Depois, prometo que vou embora.

— Hum... Está bem, vá lá. O que quer saber?

— O que houve entre vocês e por que você bateu em Fabiano?

— Foi isso que ele lhe disse? — indignou-se. — Que eu bati nele?

— E não bateu?

— Bati. Mas ele lhe contou o que fez para que eu batesse nele?

— Não, e não creio que isso seja relevante. Você não pode sair por aí batendo nos outros.

— Nem em quem o agride primeiro?

— Como assim? O que quer dizer com isso?

— Exatamente o que eu disse. Escute aqui, doutor, não sei o que Fabiano andou lhe contando, mas talvez ele não seja bem o que o senhor pensa que ele é. Tudo bem que eu não sou lá grande coisa, mas Fabiano também não é nenhum exemplo de virtude.

— Dá para ser mais específico?

— O senhor quer mesmo saber o que aconteceu, não é?

— Estou aqui para isso.

— Pois vou lhe contar. Fabiano era meu amante, sim, e eu lhe dei não apenas uma casa, como também um emprego. No começo, as coisas iam bem, até que ele começou a se queixar de tudo e a pedir cada vez mais dinheiro. Como eu gostava dele, fui cedendo. Só que chegou uma hora que a coisa ficou incontrolável. Ele encasquetou que tinha que operar o sexo. Queria porque queria virar mulher e achava que eu é que tinha que pagar pela cirurgia. Tivemos uma briga feia. Disse a ele que não concordava. Se eu quisesse uma mulher, pegaria uma de verdade, e não um veadinho mutilado. — Parou de falar, como se estivesse relembrando o passado, e depois continuou: — Ele ficou uma fera. Puxou um canivete, sabe-se lá de onde, e partiu para cima de mim. Pensei até que estivesse drogado. Não tive escolha, eu tinha que me defender. Ele não é bom de briga e não fez muito estrago, mas me enfiou a ponta do canivete algumas vezes. Nada fatal, só que doeu pra caramba. Agora me diga, doutor: que escolha eu tinha? Ou dava uma surra no sujeito ou ele acabava me matando. Escolhi a surra.

— E depois?

— Depois, nada. Ele começou a chorar e foi embora. No dia seguinte, ligou para a Janaína e pediu para ela levar as coisas dele. Dei graças a Deus.

— Você pagou a ele?

— Pagar o quê?

— A indenização trabalhista.

Ele soltou uma gargalhada e tornou em tom zombeteiro:

— Essa é muito boa! Depois de ele me furar todo, o senhor ainda acha que eu ia lhe pagar alguma coisa? Era só o que me faltava. Ele deu sorte de sair com vida, porque eu bem poderia tê-lo matado em legítima defesa. Só que não sou assassino. Tenho lá os meus defeitos, mas nunca matei ninguém.

— E isso é tudo?

— Quer mais? Não tenho mais nada a contar, doutor. Foi o que aconteceu, e, para mim, foi o suficiente. Agora, se ele está morando com o senhor, acho que seria melhor ficar de olho nele. Eu não sairia confiando em Fabiano assim, sem mais nem menos.

— Deixe isso comigo, Waldir. Agradeço pelas informações, elas foram muito úteis. Boa tarde.

— Não tem de quê. Até outro dia, ou até nunca mais.

Depois disso, Waldir fechou o cenho e não disse mais nada. Gael saiu dali sem saber se se sentia feliz ou arrasado. Se, por um lado, Fabiano mentira sobre o ocorrido, por outro, a briga com Waldir bem poderia explicar as manchas de sangue no cabo do canivete, o que poderia inocentá-lo. Mas seria esperar demais que ele lhe cedesse uma amostra de seu DNA.

De qualquer forma, uma decepção atroz espetou seu coração, fruto da quebra de confiança que ele jamais esperaria do primo. Confiava nele inteiramente, nunca duvidara de sua palavra. E agora via-se encurralado entre a mentira e a esperança.

Waldir batera nele para se defender da ameaça do canivete. Fabiano não tinha pavor de sangue, tanto que esfaqueara o amante algumas vezes, embora de leve. E inventara que recebera a indenização trabalhista, na certa, por medo de que ele procurasse Waldir para cobrar-lhe. Era isso que ele deduzia de tudo o que Waldir lhe contara, a não ser que o sujeito fosse um bom mentiroso, mas ele duvidava. O homem não parecia estar mentindo. Fabiano, por outro lado, resolvera aquela questão rapidamente, sem maiores questionamentos, dando o assunto por encerrado com a maior brevidade possível.

Diante de tudo isso, Gael não sabia mais o que pensar nem em que acreditar. De todos os males que surgiam, possivelmente o ataque a Waldir fosse o único capaz de inocentar o primo, embora talvez não fosse suficiente para inocentá-lo a seus olhos.

41

— Quero que você me explique — ordenou Gael, parado diante de Fabiano, as mãos fortemente apoiadas nos quadris, para que, contidas, não esbofeteassem o primo.

Sentado na poltrona diante do outro, Fabiano sentiu-se pequenininho. Seus lábios queriam dar forma às palavras, porém, o tremor desorganizava tudo, impedindo uma estruturação coerente das frases. Naquele momento, só o que conseguia era chorar.

— Vamos! — continuou Gael, cada vez mais irritado e impaciente. — Estou esperando.

— Por favor, acalme-se — Fabiano conseguiu balbuciar.

— Como é que eu posso me acalmar, depois de tudo o que ouvi de Waldir?

— As coisas não são bem assim...

— Alguém está mentindo nessa história, Fabiano, e quero saber quem é. Você ou ele?

— Eu não menti...

— Quer dizer então que Waldir inventou tudo? Você não lhe pediu dinheiro para a cirurgia nem tentou esfaqueá-lo, quando ele negou, com um canivete que você jurou que nunca havia usado. Ah! Ia me esquecendo. E recebeu toda a indenização trabalhista, que, aliás, você nunca me mostrou.

— Você nunca me pediu para lhe mostrar o dinheiro.

— Porque eu confiava em você! Mas agora exijo saber: quem está mentindo?

— Eu menti, Gael — confessou ele, após dolorosos segundos de hesitação. — Mas foi só porque tive medo.

— Você estava drogado?

— O quê? Não! Eu estava desesperado.

— Para mudar de sexo.

— Esse é o meu sonho, Gael, você sabe. É o que mais quero na vida.

— Um sonho não pode levar à violência. Quando isso acontece, deixa de ser sonho e vira obsessão.

— Eu sei. Mas eu queria tanto!

— Por que não me contou? Eu teria ajudado você.

— Na época, isso nem me passou pela cabeça. Eu não sabia a sua opinião a respeito do assunto e achava que você poderia me recriminar.

— Por causa disso, você preferiu o caminho da coação, da violência.

— Foi uma loucura, eu sei, mas, como disse, foi por puro desespero. E depois, quase não causei estrago algum. Eu nem tive coragem de furar o Waldir, se quer mesmo saber. Só encostei o canivete nele, mas, quando vi o sangue, me apavorei. Quase desmaiei, na verdade. Posso tê-lo cortado, mas tenho certeza de que foi bem de leve.

— E você acha que isso é justificável? Que você não é capaz de um ato de violência?

— Eu não matei o Osvaldo, se é no que está pensando.

— Devo acreditar em você?

— Não sei, mas é a verdade.

— Então, podemos afirmar, com certeza, que o sangue no cabo do canivete é de Waldir.

— Deve ser.

— Só que não podemos provar, não é mesmo? Não temos o DNA dele para comparar.

— Tudo bem, mas não coincidirá com o de Osvaldo.

— Assim como as marcas das lesões no corpo de Osvaldo não coincidirão com as da lâmina de seu canivete.

— Isso eu não sei. É um canivete comum, muita gente pode ter um igual.

— Quanta coincidência, não é? Osvaldo ser morto por um canivete igualzinho ao seu, justo no dia em que você esteve na casa dele.

— Não fui eu, Gael. Nós discutimos, mas eu nem cheguei perto de enfiar o canivete nele.

— Nem uma vez?

— Não.

— Se não foi você, quem você acha que foi, então?

— Não faço a menor ideia. Essa é a sua função, não minha.

— O caso é que só você aparece na câmera de segurança, entrando na casa dele. Depois de você, todo mundo que tocou o interfone foi embora sem ser atendido.

— É estranho, mas eu não tenho como explicar esse mistério. Esse é o trabalho da polícia, não é? São vocês que têm que descobrir o que aconteceu de verdade, não eu.

— Você não está entendendo, Fabiano. Se o DNA encontrado no canivete coincidir com o de Osvaldo, ou as lesões conferirem com a lâmina do seu canivete, não poderei ajudá-lo. Serei obrigado a prendê-lo ou insistir que você se entregue.

— Não vou me entregar! Eu não fiz nada. Nem tinha motivos para matar o cara, e você sabe disso.

— O que sei é o que você me disse, mas quem garante que é a verdade? Ou que a Justiça vai acreditar em você?

— Isso não é justo — queixou-se. — De repente, vejo-me envolvido num homicídio só porque fui fazer um favor a uma amiga.

— Charlote não é sua amiga. E não me surpreenderia nada se ela estivesse por detrás disso.

— Ela não está — afirmou, embora sem muita convicção.

— Você não pode ter certeza. Afinal, foi ela que torrou o dinheiro do cara que a estava ameaçando e que, ainda por cima, mandou darem uma surra nela. Não acha que é motivo suficiente?

Nesse momento, Fabiano olhou para Gael com ar interrogativo, chamando a atenção do primo, que o encarou de volta e questionou:

— O que foi? Em que você está pensando?

— Em nada... Quero dizer, não sei. Provavelmente, não é nada importante nem tem a ver com o caso.

— O que é?

— Nada, já disse. Não quero levantar suspeitas sobre pessoas inocentes só para livrar a minha cara.

— Agora você me deixou curioso. O que está escondendo?

— Tem uma coisa que está me incomodando. No princípio, não dei muita importância, mas depois do que Charlote fez, não sei mais o que pensar.

— E o que foi que Charlote fez?

— Na verdade, não é o que ela fez, mas o que faz. Ela vem agindo de forma estranha, ultimamente.

— Como assim?

— Não sei bem. Talvez não seja nada, mas o fato é que ela mudou.

— Em que sentido?

— Ela anda diferente, fala e faz coisas que me comprometem e depois diz que foi sem querer.

— Que coisas? Dê um exemplo.

— Primeiro, foi o jantar, quando ela apareceu lá em casa, fingindo que havia confundido as datas. Depois, teve o lance do hormônio, que ela contou para você, mesmo sabendo que eu não queria. E quando fui à casa de Osvaldo, ela prometeu que ligaria para ele, avisando que eu ia, mas não ligou. Disse que esqueceu. Por fim, a história do canivete. Tudo bem que eu devia ter contado, mas acho que essa era uma decisão minha. Só que Charlote resolveu contar a você, mesmo me prometendo que não o faria. E tudo isso com a desculpa de querer me ajudar.

— É estranho mesmo.

— Não quero acusá-la de nada, mesmo porque, não acredito que ela tenha algo a ver com a morte de Osvaldo. Só que...

— O quê?

— Osvaldo me disse uma coisa muito esquisita. Não sei se é relevante nem se é verdade, mas me deixou intrigado.

— O que foi? Pelo amor de Deus, Fabiano, se tem alguma coisa que pode ajudar a inocentá-lo, a hora de dizer é agora.

— Acho que tem razão.

— Então? Vai me contar ou não vai?

— Tudo bem. É que Osvaldo me disse que Charlote tentou matá-lo.

— Ela o quê?

— Isso mesmo que você ouviu. Foi no último dia em que ela esteve na casa dele. Eles discutiram, Osvaldo passou mal, e ela colocou o remédio dele bem próximo, mas fora do alcance dele, e foi embora.

— Charlote confirmou isso?

— Não. Disse que era mentira, que ele havia inventado tudo. Foi por isso que deixei para lá.

— Muito estranho, Fabiano. Se pudéssemos ter acesso ao celular de Osvaldo...

— O celular desapareceu?

— Sim. Quase sempre, é o que acontece.

— Será que isso é relevante? Osvaldo podia mesmo estar mentindo.

— Podia. E, mesmo que não estivesse, não há sinal de que Charlote esteve na casa dele naquele dia. Como você sabe, apenas você aparece no vídeo.

— As imagens podem ter sido apagadas.

— Podem, mas não há evidências de que o foram, já que nenhuma outra prova foi recolhida. Até agora, você é o único suspeito. Por isso, quero que considere o que lhe falei sobre a possibilidade de se entregar espontaneamente.

— Não vou fazer isso, já disse!

— Tudo bem, você é quem sabe. Mas quero que fique bem claro que não poderei fazer nada para impedir que você seja preso. E não gostaria que isso acontecesse aqui, na minha casa.

— Quer que eu vá embora?

— Eu não disse isso. Apesar do que Waldir me contou, ainda acredito na sua inocência. Só o que lhe peço é que, se o resultado do exame do legista der positivo, você se entregue voluntariamente.

— Já disse que não vou me entregar. Mas não se preocupe, não quero comprometer você ou a sua carreira. Nem quero parecer ingrato, você já fez muito por mim, mas talvez seja melhor mesmo eu procurar outro lugar para ficar.

— Infelizmente, não posso permitir isso. Você é suspeito de um homicídio, e, se eu deixar você partir, pode ser que me acusem de favorecimento pessoal.

— O que é isso?

— É um crime, Fabiano. É o que acontece quando alguém ajuda um criminoso a fugir, ainda que ele seja apenas suspeito.

— E você seria preso?

— Não sei. Mas seria acusado e perderia meu cargo.

— Não quero que isso aconteça.

— Então, nem pense em sair daqui. Se algum mandado de prisão for expedido contra você, apresente-se à polícia. Pode não ser a melhor coisa do mundo, mas é a mais certa a fazer. Vai mostrar sua boa vontade em esclarecer as coisas.

— Está certo — cedeu, finalmente. — Vou fazer como você está falando, embora eu não acredite que seja preso. Sou inocente, e ninguém vai conseguir provar o contrário.

— Isso mesmo. Agora descanse. Tenho coisas a fazer.

Depois que ele saiu, Fabiano entregou-se ao desânimo. Não entendia o que estava acontecendo. Se pudesse fazer voltar no tempo, jamais iria à casa de Osvaldo, por mais que ele e Charlote fossem amigos. Pensando nela, apanhou o celular e repassou as mensagens que ela havia enviado, às quais ele não respondera. Por uma estranha coincidência, o aparelho começou a tocar, e o nome de Charlote surgiu no visor. Dessa vez, ele atendeu.

— Fabiano! — ela exclamou, de imediato. — Finalmente! Estava doida para falar com você.

— Por quê?

— Que pergunta é essa, Fabiano? Estou preocupadíssima com você.

— Contei a Gael que Osvaldo acusou você de querer matá-lo — ele revelou, de supetão.

— Você o quê? Ficou louco? E se Gael começar a suspeitar de mim?

— Se você não fez nada, não tem o que temer.

— Não estou entendendo. Você mata o cara e agora quer colocar a culpa em mim?

— Eu não matei ninguém!

— Não é o que a polícia pensa.

— Mas é a verdade! — encrespou-se. — E você, mais do que ninguém, devia saber disso.

— Eu? Francamente, não entendo por que está dizendo isso.

— Nem eu. Estou confuso, não sei mais o que pensar.

— Tenha calma, Fabiano. Procure se controlar.

— Como é que eu posso me controlar, sabendo que a polícia pode bater à minha porta, a qualquer momento, para me prender?

— Você pode alegar que foi legítima defesa. Osvaldo era um sujeito bruto, posso confirmar isso.

— Não acredito! Você está mesmo insinuando que fui eu quem o matou?

— Não estou insinuando nada. Só quero que você saiba que estou do seu lado.

— Mentira, Charlote — rebateu ele, entre a indignação e a raiva. — Você está é do seu lado. Está com medo de que eu conte à polícia o que você fez com Osvaldo.

— O que eu fiz? Sua palavra não prova nada, e ninguém tem nada contra mim. E sabe por quê, Fabiano? Simplesmente, porque eu não fiz nada.

Havia uma inflexão de sarcasmo e malícia na voz dela que não apenas irritou Fabiano, mas o deixou desconfiado. Charlote perdera o ar de cumplicidade e compreensão para assumir uma mordacidade que ele, até então, desconhecia.

— Não estou gostando do seu tom — reclamou ele.

— Nem eu, do seu.

Inesperadamente, a ligação foi cortada. Fabiano ligou de volta, porém, deu fora de área. Será que Charlote estaria ligada àquele crime? Parecia improvável, contudo, não de todo impossível. Ela não aparecia em nenhuma imagem do vídeo naquela noite, mas o aparelho podia ter sido adulterado e as imagens, apagadas. E nenhum vestígio que apontasse na direção de Charlote fora encontrado na casa. Não. Ele devia estar louco. Charlote andava agindo de forma estranha ultimamente, mas ela não era a assassina. Ou era?

42

A partir desse dia, Fabiano quase não falava mais. Continuava a desempenhar suas tarefas normalmente, contudo, a alegria havia se esvaído de seu coração e abandonado as expressões de seu rosto. Um desânimo funesto invadiu o apartamento de Gael, que também sofria à sua maneira, dividido entre a esperança e o medo.

Era uma manhã chuvosa quando Gael entrou na delegacia e notou os olhares disfarçados voltados para ele. Procurou não dar atenção a eles, embora intuísse que algo muito sério havia acontecido, fato confirmado pela presença de Camilo. O delegado encarregado do caso de Osvaldo o cumprimentou formalmente e, em seguida, sem muitos rodeios, entrou logo no assunto:

— Estava esperando você chegar porque não queria tomar nenhuma atitude antes de colocá-lo a par da situação.

Gael simplesmente assentiu e aguardou.

— Saiu o resultado do exame do legista. Infelizmente, as marcas das lesões coincidem com a lâmina do canivete de Fabiano, inclusive aquelas no pescoço, que quase provocaram a degola. Parece que isso só não aconteceu porque o objeto não foi muito eficiente, o que consiste com o tipo de lâmina do canivete.

— Entendo.

— Se fosse apenas a coincidência das marcas, podíamos pensar em canivetes idênticos. Mas isso não é tudo.

— Deixe-me adivinhar. O sangue encontrado no canivete pertence a Osvaldo.

— Exatamente. O teste de DNA deu positivo.

— Foi o que imaginei.

— Já estou com o mandado de prisão e estou pronto para executá-lo.

— Faça o que tiver que fazer.

— Talvez você possa falar com ele, para que não haja tumulto. Se você convencer Fabiano a colaborar, talvez consigamos evitar que o prédio inteiro fique sabendo que o primo do delegado é suspeito de assassinato.

— Acho difícil manter isso em segredo. No entanto, já conversei com Fabiano, e ele concordou em se entregar espontaneamente. Posso ir buscá-lo agora, se você permitir.

— Tudo bem.

— Obrigado.

A prisão ocorreu sem maiores incidentes. Assim que Gael tornou a entrar no apartamento, do qual havia saído poucas horas antes, Fabiano se deu conta de que seria preso. Não resistiu. Abraçou-se ao primo e chorou copiosamente, afirmando e reafirmando sua inocência.

Como não possuía nível superior, Fabiano não teve direito à prisão especial e, ao dar entrada na cadeia, chegou a desfalecer, provocando risinhos abafados nos agentes envolvidos. Embora Gael não fizesse nenhuma ameaça, deixou bem claro que era primo próximo do preso, de forma a evitar que ele fosse importunado. A muito custo, despediu-se de Fabiano, tentando transmitir-lhe calma e coragem naquela hora tão difícil.

— Não fui eu, Gael — ele insistiu, de trás das grades da cadeia. — Mas quem irá provar minha inocência?

— Vou contratar um advogado para você — afirmou o delegado. — O melhor que meu dinheiro puder pagar.

— Quer dizer, então, que você acredita em mim?

— Acredito na presunção de inocência e, até prova em contrário, você é inocente.

— Obrigado, amigo — choramingou ele. — Você não vai se decepcionar comigo.

— Não, não vou.

A resposta foi dúbia. Fabiano não sabia se o primo não se decepcionaria porque tinha certeza da inocência dele ou se não se surpreenderia se ele fosse culpado. O próprio Gael não sabia bem disso. Ao partir, levava o coração pesado. Havia muitas evidências, sim, mas algo lá dentro insistia em fazê-lo acreditar que Fabiano não era culpado. Ainda mais porque ele fora à casa de Osvaldo para fazer um favor a Charlote, que, dias antes, quase o matara por omissão. Seria verdade?

Deveria ter sido surpresa, mas não foi, encontrar, justamente, Charlote esperando do lado de fora da penitenciária, para onde Fabiano havia sido levado.

— Olá, Gael — cumprimentou ela, o semblante pungente de dor. — Como ele está?

— As notícias se espalham mais depressa do que o vento, não é, Charlote? — comentou ele, irritado com a presença dela. — Como você soube?

— Dei uma passada na delegacia e Letícia me contou.

— Você foi até a delegacia?

Ela confirmou.

— Fazer o quê?

— Queria falar com você.

— A não ser que seja algo relevante para ajudar a inocentar Fabiano, não quero ouvir nada de você.

— Por que está sendo tão hostil comigo? Eu não fiz nada.

— Será que não?

— Se está se referindo à mentira que Osvaldo contou a Fabiano, foi justamente por isso que o procurei. Queria esclarecer as coisas. Eu não me recusei a lhe dar nenhum remédio, até porque, ele nunca passou mal na minha frente. E eu nem sequer sei que remédios ele toma. Esse episódio, na verdade, jamais aconteceu.

— Ah, não? Então, por que você não me conta como foi que ficou devendo dinheiro a Osvaldo?

— Ele pagou adiantado, desistiu das massagens e exigiu a devolução do dinheiro. Isso não é nenhum segredo.

— Não. Mas como foi que tudo se passou? Em paz é que não foi, ou ele não teria mandado os capangas dele lhe darem uma surra. Então? Estou esperando. Conte como foi o incidente que gerou a raiva de Osvaldo. Vocês brigaram? Discutiram? Ele ameaçou você?

— Isso não tem nada a ver com Fabiano. É um assunto particular, não lhe interessa.

— Quem é que está sendo hostil agora, Charlote? E por quê?

— Porque você está fazendo insinuações das quais não estou gostando. Não tenho nada a ver com a morte de Osvaldo. Por mais que lamente o que houve com Fabiano, você não pode transferir a culpa dele para mim.

— Quer dizer agora que você acredita que ele é culpado.

— Eu não disse isso.

— Não com essas palavras.

— Você está tentando me confundir para poder me acusar.

— Eu jamais faria uma coisa dessas.

— Então, pare de me fazer acusações veladas. Pode não ter sido Fabiano quem matou Osvaldo, mas eu também não fui. E se você pensa assim, então, não temos mais nada para conversar.

Ela virou as costas e se afastou, furiosa, deixando-o furioso também. Havia um quê de mentira na entonação dela, algo que ele não sabia definir e que, talvez, nem tivesse a ver com a morte de Osvaldo. Podia ser implicância, antipatia, qualquer outra coisa. Ou, simplesmente, desespero.

Gael retornou à delegacia tentando não transparecer o desânimo, embora fosse quase impossível. Os que o conheciam sabiam o quanto ele devia estar sofrendo, mas não disseram nada, em respeito ao que o delegado representava para eles. A única pessoa que o acompanhou até sua sala foi Letícia, ávida por notícias.

— Não vou nem perguntar como é que foi — falou ela, sentando-se diante dele.

— Horrível, como deveria ser. Fabiano está arrasado.

— Não é para menos. E Charlote? Apareceu por lá?

— Infelizmente, sim.

— Estive pensando numa coisa, Gael. Pode ser que não tenha nada a ver, mas não custa tentar.

— O que é?

— Temos a gravação do vídeo, as impressões digitais no portão e, o mais importante, o canivete com o DNA de Osvaldo. Mas e o DNA de Fabiano?

— Por que de Fabiano?

— A vítima lutou com o agressor. Será que não ficaram vestígios de DNA do assassino em algum lugar do cadáver?

Ele a encarou, admirado. Estava tão convicto de que as provas reunidas eram suficientes para incriminar Fabiano, que nem pensou na possibilidade de haver um DNA diferente na cena do crime.

— Pode ser uma tentativa — considerou ele, esperançoso. — Vou agora mesmo falar com o Doutor Otávio.

Antes de tomar qualquer atitude, telefonou para Camilo e pediu a ele que segurasse o inquérito de Fabiano até que obtivessem o resultado da prova técnica. Depois, foi procurar Otávio, o responsável pela perícia.

— Oi, Doutor Otávio — cumprimentou ele, entrando no laboratório apinhado e malcuidado.

— Boa tarde, delegado — respondeu o perito. — Em que posso ajudá-lo?

— Queria saber se vocês fizeram teste de DNA no cadáver de Osvaldo Pereira da Silva, o senhor que foi assassinado em Vargem Grande.

— Sei quem é — afirmou ele, penalizado. — É por causa do seu primo, não é?

— Preciso ter certeza de que foi ele.

— Compreendo. Bem, lamento dizer, mas não houve nenhum exame de DNA, não.

— Por quê? Não foram recolhidas amostras?

— Não. Isto é, tem as roupas, mas elas não foram analisadas.

— Por quê?

— Porque não posso desperdiçar material que não temos em um exame quando há outras provas conclusivas que comprovem a autoria — falou, meio sem jeito.

— É isso que você pensa?

— Lamento, mas acho que não dá para ter dúvidas.

— Mesmo assim, você pode fazer o teste?

Ele olhou para Gael, em dúvida. Em seguida, balançou a cabeça e baixou os olhos, para contestar sem muita firmeza:

— Eu bem que gostaria, doutor, mas não posso. O delegado responsável é o Doutor Camilo, e ele não deu nenhuma ordem nesse sentido.

— Pelo amor de Deus, Doutor Otávio, é a vida de um inocente que está em jogo! Eu pago o material do meu bolso, se necessário.

Ele hesitava. Queria e, ao mesmo tempo, achava que não devia. Por fim, o desespero do delegado o comoveu, e ele acabou concordando:

— Tudo bem, vou fazer, embora haja outros na frente...

— Obrigado, Doutor Otávio.

— Traga uma amostra do DNA de seu primo o quanto antes, para comparação.

— Vou agora mesmo tratar disso.

— Leve essas luvas e um *kit* de coleta. Tome cuidado para não contaminar nada.

— Deixe comigo, doutor. Voltarei o mais rápido que puder.

Retornou à cadeia com uma rapidez de relâmpago. Já era quase noite, mas ele conseguiu falar com Fabiano, que parecia ainda mais arrasado do que quando o deixara lá.

— Veio me tirar daqui? — indagou ele, cheio de esperança.

— Infelizmente, ainda não. Vim lhe fazer uma pergunta. Você concorda em ceder amostra para um teste de DNA?

— Por quê?

— Pode ser que o verdadeiro assassino tenha deixado vestígios de DNA no cadáver ou na cena do crime. Isso pode inocentar você.

— E se não deixou?

— Ficaremos na mesma.

— E se só encontrarem o meu DNA? Isso não pode me complicar ainda mais?

— Se isso acontecer, será apenas a confirmação do que todo mundo já sabe.

— Ninguém sabe de nada — objetou ele, com irritação. — A polícia desconfia, mas da pessoa errada. E não sei se estou a fim de dar a ela mais provas contra mim.

— Por que diz isso? Se você é inocente, não tem nada a temer.

— Não é bem assim, né, Gael? Depois da conversa que você teve com Waldir, talvez já me tenha condenado, não é mesmo? E se apenas o meu DNA surgir desse teste, aí então é que estarei perdido.

— Talvez essa seja a única oportunidade de você comprovar a sua inocência.

— Não, obrigado. Prefiro me arriscar com o que já tenho.

— Sabe que sua recusa pode gerar uma presunção contra você?

— Por quê? Por acaso esse exame é oficial?

— Não. Fui eu que pedi.

— Então, não vai dar em nada, a não ser que você conte que eu me recusei.

— Não vou fazer isso.

— Então, deixe tudo como está.

— Está certo, Fabiano — concordou Gael, com um suspiro de desânimo. — Não tenho como obrigar você a fazer o que não quer.

— Obrigado.

— Não fique aborrecido comigo. Estou apenas tentando ajudar.

— Sei disso, mas o inferno está cheio de ajudantes.

— Que disparate! — ofendeu-se. — Eu aqui, me virando para ajudar você, e o que você faz? Me trata com agressividade e ironia. E se quer saber, acredito em você, mesmo depois do que Waldir me contou. Você pode ser mentiroso e um doido meio destemperado, mas não é um assassino.

— Tem certeza disso?

— Eu não deveria?

— É claro que sim — afirmou, após um suspiro. — Ai, Gael, me desculpe. Isso é o que o desespero faz com a gente. Este lugar é detestável, e olhe que não estou aqui há nem vinte e quatro horas. Está todo mundo me olhando de um jeito esquisito. Estou com medo, muito medo.

— Eu sei. Vou arranjar um bom advogado para tentar libertar você, mas não posso garantir nada. Homicídio é um crime grave, mas como não houve flagrante, você se apresentou espontaneamente e mora com o primo delegado, pode ser que o juiz entenda que não representa risco para o processo ou a sociedade e revogue a prisão. Vamos ver.

— Por favor, Gael, faça isso logo. Não sei se vou aguentar muito tempo aqui.

— Vou fazer o que puder. E quanto ao exame de DNA?

— O que é que tem? Desista, já disse que não vou fazer.

— Está bem. Não vou insistir mais.

— Obrigado.

— Lamento que você não queria fazer o exame, mas tudo bem. Cuide-se. E não perca as esperanças, pois a verdade sempre prevalece.

Fabiano não respondeu, já que não acreditava naquilo. Se a verdade sempre prevalecesse, não haveria injustiças no mundo, embora ele não soubesse que a injustiça é apenas aparente, pois a vida nunca erra.

43

Como era delegado, Gael conseguia visitar Fabiano quase que diariamente, sem necessidade de fazer a carteirinha de visitação. O primo se abatia cada vez mais, sufocado pelo medo e pela angústia, sem saber como desacreditar as provas reunidas contra ele. E, apesar do excelente advogado que Gael havia contratado, o pedido de revogação da prisão fora indeferido.

Ao chegar à delegacia, no início da manhã, Gael foi recebido por Letícia, que o puxou pela manga da camisa para dentro de sua sala.

— O que foi que houve? — indagou ele, preocupado.

— Você não vai acreditar! — exclamou ela, sem saber ao certo se a notícia que trazia teria efeitos bons ou ruins. — O Doutor Otávio mandou o resultado do teste de DNA.

— Que teste? — surpreendeu-se ele, pois, ante a recusa de Fabiano, havia deixado aquilo de lado. — E não lhe disse que Fabiano não me deixou colher o material?

— Mas o Doutor Otávio extraiu o DNA mesmo assim. E, por falta de outro para comparação, o que ele fez?

Gael deu de ombros.

— Jogou o resultado no banco de DNA da polícia, e adivinhe só!

— O que, Letícia? Fale logo, pelo amor de Deus!

— A amostra bateu com o DNA encontrado na sepultura, no caso do Ney.

— O quê? — rumorejou ele, estupefato. — Não acredito! Como pode ser?

— Não faço a menor ideia, mas o Doutor Otávio tem certeza do resultado.

— O que isso quer dizer, Letícia? Que foi o Fabiano quem matou e esquartejou aquele cara?

— É o que parece.

— Impossível! Se eu nem acredito que Fabiano matou Osvaldo, que dirá o indigente do cemitério. Tem alguma coisa muito esquisita nessa história.

— Concordo com você, mas o DNA não mente.

— Não, mas quem disse que as duas amostras são de Fabiano? Quem matou Osvaldo pode muito bem ter matado o Ney.

— E uma simples amostra do DNA de Fabiano pode provar isso.

— É muita coincidência, não é? Duas pessoas, aparentemente, sem qualquer tipo de ligação, mortas pelo mesmo cara, e bem pertinho de nós. O que será que isso significa?

— Que duas pessoas incomodaram nosso assassino, mas por motivos diferentes?

— Eu seguiria nessa linha. Dê uma olhada no inquérito do Ney e descubra se a arma usada foi a mesma.

Ela digitou várias vezes no computador, e as peças do inquérito surgiram na tela. Letícia foi rolando as páginas, até que encontrou o que procurava. Leu atentamente o laudo do perito e anunciou:

— As armas são diferentes. No caso de Ney, o assassino usou uma faca para as estocadas e um cutelo para desmembrar o corpo.

— E Osvaldo foi morto com um canivete, mais especificamente, com o canivete de Fabiano.

— Ambas as vítimas foram esfaqueadas várias vezes. Isso, elas têm em comum.

— Porque a mão que brandiu os instrumentos foi a mesma, embora usando armas distintas.

— Isso pode inocentar Fabiano, não é, Gael? Quer dizer, se o DNA coletado na casa de Osvaldo não bater com o dele.

— Exatamente. Vou falar com ele agora mesmo. Diante do que está acontecendo, ele não pode se recusar a coletar o material.

Mais que depressa, Gael partiu rumo à cadeia, levando com ele o *kit* para coleta de DNA. Ia eufórico, ao mesmo tempo preocupado. Tinha certeza absoluta de que Fabiano era inocente, o que o preocupava ainda mais. Certezas absolutas eram responsáveis pela grande maioria das decepções. Mas não, não no caso de Fabiano. O primo era inocente, e ele ia provar.

Quando Fabiano foi trazido à sua presença, seu ar estava ainda mais abatido do que antes. Gael o abraçou com ternura, acolhendo, em seus braços, o pranto angustiado do outro.

— Não aguento mais essa situação, Gael — queixou-se ele, as lágrimas borbulhando em seus olhos como um rio caudaloso transbordando numa enchente. — Minha sorte é ser seu primo. Os outros presos sabem disso e têm medo, mas não hesitam em debochar de mim e me ameaçar. Dizem que, não fosse eu primo de um delegado, já teriam me... Você sabe...

— Tenha calma, Fabiano. Estou aqui porque surgiu uma nova evidência que pode favorecer você.

— Que evidência?

— Lembra do exame de DNA?

Ele assentiu.

— Pois chegou a hora de você me deixar colher o seu material.

Antes que Fabiano protestasse, Gael narrou-lhe, em minúcias, o que ele e Letícia haviam descoberto. O outro ouvia a tudo com atenção, chorando em vários momentos, agarrado às mãos do delegado. Nem bem Gael terminara de contar a história, Fabiano já se encontrava de boca aberta, pronto para ceder o DNA que seria a chave de sua libertação.

— E agora? — Fabiano quis saber.

— Agora é só esperar o resultado sair, e você será um homem livre.

— Tem certeza?

— A menos que você seja o assassino nos dois casos.

— Não sou!

— Sei que não é.

— Mas quem terá sido? Quem seria capaz de matar duas pessoas a sangue frio e ainda colocar a culpa num inocente? E por quê? O que essa pessoa tem contra mim? Será que foi o Waldir?

— Deixe isso comigo, está bem? Seja quem for, está com os dias contados.

— Como é que você sabe?

— Intuição.

Não era apenas o DNA que formava o convencimento de Gael. Havia uma desconfiança, quase uma certeza, de que ele conhecia o culpado, embora não atinasse o motivo. Enquanto dirigia a caminho do laboratório, a ideia foi se formando, as peças se encaixando, restando apenas algumas poucas fora de lugar. Rapidamente, a suposição delineou uma história dotada de grande plausibilidade. Pouco a pouco, os fatos se intercalavam, tecendo uma corrente com apenas alguns elos em aberto. Estavam todos ali, cada um em seu lugar, desencadeando uma história sórdida, cujo desfecho dependia de um único e fundamental elemento: o motivo.

Ao entrar no carro, leu a mensagem deixada por Letícia, lembrando-lhe do aniversário de Cauã, que ele havia esquecido totalmente. Resolveu dar uma passada no shopping, depois de levar as amostras de DNA, a fim de comprar-lhe um presente. Na loja de brinquedos, decidiu-se por um caminhão de bombeiros movido a controle remoto, cuja sirene apitava e a mangueira lançava água de verdade. Talvez Letícia ou Glória enlouquecessem com o possível aguaceiro, mas Cauã, com certeza, iria adorar.

Mandou embrulhar para presente e saiu da loja, satisfeito por poder, ao menos por algumas horas, desligar-se daquela tragédia. Haviam combinado de levar o menino a uma lanchonete e depois, em casa, cortariam o bolo e comeriam docinhos. Ele ainda precisava passar na loja de doces para comprar uma torta de chocolate, depois pegaria Letícia na delegacia e iriam para casa.

Saiu da loja satisfeito, carregando o embrulho e pegando a direção da doceria, quando teve a atenção atraída por uma voz rouca de mulher, muito sua conhecida. Em uma sapataria próxima, Charlote discutia com a vendedora, aparentemente indignada porque eles não tinham o número do sapato que ela escolhera. Seus gritos eram tão altos, que não havia quem passasse e não parasse para acompanhar a discussão.

— Senhora, eu sinto muito — dizia a vendedora —, mas nosso maior número é 40.

— Isso é um absurdo! — retrucou Charlote, entre a revolta e a indignação. — Exijo falar com o gerente!

Diante da gritaria, a gerente apareceu. Ouviu a queixa da cliente, coçou a testa e, tentando acalmar os ânimos, considerou:

— Eu sinto muito, senhora, mas não trabalhamos com números especiais.

— E desde quando 43 é um número especial?

— Para mulher, é. Não é comum mulheres calçarem tanto assim.

— Está me chamando de anormal? É isso?

— Não, de jeito nenhum! Olhe, por que a senhora não escolhe uma bolsa? Temos modelos ótimos, a preços bem em conta.

— Não é uma bolsa que eu quero, é essa sandália! — exigiu ela, quase batendo com o salto da sandália no nariz da gerente.

— Infelizmente, não será possível. Não temos o seu tamanho. Lamento...

— Porcaria de loja! — vociferou ela, atirando a sandália de encontro à vitrine. — É por isso que estão falindo.

— Nós não estamos falindo — objetou a moça, agora começando a zangar-se. — E, por favor, retire-se. Não podemos ajudá-la.

— Eu vou mesmo! Não quero comprar nada nessa lojeca brega!

Assim que Charlote se virou para sair, fuzilando de tanta raiva, deu de cara com Gael parado na porta, abismado diante da grosseria nunca antes presenciada.

— Gael! — assustou-se, subitamente desejando entrar pelo chão e se esconder. — Não vi você aí.

— Eu sei.

— Vamos embora — chamou ela, puxando-o pelo braço. — Aqui não tem o que eu quero.

Ele se deixou conduzir, a mente delineando hipóteses absurdas e, ao mesmo tempo, bastante verossímeis.

— Posso saber o que foi aquilo? — questionou ele, tão logo se afastaram da loja.

— Aquilo? Não foi nada. Só umas idiotas que não sabem vender. Vão causar a falência da loja, desse jeito.

— Na verdade, não foi bem isso que pareceu. Tive a impressão de que você estava a um ponto de agredir as moças.

— Quem, eu?! Imagine. Não sou disso. Foram elas que me tiraram do sério. Mas deixe isso para lá e me diga: o que está fazendo aqui?

A vontade dele foi gritar: "Não é da sua conta", mas algo dentro dele segurou a irritação. Nem ele sabia bem por que, mas sentia que precisava falar com ela. Deixando-se levar pela intuição, ele forçou uma inflexão mais suave e revelou:

— Vim comprar um presente para o filho de Letícia. É aniversário dele.

— Que gracinha! Vai ter festa?

— Não exatamente. Eu estava indo agora mesmo comprar uma torta.

— Talvez eu possa acompanhá-los nessa festinha.

— Não é uma festa, já disse.

— Que seja. Não vai me convidar?

— Na verdade, não. É uma reuniãozinha bem íntima. Apenas a mãe, a avó e eu, que logo serei padrasto do garoto.

— Tudo bem — concordou ela, espetando no rosto um sorriso mordaz e nada sincero.

— Então é isso. Até mais ver.

— Até...

— E procure controlar esse gênio. Não fica bem para uma *lady* agir feito uma doidivanas.

Ela não sabia se era ironia ou sinceridade, mas achou melhor não dizer nada. A última coisa que pretendia era que Gael testemunhasse sua falta de elegância e de paciência. Jamais poderia imaginar que ele estaria ali, presenciando seu destempero.

Gael se despediu sem muito entusiasmo, deixando-a sozinha no meio do corredor vazio. O incidente que havia testemunhado parecia um episódio clássico de grosseria e falta de educação, não fosse a luzinha de alerta que se acendera em sua mente. Uma desconfiança absurda passou a incomodá-lo, principalmente porque ele não sabia definir se era assim tão absurda. Talvez não fosse nada, mas talvez significasse tudo naquele estranho quebra-cabeça que ele agora começava a montar.

Tomado de surpresa pela ideia súbita, virou-se bruscamente. Charlote permanecia parada no mesmo lugar, olhando-o pelas costas.

Mais que depressa, ele se aproximou. Não podia ouvir o coração de Charlote, quase abrindo um buraco em seu peito para se atirar aos pés do delegado.

— Pensando bem, Charlote — começou ele —, acho que você devia ir ao aniversário. Fabiano gostaria que você fosse.

— Sério, Gael? Não vou atrapalhar?

— De forma alguma. Queria muito que Fabiano fosse, mas ele está impossibilitado, você sabe. Acho que ele ficaria satisfeito se soubesse que a melhor amiga compareceu para representá-lo. Vai ser hoje, por volta das sete horas, lá em casa.

A justificativa era totalmente desproposital, contudo, Charlote não percebeu o disparate. Inebriada pela consideração e pela oportunidade, falou com entusiasmo:

— Estarei lá, sem falta. Mas, antes, vou comprar um presentinho para ele. Quantos anos ele faz?

— Quatro. Mas não precisa se preocupar com isso.

— Não, faço questão.

— Tudo bem, você é quem sabe. Só não compre nada caro, por favor.

— Não quer me ajudar?

— Infelizmente, não vai dar. Tenho que comprar a torta e ainda passar na delegacia. A gente se encontra lá em casa.

— Tudo bem. Até mais, então.

— Até.

Partiram em direções opostas, cada um ocultando as próprias emoções. Gael comprou o que precisava e, ao sair da doceria, certificou-se de que Charlote não estava por perto. Caminhou para o estacionamento o mais rápido que pôde e, de lá, ligou para Letícia.

— Mudança de planos — avisou ele, tão logo ela atendeu. — Vamos fazer uma reuniãozinha lá em casa. E não se preocupe. Comprei alguns salgadinhos, docinhos e a torta. Você não precisa se preocupar com nada. Estou indo para a delegacia agora, e depois passaremos na sua casa para pegar sua mãe e o Cauã. Se você pudesse avisá-los, seria ótimo.

Ela iria protestar, mas havia alguma coisa no tom de voz dele que revelava urgência. Era o que bastava para ela não dizer nada e tão somente confiar.

44

A espera fora angustiante. Os dias se passaram com uma lentidão que enervava e fazia Gael alternar momentos de confiança e de medo. Dera a Fabiano uma esperança que ele não sabia se era real. Mas Fabiano sabia. Inocente ou culpado, ele conhecia a verdade.

Fabiano nem viu o carcereiro se aproximar. Recostado na parede da cela, procurava manter-se isolado dos demais presos, que agora discutiam por causa de um maço de cigarros. A presença do carcereiro não os intimidou propriamente, mas eles disfarçaram, e o que detinha a posse do maço o escondeu atrás das costas. Sem lhes prestar muita atenção, o carcereiro chamou Fabiano pelo nome:

— Venha, Fabiano. Você está livre.

— Livre?! — surpreendeu-se ele, notando o ar de inveja dos companheiros. — Quer dizer que posso ir embora?

— É o que significa ser livre, não é? Ou gosta tanto daqui que prefere ficar?

Ele não preferia, óbvio. Mais que depressa, juntou seus parcos pertences e seguiu atrás do carcereiro, balbuciando um tchau bem tímido para os demais, de quem, lá no íntimo, se compadecia.

— O que foi que aconteceu? — Fabiano quis saber. — Foi o Gael?

— Nem todo mundo tem primo delegado, né? Sorte de uma bichona feito você.

Fabiano engoliu o comentário homofóbico, temendo algum tipo de represália. Do lado de fora das celas, o primo o aguardava em companhia do advogado e o abraçou com entusiasmo, recebendo as lágrimas de gratidão e alívio do outro.

— Está tudo bem agora, Fabiano — o delegado procurou confortar. — Você é um homem livre. Seu processo vai ser arquivado. O DNA resolveu tudo. Quem matou Osvaldo matou também o Ney, mas não foi você. O DNA encontrado nas roupas de Osvaldo e naquela sepultura, decididamente, não é seu.

— Podemos ir embora daqui? Nunca mais vou passar perto de uma cadeia enquanto viver.

Despediram-se do advogado, e Gael levou Fabiano para casa. Depois de um bom banho quente e uma refeição de verdade, Fabiano se jogou no sofá da sala, pensando em assistir, mais uma vez, ao filme *A garota dinamarquesa*. Antes, porém, tinha coisas a conversar com o primo.

— Quem será que matou aqueles dois? — indagou, curioso. — Você faz alguma ideia?

— Faço, mas ainda não tenho certeza.

— Quem? — surpreendeu-se Fabiano, que fizera a pergunta sem esperar uma resposta positiva. — Foi o Waldir?

— Não — foi a resposta enfática.

— Não? Mas então, quem? Não estou entendendo nada, Gael. Achei que era vingança do Waldir, mas agora você me confundiu. Não conheço ninguém que queira me prejudicar.

— Você não está raciocinando. O DNA encontrado na casa de Osvaldo é igual ao do cemitério. E os dois são de homem.

— Pois é. Sendo de homem, e que tenha ligação comigo, só consigo pensar no Waldir, mas você diz que não é. Você tem o DNA dele?

— Não preciso do DNA dele.

— Então, como é que você pode ter certeza de que não foi ele?

— Não tenho certeza. Tenho quase certeza.

— Tudo bem. Você vai me dizer quem é ou está gostando de me deixar agoniado com esse suspense?

— Pense bem, Fabiano. Quem foi que entrou na sua vida, de repente, como se fosse a melhor pessoa do mundo, mas que colocou você na maior encrenca?

— Charlote? — respondeu, incrédulo. — Impossível! Você mesmo disse que o DNA é de homem.

— Será mesmo impossível?

— Tudo bem, você enlouqueceu. Está tão desesperado para encontrar o culpado, ou culpados, que está vendo fantasmas onde não existem. Considerando que Charlote não fosse mulher, que motivos teria ela para me envolver nessa onda de crimes? Nós nos conhecemos há pouco tempo, depois, inclusive, de o corpo do tal cara da sepultura ter sido encontrado. Não faz sentido, faz?

— E quem disse que precisa fazer sentido?

— Você está louco. Concordo que Charlote anda meio estranha ultimamente, mas daí a ser a assassina... Só se ela mandou alguém matar os dois. Será que foi isso?

— Preciso lhe contar uma coisa.

— O quê?

— No dia do aniversário de Cauã, encontrei Charlote, por acaso, no shopping. Ela estava armando o maior barraco numa sapataria, só porque não tinham o número dela.

— Isso é bem a cara de Charlote.

— Pois é. Naquele momento, percebi que ela é não apenas falsa, mas uma tremenda mentirosa. Se faz passar por boazinha, mas é a maior grosseirona.

— E daí?

— E daí, nada. Vamos esperar para ver se minhas desconfianças estão corretas.

— Quer saber, Gael? Você tem tanta raiva de Charlote, que a está colocando em lugares improváveis de ela estar.

— Eu não tenho raiva de Charlote. Só não gosto dela. Mas agora chega. Vou tomar um banho e dormir. E você?

— Vou ficar mais um pouco e ver *A garota dinamarquesa*.

— Não vai ligar para Charlote?

— Hoje, não.

— Melhor mesmo. Então, boa noite.

— Boa noite. Durma bem.

— Você também.

Deitado na cama, Gael pensava nos últimos acontecimentos e na recente suspeita que desenvolvera de Charlote. Não entendia como é que não havia pensado nisso antes. Tudo agora parecia tão óbvio! É claro que ele podia estar enganado, mas uma intuição muito séria lhe dizia que não. Lembrava-se do dia em que a encontrara no shopping e a convidara para a festinha improvisada. Charlote comparecera sem desconfiar de nada.

Naquela ocasião, de posse dos quitutes da festinha, passara na delegacia e apanhara Letícia, que estava curiosa para saber o motivo da mudança de planos.

— Tive uma ideia — dissera ele. — Uma ideia que talvez possa inocentar Fabiano.

— Que ideia?

— Tenho medo até de falar. A ideia é tão louca que, mesmo estando quase certo, não quero acusar um inocente.

— Você vai me contar ou vai fazer suspense?

Ele contou. Ao final, Letícia olhou para ele com a surpresa delineada no olhar, sem saber ao certo o que dizer.

— Então? — indagou ele. — O que me diz?

— Tem razão, a ideia é louca mesmo, embora não de todo impossível. Até que tem a sua lógica. E agora que você falou, é só a gente prestar atenção em Charlote, que tudo parece fazer sentido.

— Eu não falei?

— Mas como você vai ter certeza?

— Foi por isso que transferi a comemoração lá para casa.

Chegaram ao apartamento de Letícia e mudaram de assunto. Não queriam envolver Glória, muito menos Cauã, naquele caso complicado e insano.

— Vou tomar um banho rápido e já volto — anunciou Letícia.

— O que deu em vocês para mudarem de ideia? — questionou Glória. — Cauã ficou decepcionado, achando que não vamos comemorar.

— Não é nada disso, amigão — esclareceu Gael, abaixando-se para ficar ao nível dos olhos dele. — Eu só transferi a festa para a minha casa. Comprei um monte de coisas gostosas para a gente comer.

— Vai ter brigadeiro?

— É lógico! Brigadeiro não podia faltar. E também tem isso.

Ele retirou, de trás das costas, a mão que segurava o caminhão de bombeiros e estendeu-o para ele. O menino apanhou o embrulho e rasgou o papel com avidez. Seus olhinhos brilharam quando viram o imenso caminhão vermelho e brilhante, e mais ainda quando Gael acionou o controle remoto, colocando o brinquedo em movimento.

— Uau! — exclamou ele, puxando o controle das mãos do delegado.

— E sai água pela mangueira. É só encher aqui — concluiu, abrindo o compartimento de água.

— Maravilha — ironizou Glória, embora de bom humor. — A casa vai virar um aguaceiro.

— Não é lindo, vovó? — perguntou o menino, todo satisfeito com o presente.

— É claro que é.

— Podemos ir agora? — chamou Letícia, de banho tomado e roupa trocada.

— Vamos ou chegaremos muito tarde — concordou Gael.

— Muito tarde para quê? — Glória quis saber. — Vocês convidaram mais alguém?

— Só uma pessoa. Mas, por favor, mãe, não pergunte nada. É importante, e Gael sabe o que faz.

— Tudo bem.

Chegaram à casa de Gael quase ao mesmo tempo que Charlote. Quando a viu, Glória não entendeu nada, mas ficou em silêncio. Para Cauã, não fez a menor diferença, ainda mais porque ela havia levado outro carrinho para ele, só que movido por fricção.

Sabendo da finalidade da presença de Charlote, Letícia arrumou a festinha às pressas, de forma que ela encontrou tudo pronto quando entrou. Foi preciso muita paciência para aguentar a lenga-lenga de Charlote, mas deu certo. Ao final da noite, quando Cauã adormeceu no sofá, deram a festa por encerrada.

— Quer ajuda para arrumar tudo? — ofereceu-se ela.

— Não precisa — objetou Letícia, educadamente. — É pouca coisa.

— Acho melhor irmos dormir — anunciou Gael. — Letícia pode dormir comigo, e Glória pode ficar no escritório com Cauã.

— Vocês vão ficar? — surpreendeu-se Charlote, lutando para não revelar o desagrado.

— Gael achou melhor — confirmou Letícia. — Está tarde, e não vemos sentido em incomodar Cauã.

— Tem razão. Bem, está na minha hora, então.

— Obrigado por ter vindo, Charlote — disse Gael, quase sem conseguir ocultar o fingimento. — Tenho certeza de que Fabiano teria ficado muito satisfeito.

— Teria sim — concordou ela. — Boa noite, então.

— Boa noite.

Nem bem Gael trancou a porta, e Letícia já estava atrás dele, segurando um saquinho *ziplock* contendo uma colherzinha e um copo plástico descartáveis.

— Tem certeza de que são dela? — perguntou ele, ansioso.

— Absoluta! Não tirei o olho dessas coisas a noite inteira. Elas estavam exatamente onde Charlote as deixou, depois de usá-las.

— Ótimo. Não podemos errar.

— Não vai ter erro. Só se ela não tiver nada a ver com o caso.

— Ela tem. Estou certo de que tem.

— Digamos que tenha. Será que o juiz vai aceitar a coleta de DNA sem o consentimento dela? Afinal, ninguém pode ser obrigado a produzir prova contra si mesmo.

— O juiz vai aceitar. Nós não a forçamos a nada, o material está na minha casa e ela o abandonou aqui.

— Tomara!

— Agora, é só entregar no laboratório e esperar o resultado.

Isso acontecera alguns dias antes e, apesar de Gael ter pedido urgência, não podia apressar ainda mais o ritmo dos peritos, assoberbados de trabalho e com tão poucos recursos disponíveis. Mas ele acreditava que a espera valeria a pena. Sua intuição nunca o enganara, e não seria agora que começaria a fazê-lo.

45

Toda vestida de preto, Charlote caminhava por um vale oculto nas sombras. Seus pés afundavam numa lama fétida, de onde saíam aranhas e raízes em forma de garras, que subiam pelas suas pernas. As aranhas a picavam repetidamente, fazendo com que um sangue rubro e grosso escorresse pela pele ferida. O vestido que ela usava, pouco a pouco, se dissolvia, exibindo sua nudez, e serpentes peçonhentas tentavam abocanhar seu sexo e seus seios. À medida que ela caminhava, as serpentes se multiplicavam, resultado da transformação das raízes e das aranhas, e agora deslizavam sinuosamente por toda a extensão de seu corpo.

Ao longe, uma pequenina luz brilhava no meio da escuridão agreste, e foi para lá que ela decidiu rumar. Arrastando os pés, que a lama puxava para baixo e enterrava numa poça de cobras, ela seguiu, trôpega. Quanto mais se aproximava, mais a luz se expandia, alastrando-se pelo que parecia um pedaço do inferno, queimando-a como um chicote de fogo.

Tudo ao redor, de repente, se consumiu em chamas, e a luz que ela imaginara a princípio revelou-se uma caldeira ardente e cruel. Dali borbulhavam lavas descontroladas, uma língua de fogo que lambia a terra com a avidez de um glutão. Ao perceber que ia de encontro a pedras incandescentes, quis recuar, porém, o corpo flagelado se recusou a obedecer, agarrado pelas serpentes que agora comprimiam sua carne e seus ossos.

Uma dor lancinante quase tirou seu fôlego, mas ela conseguiu, após um grande esforço da cabeça, olhar para baixo, para si mesma. As coisas ofídicas haviam desaparecido. Em seu lugar, uma chibata ígnea se enroscava em seu corpo, deixando marcas vermelhas e brilhantes nos locais onde a queimavam. Ela gritou, tão forte e tão alto, que sua voz ressoou pelo submundo de trevas, ecoando como marteladas diabólicas desferidas pela mão de um carrasco medonho.

Quanto mais ela gritava, mais intensas se tornavam as pancadas, que se infiltravam por seus tímpanos, percorriam seu sangue e suas células, até explodir no cérebro. Desesperada, ela levou a mão aos ouvidos, tentando conter a enxurrada tonitruante.

De repente, abriu os olhos, assustada, a pele ainda ardendo das queimaduras, e os ouvidos moucos da batucada infernal. Aos poucos recobrando o domínio sobre si mesma, enxugou o suor que escorria da testa, pelo pescoço, e empapava a camisola. Fora apenas um sonho. Um pesadelo assustador, nada além disso.

A muito custo, Charlote conseguiu se levantar da cama e foi para a cozinha, beber água. Esvaziou a garrafa e bebeu sofregamente, tentando matar a sede deixada em sua garganta pelo pesadelo funesto. Esfregou o copo na testa, para refrescá-la, e fechou os olhos. A sensação de uma presença invisível aguçou sua visão, e ela levantou as pálpebras cansadas, já ciente de quem encontraria ali.

— Oi, mãe — disse ela, encarando Amália com desconfiança. — Aconteceu alguma coisa? Sua cara está esquisita.

— Chegou a hora — foi a única coisa que disse antes de desaparecer.

Nesse exato instante, a campainha soou uma, duas, três vezes, antes de ela resolver atender.

— Já vai! — gritou e se enrolou em um robe puído.

Ainda sonolenta, entreabriu a porta. Do lado de fora, um homem fardado estendeu-lhe um papel timbrado, que ela apanhou, indecisa.

— É a polícia, Dona Charlote. A senhora está presa.

O que ele lhe trazia era um mandado de prisão, ela soube antes mesmo de ler. Sentindo o pânico dominá-la, Charlote largou o papel e correu para dentro, batendo a porta com força na cara do policial. Ele, porém, foi mais ágil. Com um chute, escancarou a porta e agarrou-a por trás.

Daquele momento em diante, não registrou mais nada. Os policiais falaram com ela e a algemaram, mas ela não esboçou nenhuma resistência. O mundo que ela edificara, e pelo qual fizera as maiores loucuras, acabara de desmoronar.

Depois de levarem Charlote, a equipe técnica assumiu os trabalhos. As paredes exibiam manchas amareladas. Por todo o chão, sinais de sangue em profusão foram detectados pelo luminol. O lugar todo cintilava em azul no escuro, evidenciando que um assassinato sanguinolento fora cometido ali. Charlote nem se dera ao trabalho de limpar o apartamento nem de pintar as paredes. Fizera uma faxina superficial e tão malfeita, que talvez nem fosse preciso o luminol para detectar os indícios de sangue. Os policiais também deram uma busca completa no apartamento e, além do celular dela, apreenderam dois outros aparelhos, atirados no fundo de uma gaveta, e uma faca suja de sangue.

Agora, sentada diante do delegado, Charlote fitava o vazio, sem dizer nada. A seu lado, Letícia evitava encará-la, digitando no computador, em silêncio. Os olhos de Charlote, aparentemente sem foco, mantinham-se fixos no espírito parado atrás de Gael, que a fitava com ar de compaixão.

— Eu cansei de avisar — disse o espírito. — Mas você não quis me ouvir. Viu só no que deu?

Charlote não respondeu. Abaixou os olhos e chorou.

— Muito bem, Charlote — falou Gael. — Ou devemos chamá-la de Eurico de Oliveira Sanches?

Ao ouvir seu nome verdadeiro, Charlote reagiu. Encarou o delegado e observou com raiva:

— Essa pessoa morreu.

— Quando?

— Há muito tempo.

— Mais exatamente, quando você se submeteu à cirurgia de redesignação sexual, não foi?

— Não sei do que você está falando.

— Ainda não me decidi se você é louca ou se é só mais uma assassina mentirosa e oportunista — rebateu ele friamente, após estudá-la por alguns instantes.

— Não sei do que você está falando — repetiu ela com mais ênfase. — Meu nome é Charlote, sempre foi.

— E Eurico de Oliveira Sanches?

— Não conheço essa pessoa.

— Não? Mas agora há pouco você disse que ele havia morrido.

— Não me lembro.

— Que conveniente, não é mesmo? — Como ela deu de ombros, Gael prosseguiu: — E quanto a Ney Ramos da Silva Cabral? Esse morreu mesmo.

— Morreu? Que pena, mas também não o conheço.

— Vamos parar com essa ladainha, Charlote! Você conhece Ney Ramos da Silva Cabral, assim como conhece Osvaldo Pereira da Silva, e sabe por quê?

— Não — sussurrou.

— Porque você matou os dois.

— Não matei.

— Matou. Sabe como eu sei?

Ela meneou a cabeça.

— Porque o seu DNA foi encontrado na cena dos dois crimes. Ainda vai negar?

Os lábios trêmulos de Charlote se desmancharam num pranto afetado e estridente.

— Não fui eu — choramingou ela, apertando as mãos nervosamente. — Sei quem foi, mas não fui eu.

— E quem foi? O Eurico?

— Ele mesmo. Eu falei para ele não fazer aquilo, mas ele não quis me ouvir. Minha mãe tentou aconselhá-lo também, ela é a única pessoa que ele ouve, mas não adiantou. Ele matou o Ney com medo que descobrissem seu segredo.

— E que segredo é esse, posso saber?

Ela olhou para os lados, como se estivesse se certificando de que ninguém mais poderia ouvi-los. Depois de algum tempo, fitou os pés por debaixo da mesa e, sempre esfregando as mãos, confessou:

— Que ele havia se transformado em mulher.

O delegado e os policiais ergueram as sobrancelhas, e Gael censurou:

— Esse papo de Norman Bates* é muito clichê, Charlote. Só falta agora você querer me convencer de que tem dupla personalidade.

Como se não o tivesse escutado, ela prosseguiu:

— Eurico conhecia o Ney lá de Rondônia. O danado veio para o Rio e deu de cara com o Eurico sem querer. Ele já não era mais ele, havia se transformado em mulher, mas o Ney o reconheceu mesmo assim. Descobriu onde ele morava, quis chantageá-lo, e acabou que o Eurico o matou. Depois, desmembrou o corpo e largou lá naquele cemitério, dentro da cova emprestada.

— O Eurico fez tudo isso? E você, onde é que estava?

— Eu? O tempo todo estava ali, do lado dele, mas ele simplesmente me ignorou.

— Sei. Você foi apenas testemunha.

— Isso, testemunha!

— E, como testemunha, o que foi que você viu, exatamente? Pode me dar mais detalhes?

— Não tem muitos detalhes mais. Eurico enfiou os pedacinhos dentro de uma mala e partiu para o cemitério. Era de madrugada, e ninguém viu. Pulou o muro com a mala e saiu arrastando-a até a sepultura.

— E você não ajudou?

— Eu? Não. Morro de medo de defunto.

— Imagino. E quanto a Osvaldo Pereira da Silva? Por que foi que você, digo, Eurico o matou? Ele também descobriu o seu segredo?

— Não, não. Com Osvaldo foi diferente. Ele me ameaçou, mandou uns capangas para me dar uma surra, e Eurico não gostou.

— Então, foi vingança.

— Não sei se esse seria bem o termo. Foi mais para me defender, entende? Eurico não queria que Osvaldo me fizesse mal.

— Entendo. E onde é que Fabiano entra nisso tudo?

— Fabiano? Ah! O pobre Fabiano. Não foi nada pessoal, sabe? É só que Eurico não queria mais dar as caras e deu um jeito de Fabiano ir no lugar dele.

---

* Norman Bates é um personagem, criado por Robert Bloch, que se veste de mulher e, nessa nova identidade, acredita ser a própria mãe.

— Quer dizer então que ele foi seu bode expiatório.
— Meu não! Do Eurico.
— Do Eurico, sei. E o dinheiro?
— Que dinheiro?
— Que você, digo, Eurico, mandou Fabiano entregar.
— Eurico me devolveu tudo.
— Que conveniente, não é mesmo?

Encerrado o interrogatório, Gael mandou que os policiais recolhessem Charlote à prisão.

— Masculina ou feminina? — quis saber o guarda, prendendo um risinho debochado.
— Vamos mandá-la para a ala feminina, em respeito à dignidade da pessoa humana.
— Sem contar a confusão na ala masculina, não é? — acrescentou Laureano.
— Isso também. E agora podem levá-la.

De cabeça baixa, Charlote passou pela porta sem dizer uma palavra. Parecia conformada com seu destino, embora não tivesse sido muito convincente em seu depoimento.

— O que você acha? — questionou Letícia, tão logo a porta se fechou.
— Ela está mentindo — foi a resposta convicta.
— Como é que você sabe? Ela me pareceu completamente doida.
— Isso é o que ela quer que a gente pense, mas a mim ela não engana. Pode escrever, Letícia. Charlote sabe perfeitamente o que fez e está tentando se fazer passar por louca para não ser presa. Como se a opção do hospital de custódia fosse melhor. E agora que já reunimos provas suficientes para desvendar não um, mas dois homicídios de uma só vez, vou fazer o relatório final do inquérito e remeter ao Ministério Público, juntamente com o do Camilo. Dever cumprido.
— Você deve estar aliviado, não é?
— Você nem imagina o quanto.
— Já contou a novidade a Fabiano?
— Ainda não. Vou fazer isso mais tarde.
— Ele vai ficar triste. Gostava muito da Charlote.

— No começo, gostava, sim. Mas depois, acho que foi se decepcionando aos poucos. E agora que tudo se resolveu, temos outro assunto de maior importância para decidir.

— Que assunto? — assustou-se ela.

— O nosso casamento.

Sem se incomodar de ser visto dando um beijo em uma policial dentro da delegacia, Gael a tomou nos braços, beijando-a longa e apaixonadamente. Sentia-se feliz consigo mesmo, com seu desempenho e, acima de tudo, com a mulher maravilhosa que tinha a seu lado. Um casamento seria uma ótima maneira de encerrar seus problemas.

46

Estranhamente, Fabiano não sentiu surpresa ao descobrir que Charlote era transgênero. Achava que, no fundo, sempre soubera, embora não pudesse definir o que não passava de uma sensação.

— Não sei se sinto raiva ou pena dela — desabafou, encarando Gael com olhos brilhantes.

— Tenha compaixão. Charlote é um espírito atormentado e perdido, que se embrenhou numa teia de ilusões da qual não soube se libertar.

— Teia de ilusões por quê? Só porque era homem e quis virar mulher? Você acha que não se deve querer ser algo que não é? Ou será que a natureza resolveu cobrar a conta por uma violação ao que ela havia determinado quando Charlote nasceu?

— Vamos com calma, Fabiano. Não é nada disso. A ilusão de Charlote foi achar que, matando as pessoas, estaria se protegendo. O que ela fez, na verdade, foi se abrir para vibrações obscuras e densas, magnetizando energias que, aos poucos, foram intoxicando seu organismo imaterial. Quanto ao fato de um homem virar mulher, penso que o raciocínio é o inverso do que você fez.

— Como assim?

— Você falou em querer ser algo que não se é.

— Sim, um homem que nasce com pênis e deseja ter vagina para virar mulher.

— Quando alguém quer mudar de sexo é, justamente, porque está vivendo algo que não é seu. Nasce com um sexo biológico, mas se identifica com as características e os fatores sociais de outro. A essência verdadeira dessa pessoa está enclausurada em um invólucro carnal cujos atributos não correspondem à sua real natureza.

— Então, não é uma violação às leis da natureza?

— Não. Violamos a natureza quando praticamos o mal. Matar, roubar, mentir, trapacear são exemplos de atos que transgridem a ordem natural das coisas, porque a vida nos foi dada para o desenvolvimento do bem. O ser humano, contudo, seduzido pelos desejos desenfreados e desmedidos, perdeu-se na ilusão dos prazeres e caiu no desequilíbrio, tornando-se escravo do insaciável apetite de possuir cada vez mais: riquezas, poder, comida, beleza, sexo. Todos os deleites da vida que, consumidos em excesso, de forma irresponsável, levam o ser humano a toda sorte de desvarios e, consequentemente, à ilusão dos falsos valores. Mas a natureza nunca erra. Quem erra é o ser humano, devido a uma interpretação equivocada do que seria a verdade.

— Não existe essa coisa de verdade.

— A verdade dos homens é transitória e, muitas vezes, falsa. Mas a verdade divina é imutável.

— Você falou que a natureza não erra.

Gael assentiu.

— Mas, então, não é um erro colocar uma pessoa em um corpo que não tem nada a ver com seu espírito?

— Eu não falei em espírito. Espírito não tem sexo.

— Mas, o que é que causa a estranheza do corpo? No meu caso, por exemplo, que é muito parecido com o de Charlote. Nasci homem, mas daria tudo para me tornar mulher. O que existe dentro de mim, que está em descompasso com o meu exterior?

— A sua própria essência, que absorveu os princípios abstratos da alma feminina.

— Não sei se entendi muito bem.

— O espírito é energia pura, não tem sexo, mas a matéria que o reveste, sim. É o corpo físico, que necessita de uma representação, de uma forma com a qual se apresente e se dê a conhecer ao mundo. É o que se conhece por perispírito, corpo astral, corpo emocional, psicossoma, corpo de luz e tantas outras denominações. Ele tem a forma do corpo físico naquela encarnação. — Fez uma pausa, dando tempo a Fabiano de digerir as informações, e continuou: — Ao reencarnar, ganhamos corpos físico, emocional e mental novinhos. Eles são como uma folha em branco, um protótipo que saiu da forma para ser delineado com as nossas características imateriais, porque as físicas são logo impressas no corpo físico. Mas que características são essas? De onde elas vêm? São novas também ou são as nossas antigas, que se encontram guardadas em algum lugar?

— Está me perguntando? — tornou Fabiano, indignado. — Ou é só uma pergunta retórica?

— É uma pergunta retórica, claro.

— Vai dar logo a resposta ou vou ter que ficar aqui, remoendo a curiosidade?

— Sabemos que, na natureza, nada se perde... Já dizia Lavoisier. Assim, quando desencarnamos, nossos corpos são volatilizados e retornam ao cosmo, de onde vieram, e onde se encontram as substâncias com as quais serão plasmados novamente, em uma nova vida na matéria. Tudo novo, menos...

— O quê?

— As nossas lembranças, os registros de tudo o que vivemos e aprendemos, as emoções, os pensamentos, as experiências. Se não fosse assim, de que adiantaria a reencarnação, já que ela tem por finalidade reajustar nossos desequilíbrios pretéritos?

— Não estou entendendo aonde você quer chegar.

— Quero chegar ao que se convencionou chamar de átomo permanente.

— E o que viria a ser isso?

— Como o nome está dizendo, é um átomo permanente, etérico, que, em determinado momento, é recolhido pelo corpo causal, também chamado de mental superior. O corpo causal é o banco de dados que registra nossas boas causas, ou seja, as experiências apreendidas ao longo de nossas várias existências e que, no futuro, serão a causa da nossa iluminação, que é, em última instância, nosso objetivo aqui na Terra.

— E o tal átomo permanente?

— É uma partícula onde estão arquivadas as memórias das nossas experiências, dos nossos pensamentos, sentimentos, desejos e tendências, que vamos colecionando no decorrer de sucessivas reencarnações. Mas é só um arquivo, e não o verdadeiro Eu, que é algo bem mais profundo. Pois bem. No processo de reencarnação de uma pessoa, os três corpos inferiores recebem as informações contidas no átomo permanente, que neles imprimem todas as aptidões e tendências acumuladas ao longo das vidas pretéritas, que são o resultado de suas experiências.

— E isso quer dizer o quê, exatamente?

— Quer dizer que a repetição de determinados comportamentos fica registrada no átomo permanente, e são esses comportamentos que são transmitidos ao novo corpo recém-reencarnado. Só que pode haver uma dissociação entre os três corpos, gerada pelo descompasso entre a necessidade de experienciar algo novo e a inclinação determinada por um atributo repetido há muitas vidas e ao qual o ser se apegou.

— Acho que ainda não entendi muito bem.

— Vou tentar ser mais claro. Imagine uma pessoa que, há muitas vidas, vem encarnando como mulher e adora as peculiaridades desse sexo. Um dia, ela decide renascer como homem, porque sentiu a necessidade de vivenciar algo que é próprio do sexo masculino. No plano espiritual, ela se preparou para viver essa experiência, recebeu conselhos e instruções de espíritos amigos. Pode ser que ela absorva bem tudo isso e reencarne como homem sem qualquer problema. Mas pode ser que não. Talvez até os espíritos a tenham aconselhado a não mudar de sexo, mas ela insiste. Quer viver a experiência, acha que vai ser bom para ela. Em respeito à sua vontade, os espíritos consentem, e ela volta no corpo de um homem. Só que as memórias transmitidas aos seus corpos são de vivências femininas, e das mais instigantes. Ela reencarna, a mente nublada pelas brumas do esquecimento. Surge, então, o conflito. O corpo físico, masculino, não acompanha as fortes impressões deixadas pela memória do ser feminino que ela fora um dia. O corpo se transforma em verdadeira prisão, vira a causa de seus sofrimentos, trazendo-lhe dor, angústia, medo, insegurança e o forte desejo de retornar ao que lhe é conhecido e amado: o corpo feminino. E como o ser humano não precisa sofrer, a cirurgia de redesignação sexual surge como forma de amenizar essa angústia e levar de volta, àquele espírito, o veículo físico ao qual estava acostumado e apegado, deixando para o futuro a vivência no sexo oposto, caso ainda seja necessária.

— Nossa, Gael, eu jamais poderia imaginar uma coisa dessas! Quer dizer que é assim com todo mundo que quer mudar de sexo?

— Todo mundo, não! Isso foi só um exemplo. Motivos, existem muitos, e não temos como conhecer a todos. Alguém pode passar por isso para vencer o preconceito e aprender a respeitar as diferenças, e até para auxiliar outros em igual situação, servindo de exemplo e estímulo. Não temos como determinar a razão pela qual alguém passa por essa ou aquela situação. Cada caso é único e não cabe a ninguém julgar nem criticar. Nosso dever não é outro senão respeitar.

— É o que mais está em falta hoje em dia, não é mesmo?

— Verdade. Muitos falam em respeito, mas o que oferecem é um orgulho disfarçado de complacência. Dizem que não concordam, mas respeitam. Ao dizer que não concordam já estão desrespeitando, colocando-se em posição de superioridade, na medida em que procuram usar a benevolência para justificar a ideia que têm de que são melhores do que os coitadinhos que erraram ao escolher caminhos diferentes.

— Como é mesmo aquela frase? "Não concordo com nada...?"

— "Não concordo com uma palavra do que dizes, mas defenderei até o último instante teu direito de dizê-la." Essa frase vem sendo atribuída ao filósofo Voltaire há muitos anos, mas há controvérsias sobre ele a ter mesmo pronunciado. Eu, particularmente, tenho lá as minhas dúvidas. Na minha visão, é uma frase que transborda arrogância e orgulho, camuflados de benevolência. Não somos donos da verdade, e o fato de o outro pensar de forma diferente de nós não significa que ele esteja errado ou seja ignorante. Significa, apenas, que ele é outra pessoa, com pensamentos e ideias próprios. E quem foi que disse que a nossa visão é a correta? Não podemos estar sendo enganados pelo nosso próprio orgulho, que nos faz acreditar que somos os mais inteligentes, os mais cultos, os mais sábios, os melhores em tudo?

— Verdade.

— Não julgar significa não emitir nenhum comentário. Respeitar é acatar com imparcialidade. É usar de uma certa frieza ao ouvir e silenciar.

— Primo, você é muito sábio.

— Herança da minha mãe, com quem aprendi muito acerca da vida espiritual.

— Agora que você já me explicou tudo sobre a questão espiritual dos transgêneros, poderia me contar o que aconteceu, de verdade, com Charlote?

Gael assentiu, não sem uma certa aflição. Charlote podia ter sido feliz em sua nova condição de mulher, não fosse a rejeição que sentia por si mesma e o medo de que outros a rejeitassem, caso descobrissem o que havia feito. Tudo ilusão.

47

Charlote não havia enlouquecido. Ao contrário, nunca estivera em tão perfeita posse da razão. Mas ela sabia que a loucura poderia livrá-la da cadeia, muito embora não tivesse muita certeza se um manicômio judiciário seria a melhor solução.

— Não vai ser, não — contestou a mãe, sentada no catre a seu lado. — Os médicos vão interpretar sua mediunidade como loucura, e você nunca mais vai sair de lá.

— Você tem outra ideia?

As companheiras de cela a olharam com desconfiança e medo, percebendo que ela não falava com ninguém. Temendo que ela fosse mesmo louca, afastaram-se rapidamente.

— Elas têm medo de mim — afirmou, magoada.

— Mas também, o que você queria? Se ainda não percebeu, você está falando sozinho.

— Será que você pode me chamar de *ela*? Pensei que já tivéssemos superado a fase do Eurico.

— Eu sei. Foi só um descuido, um esquecimento, não vai se repetir. E se quer mesmo saber, eu não me importo. Eurico ou Charlote, você será sempre meu filho... ou minha filha.

— Sua filha está melhor. — Ela olhou para a mãe com lágrimas nos olhos e falou em súplica: — Quero sair daqui.

— Não adianta nem olhar para mim. Você sabe que não posso fazer nada.

— Mas você sempre me protegeu!

— Verdade. Mesmo quando você não me via, lá estava eu, protegendo você.

— Acredito.

— Muitas vezes, quando você andava pela rua ou pegava um ônibus, iam espíritos zombeteiros atrás de você, fazendo chacota da sua aparência, além de alguns inimigos. Eles viam que você havia mudado de sexo e se aproveitavam para tirar onda com a sua cara. Você nem se dava conta, claro, mas, às vezes, sentia um mal-estar. Nunca percebeu?

— Agora que você falou, lembro que, algumas vezes, tive uma espécie de vertigem na rua, sim.

— Pois é. Eram esses danados, tentando perturbar você. Só que eu me aproximava, querendo protegê-la, e eles acabavam se afastando. E olhe que nem me viam!

— Sério? Mas como isso é possível?

— Levei algum tempo para perceber que era por causa do amor. Eu amo tanto você, mas tanto, que, mesmo sem saber, criava ao seu redor uma barreira energética de proteção. Os espíritos maldosos sentiam um desconforto e se mandavam, sem entender nada.

— Puxa, mãe, eu não sabia — espantou-se ela, os olhos úmidos de emoção.

— Para você ver do que o amor é capaz.

— Eu sei. E é por isso que você vai ficar aqui comigo, não é? Quero dizer, mesmo que eu seja condenada, ou que vá para o hospício, você vai comigo, não vai?

Amália a fitou, penalizada. Amava-a tanto que não podia mentir para ela. Nem queria. A verdade era o melhor caminho para a redenção da filha, e ela sabia disso. Mas como contar-lhe que ela precisava ir embora?

— Charlote — chamou, calando-se em seguida.

— O quê?

Charlote deitou a cabeça no colo da mãe, embora, aos olhos dos encarnados, ela estivesse apoiada no catre. Chorava de mansinho, desejando estar morta para seguir com ela.

— Ainda não é a sua hora — protestou Amália, lendo seus pensamentos. — Sabe disso, não sabe?

— Por que as coisas tiveram que acontecer desse jeito? Por que não pude, simplesmente, nascer mulher? Ou, então, fazer a cirurgia e viver em paz e feliz? Por que Ney teve que me chantagear? Por que Osvaldo precisou me ameaçar?

— Você não se lembra, mas são pessoas que fazem parte da sua história.

— Você sabe quem eles são? Ou foram?

— Só o que posso lhe dizer é que você se aproveitou deles, usando da sua sexualidade e beleza.

— Isso é meio clichê, não é? A bicha que foi mulher em várias vidas e não aceitou virar homem para pagar pelos seus pecados.

— Vejo que andou se informando.

— É, para tentar entender o que se passava comigo, andei lendo umas porcarias de livros espíritas que não serviram para nada.

— Não fale assim. Não são porcarias e sempre ajudam a compreender a vida.

— Então foi isso mesmo? Estou pagando pelos pecados que cometi em outra vida?

— É claro que não! Foi você quem quis reencarnar homem, apesar da insistência de seus amigos lá de cima. Mas você quis, não para experimentar o sexo masculino, mas para se esconder.

— Me esconder? Como assim?

— Veja bem, Charlote. Você foi uma mulher terrível. Fria, mesquinha, manipuladora. E linda. Muitos homens se apaixonaram por você, e até algumas mulheres. Mas você não ligava a mínima para ninguém. Só o que queria era dinheiro e poder.

— E daí?

— Você contribuiu para a destruição de muitas vidas. E como as pessoas têm a tendência de culpar o outro pelos seus fracassos, a maioria delas acusou você de ser a causa de todos os seus infortúnios. Ninguém quis olhar para dentro de si mesmo e assumir os próprios erros, o que não faz de você nenhum modelo de bondade, claro. Você é a única responsável pela sua desdita. Você, com seu comportamento maquiavélico, egoísta e cruel, atraiu todos esses males.

— Preferia que você continuasse a história sem me culpar ainda mais.

— Desculpe. Como eu ia dizendo, independentemente das razões de cada um, o fato é que todo mundo resolveu acusar você. E, como você mesma se sentia culpada, magnetizou cada um desses seres. As perseguições espirituais, depois que você desencarnou, foram inúmeras. Você passou por muitas dificuldades lá no submundo astral, até que conseguiu sair e pediu para reencarnar. Só que estava com medo, pois sabia que seus perseguidores a procurariam aonde quer que você fosse. Sabia que eles iriam em busca da mulher e, por isso, achou que, se reencarnasse como homem, eles não a encontrariam.

— E isso dá certo?

— Às vezes, embora não seja nenhuma garantia. Os espíritos se sentem atraídos por fatores energéticos, e não pela aparência física.

— Então, de que adiantou?

— Alguns espíritos são mais ignorantes do que outros e ficam presos à matéria. Eles não se tocam que, ao reencarnar, o espírito pode mudar de sexo, e ficam procurando alguém que continue como conheceram na última vida, ou seja, um homem para quem foi homem, ou uma mulher para quem foi mulher.

— E isso aconteceu comigo? Quero dizer, os espíritos me perderam de vista?

— Alguns sim, outros, não. Apesar de você ter se tornado uma criminosa, o que magnetiza energias empedernidas, eu consegui protegê-la durante um tempo. Minha turminha barra-pesada me ajudou a isolar o ambiente em que você vivia, e conseguimos manter muitos deles afastados. Depois, quando me afastei daquela galera, eu mesma fui capaz de criar, com o meu amor, uma aura de proteção praticamente intransponível.

— Mas Osvaldo e Ney me encontraram.

— A vida costuma reunir aqueles que se enlaçam no passado. Era o momento de vocês se entenderem, mas não deu certo. Nem você nem eles estavam dispostos a abrir mão do orgulho e perdoar.

— E agora, mãe? Como é que vai ser?

— Não sei. Vocês vão ter que arranjar um jeito de se entender no futuro.

— Tudo isso é tão confuso!

— Você vai superar.

— Quanto tempo será que ficarei presa?

— Não sei, mas você vai sair um dia. Procure ter bom comportamento e aproveite a oportunidade para se modificar. Quando sair, faça coisas boas na sua vida. Ajude quem puder, trate todo mundo bem. Você faz uma ótima massagem. Use esse dom para ganhar a vida honestamente e em benefício do próximo.

— Ainda bem que tenho você aqui comigo.

— Foi para isso que também vim lhe falar.

— O quê?

— Não vou mais poder ficar por aqui.

— Como assim?

— Tenho que viver a minha vida, Charlote. Não dá para ficar o tempo todo ao seu lado.

— O quê? Não acredito! Você vai me deixar?

— Só por um tempo.

— Você prometeu que ficaria comigo para sempre!

— Preciso me fortalecer, Charlote. Sinto-me esgotada energeticamente.

— Você está sendo egoísta! Pensando em seu bem-estar quando estou aqui, presa nessa gaiola infecta!

— Foi você mesma quem se colocou nessa situação.

— Vai me acusar? Cadê a mãe preocupada que, ainda agorinha mesmo, dizia sentir tanto amor por mim?

— Eu a amo e sempre vou me preocupar com você. Mas, no momento, não posso fazer mais nada. Preciso cuidar de mim, me recuperar, me refazer e ganhar forças. Só assim estarei em condições de ajudá-la a segurar essa barra.

— Por favor, mãe, não faça isso — chorou, desesperada. — Não me abandone.

— Não vou abandoná-la. Onde estiver, rezarei por você.

— Grande coisa — desdenhou.

— É uma coisa grande, sim. Se você orasse mais, talvez nada disso tivesse acontecido.

— Eu não quero ficar sozinha.

— Deus está com você.

— Deus não liga a mínima para mim.

— Se não ligasse, não permitiria que eu viesse.

— Mas agora quer tomá-la de mim.

— Você está acusando Deus pelos seus próprios erros, exatamente como seus perseguidores fizeram com você. Acha que é justo?

— Eu não sou Deus.

— Nem eles.

— Então, temos a desculpa de cometer quantos erros quisermos.

— E não podem reclamar das cobranças que uns fazem aos outros.

— Chega desse joguinho de palavras, está bem? — tornou mal-humorada, porém, mais pensativa.

— Foi você quem começou.

— Então quero terminar!

— Acho ótimo.

Fez-se um silêncio perturbador, que incomodou mais a Charlote do que a Amália. Começava a refletir sobre o significado das palavras da mãe, reconhecendo que ela estava com a razão. Sabia que, no fundo, era ela quem estava sendo egoísta, condenando a mãe a compartilhar a pena para um crime que não havia cometido.

— Promete que virá me ver de vez em quando? — pediu, subitamente mais lúcida.

— Sempre que puder.

— Não vai se esquecer de mim?

— Que mãe esquece dos seus filhos?

— Vai me perdoar?

— Minha querida, é você quem tem que perdoar a si mesma.

— Ai, mãe, tenho medo!

— Reze, minha filha, sempre que puder. Ao contrário do que você pensa, Deus não abandona ninguém. Deus habita o coração de cada pessoa, independentemente da noção que se tenha dele.

— Eu sei. Falei aquilo por falar.

— Então, reze e você sentirá que Ele está presente.

— Não quero ver você partir. Vai doer muito.

— Fique deitada, e eu a farei dormir.

— E quando eu acordar, você não vai mais estar aqui?

Ela meneou a cabeça, alisou os cabelos de Charlote, e respondeu com doçura:

— Não, mas meu amor estará.

Uma sonolência gostosa foi se apoderando de Charlote, entorpecendo seus músculos e acalmando seus pensamentos. Suas pálpebras começaram a tombar, hesitantes a princípio, até que o peso sobre elas foi se tornando insustentável, e elas se fecharam totalmente. Por mais de uma hora, Amália permaneceu ali, acariciando os cabelos da filha, protegendo-a para que ninguém viesse perturbar o seu sono. Guardas e presas passavam e a ignoravam. Parecia mesmo que Charlote não estava ali. Pouco depois, Amália a beijou uma última vez e se foi.

48

Fabiano aguardava que Gael contasse tudo o que sabia com uma certa impaciência. Ainda que não estivesse surpreso, a mágoa percorria os sentidos do rapaz. Apesar de tudo, sempre considerou Charlote como sua verdadeira amiga.

— Charlote nunca aceitou ter nascido homem, pelo que entendi — começou Gael. — Fez a cirurgia de redesignação sexual, mudou de nome e quis esquecer o passado. Só que o passado é uma coisa engraçada. Se não fica bem-resolvido dentro da gente, ele cisma em querer voltar. Insiste em se fazer notar e cria situações para ser revivido.

— É um chato irritante, você quer dizer — observou Fabiano, pensando em seu próprio passado. — E inconveniente.

— Está mais para conciliador. Tenta conciliar o que se foi com o que está sendo, para aperfeiçoar o que ainda será.

— Ou seja, o passado só não volta se a gente não tiver mais problemas com ele.

— Não é bem isso, exatamente. Ele pode até voltar, mas sem causar perturbação. Apenas uma lembrança ruim de algo que se foi e que não precisa mais acontecer. Mas se ainda houver alguma pendência, algo que incomode, ele ressurgirá para nos estimular a solucionar o conflito. Tudo o que nos incomoda e que rejeitamos é porque deixou resíduos dentro de nós. Temos o hábito de desprezar o que não nos interessa, fingindo que não existe ou que está tudo bem. Só que o passado não é uma coisa descartável. Ele é um espelho, um mestre, um orientador. É o que nos guia pelas estradas do mundo, porque é ele que coleta as experiências que nos fazem crescer. E ele quer ser lembrado como fonte das práticas da vida que foram capazes de formar tudo aquilo que somos. Coisas boas ou ruins, tudo é válido quando se trata de experiências. As coisas boas dispensam comentários. As ruins é que são o problema.

— Ninguém gosta de lembranças ruins.

— Não. E nem deve ficar pensando no que faz mal. Mas uma coisa é não pensar, e outra é mentir para si mesmo. Devemos nos ater ao que nos trouxe o bem e usar o que fez mal como experiência, não como negação. Procurar repetir o que deu certo e não reiterar o que saiu errado. Mas, para isso, precisamos aceitar que deu errado, compreender por que deu errado e investir em métodos adequados e construtivos de renovação. Só quando isso acontece é que o passado deixa de ser um incômodo e passa a ser um aliado na reformulação da vida, atraindo coisas boas e momentos de felicidade e prazer. É uma questão de alinhamento. Presente e passado precisam estar alinhados, ou o agora sofrerá, reiteradamente, as consequências do ontem.

— E Charlote não se alinhou ao passado.

— Não. Tanto que Ney reapareceu na vida dela, ameaçando revelar ao mundo seu grande segredo.

— Que ela não era mais homem, e sim mulher.

Gael assentiu:

— O horror de Charlote ao sexo masculino é tão grande, que ela quase enlouqueceu, só de pensar que alguém poderia ver que ela não é uma mulher.

— Eu entendo o sentimento dela — comentou Fabiano, pensativo. — Também queria ser mulher, você sabe. E talvez tentasse esconder esse fato de todos.

— E mataria para isso?

— É claro que não!

— Ou enganaria todo mundo? E se um homem se apaixonasse por você, ainda assim, você o enganaria, deixando que ele acreditasse que você havia nascido mulher?

— Não sei. Não havia pensado nisso.

— Pois pense. A mentira nunca é um bom caminho.

— Pode ser. Mas e se ele ficasse horrorizado e não quisesse nada comigo?

— Então, é porque ele não o amaria e não seria o cara ideal para você.

— Certo. E lá vem sofrimento.

— E qual o problema, Fabiano? Você não seria o primeiro nem o único. Todo mundo sofre, de uma maneira ou de outra.

— Verdade. Mas ninguém quer sofrer.

— Então, que cada um gere coisas boas para sua própria vida. Desenvolver virtudes é um ótimo investimento na felicidade. Ninguém precisa sofrer, mas ainda estamos um pouco longe de compreender que podemos nos reajustar com a vida de forma mais equilibrada e menos dolorosa. Isso virá aos poucos, à medida que o ser humano for ganhando compreensão e maturidade. Mas no momento atual em que vivemos, o sofrimento ainda faz parte da nossa existência. Temos que aprender a lidar com ele e a lutar, com dignidade e respeito, para revertê-lo a nosso favor. Quando a gente compreende de verdade, o sofrimento deixa de existir.

— E, mais uma vez, Charlote não compreendeu nada.

— Se tivesse compreendido, não teria sofrido tanto. Ney teria aparecido na sua vida, ela poderia ter-lhe dado um fora e não ligar a mínima para ele. Talvez ele insistisse um pouco, talvez a deixasse em paz. De qualquer forma, a indiferença dela, no tocante ao objeto da ameaça, teria dado um jeito de afastar Ney da sua vida.

— Mas ela fez tudo ao contrário, não é? Alimentou a cobiça dele e despertou o instinto assassino que, de repente, ela nem sabia que possuía.

— Isso mesmo.

— E ela o matou.

— Foi. Esfaqueou o cara e depois o retalhou, despejando tudo em uma sepultura abandonada.

— Essa parte você pode pular. Detesto histórias sanguinolentas. O que quero mesmo saber é por que ela se aproximou de você.

— Imagino que tenha sido para ver se descobria como andava a investigação. Se bem me lembro, conheci-a num restaurante, logo depois que a notícia saiu no jornal.

— Ela deve ter achado que seu plano não tinha sido tão perfeito quanto imaginara.

— Lembro-me, também, de que ela fez perguntas sobre o caso, de forma discreta, porém, constante.

— É mesmo. Acho que ela fez de tudo para descobrir se pairava alguma suspeita sobre ela.

— No princípio, nem desconfiei de Charlote. Eu achava que ela era uma mulher, e das mais sensuais, e o assassino era homem. Sem contar que eu não teria motivo algum para ligá-la ao caso.

— E o que foi que o fez desconfiar dela?

— Primeiro, a descoberta de que o assassino de Osvaldo era também o de Ney, e era um homem. Depois, houve um depoimento simples, porém, de extrema importância, e talvez tenha sido ele o decisivo na minha descoberta.

— Que depoimento é esse?

— Outro dia, esteve na delegacia uma senhora, que mora em frente ao cemitério, que jurou haver visto uma mulher carregando uma mala. Uma mulher forte o bastante para suportar o peso, mas, ainda assim, uma mulher, que ela reconheceu pelas inconfundíveis formas femininas. Na hora, achei que, por ser idosa, ela podia não ter visto muito bem, mas aí, liguei os pontos.

— Que pontos?

— Uma mulher com força de homem ou, ao contrário, um homem forte que parecia uma mulher.

— Um travesti, ou *drag queen*...

— Ou transexual, ou transgênero. No começo, foi apenas uma suspeita, até o dia em que vi Charlote discutindo com a mulher no shopping por causa de um sapato.

— Que não coube nela, de jeito nenhum.

— Ouvi a gerente da loja dizer que o maior número que possuíam era 40, e Charlote calça 43.

— Isso só não quer dizer nada, né? Tem mulheres grandes que calçam mais ainda.

— Isoladamente, esse fato não me diria nada. Não passaria de um inconveniente em uma sapataria qualquer. Mas havia pontos a ser ligados, como eu disse. Charlote é uma mulher atraente, voluptuosa, de formas avantajadas, embora não seja gorda.

— Eu sei. Faz o tipo voluptuosa, não é?

— Isso mesmo — concordou Gael. — E enquanto ela discutia com a gerente da loja, fiquei reparando nela, em seus ombros largos, nas mãos, que, assim como os pés, são muito grandes. Depois, dei uma olhada no pescoço dela, para a proeminência que subia e descia à medida que ela se exaltava.

— O pomo de adão?

— O próprio. Charlote, por acaso, tem um pomo de adão bastante saliente, e isso me levou a outra questão.

— A voz.

— Certo. Uma das coisas que sempre havia admirado em Charlote era sua voz rouca, o que lhe conferia um ar ainda mais sensual. Só que essa rouquidão, aliada a outros fatores, aumentou ainda mais a minha desconfiança.

— E o depoimento da velhinha fazia cada vez mais sentido.

— Ele não saía da minha cabeça. Uma mulher com força de homem... Foi então que resolvi correr atrás da prova decisiva e tive a ideia de convidar Charlote para a festinha improvisada de Cauã. Pretendia coletar amostras do DNA dela e mandar para exame. Tinha que ser lá em casa, com material descartável, para evitar questionamentos de um possível advogado de defesa ou defensor público.

— Mesmo assim, foi um risco, não foi?

— Ah! foi, claro. O advogado dela vai tentar invalidar a prova, mas conto que o tribunal não irá permitir. Há precedentes considerando válida a coleta do DNA, sem conhecimento da pessoa, desde que não invasiva nem compulsória. E depois, sempre podemos repetir a prova.

— E se ela não concordar?

— Aí, a presunção será contra ela. Sem contar que há outras provas ligando-a aos dois crimes.

— Que provas?

— O celular de Osvaldo, por exemplo. Há várias ligações entre ambos e muitas mensagens de cobrança e acusações. Sem contar uma gravação, em que Charlote diz, claramente, que pretendia ter colocado o remédio fora do alcance dele. Acho que foi por isso que ela o matou, com medo de ser presa por tentativa de homicídio.

— E isso teria acontecido? Quero dizer, a gravação seria suficiente para incriminá-la?

— Não creio. Era uma prova muito frágil, as pessoas dizem coisas absurdas na hora da raiva. Na minha opinião, não daria em nada.

— Então, Charlote matou Osvaldo à toa.

— Pode-se dizer que sim.

— E a danada resolveu me usar para encobrir o crime que ela mesma cometeu.

— Exatamente. Depois que você saiu da casa de Osvaldo, ela tocou a campainha, entrou, matou-o, pegou o dinheiro e, o principal, o celular. Em seguida, apagou as imagens da câmera de segurança, até o ponto em que você aparece, e se mandou, sem deixar vestígios. Ou quase... Como Charlote se atracou com Osvaldo, deixou nele resíduos de seu próprio DNA, em algumas gotas de suor.

— Bandida. Só não entendo como foi que ela conseguiu um canivete igualzinho ao meu.

— No celular dela, encontramos várias fotos do seu canivete, que ela deve ter tirado sem você perceber.

— Aposto como foi no dia em que combinamos tudo. Agora estou me lembrando. Ela me pediu para buscar a maca dobrável na sala e ficou sozinha no quarto, por alguns instantes. Deve ter aproveitado para tirar as fotos. Mas de que isso lhe serviu?

— Serviu para ela não comprar o canivete errado. É um canivete bem comum, fácil de se encontrar em qualquer loja, mas ela não podia correr o risco de comprar algo diferente. Com as fotos, ela pôde comprar um idêntico ao seu, que usou para matar Osvaldo, e depois trocou-o pelo seu.

— Mais uma vez, ela foi esperta. Da última vez em que me fez massagem, ela me deixou dormir mais tempo do que de costume. Só pode ter sido para trocar os canivetes. E ele estava tão limpinho, que não percebi nada.

— Só que o sangue não sai com o luminol, e ela sabia disso, com certeza.

— E tudo isso para quê? Agora todos já sabem que ela é transgênero e descobriram da pior maneira.

— Pois é. Foi a escolha dela, infelizmente.

— Ela é dissimulada e maliciosa. Mas sabe que no fundo, no fundo, até que tenho pena dela?

— Eu também. Charlote se transformou numa mulher atraente e sensual. Tem uma ótima profissão, pois é boa no que faz, de forma que não lhe faltaria dinheiro, e ela poderia ter uma vida estável e equilibrada. Poderia até se casar, adotar filhos, ser feliz.

— Será que ainda não está em tempo de ela ter tudo isso?

— Só o futuro dirá. Ela sairá da cadeia um dia. Se tiver aprendido a lição, terá uma nova chance de viver uma vida normal.

— Vou torcer para que ela consiga.

— Mas ela vai precisar de um tratamento psicológico, acho.

— Espero que ela concorde com isso também. Violência não leva a nada.

— Foi bom você falar nisso, Fabiano. Acho que você deve um pedido de desculpas a Waldir.

— O quê?! — indignou-se. — De jeito nenhum! Nem pensar!

— Você quase matou o cara com aquele seu canivete.

— Que exagero! Foi só uma espetadela. Quase nem saiu sangue.

— É o seguinte, Fabiano. Gosto muito de você e estou disposto a passar por cima do episódio com Waldir, porque entendo seus motivos. Mas não vou compactuar com isso. Quero ter certeza de que você nunca mais tomará uma atitude dessas e preciso que me prove isso.

— Pedindo desculpas a Waldir? Isso só vai bastar?

— É um começo. Você não é nenhum santinho e não tem muita moral para falar de Charlote.

— Eu não matei ninguém!

— Mas ameaçou.

— Foi de mentirinha.

— Corta essa, Fabiano! O cara ficou ferido.

— Tudo bem, tudo bem. Você tem razão. Waldir se cortou mesmo, mas eu juro que não ia matá-lo. Foi um ato de desespero.

— Que deve ser reprimido. Não quero, na minha vida, nenhum tipo de criminoso. Então? Vai pedir perdão ou não vai?

— Vou — concordou, de má vontade.

— E vai me prometer que nunca mais irá agredir ninguém, com canivete ou qualquer outra coisa. Promete?

— Nem para me defender?

— Não seja engraçadinho.

— Está bem, prometo. Essa coisa de violência não faz mesmo o meu gênero.

— Ótimo. E agora venha aqui. Tenho uma surpresa para você.

Gael estendeu-lhe dois envelopes, que Fabiano apanhou, desconfiado. Abriu primeiro o menor, olhando para o primo com uma certa desconfiança. Dentro, o cartão de visitas de um médico e, no verso, uma data anotada à caneta.

— O que é isso?

— Sua primeira consulta com um cirurgião plástico de verdade, especialista em cirurgia de redesignação sexual.

— O quê?

— É meu presente para você, e não adianta nem tentar recusar. Se vai mesmo fazer isso, quero que faça a coisa direito. Você vai se consultar com o médico e passar por todo aquele procedimento preparatório, inclusive, as consultas com o psicólogo. Mas não se preocupe, a equipe dele é completa e conta com a participação de todos os profissionais necessários para o sucesso do procedimento, tanto físico quanto psicológico.

— Não sei o que dizer... — balbuciou ele, em lágrimas, mal contendo a emoção.

— Agora, abra o segundo envelope.

Dessa vez com mais animação, Fabiano abriu o envelope maior, dele retirando várias folhas impressas, que leu rapidamente, embora sem entender muito bem. Depois releu, com um pouco menos de pressa, mas foi só na terceira vez que ele, realmente, compreendeu o que aquilo significava.

— Você fez a minha matrícula na faculdade! — exclamou ele, revirando as folhas nas mãos. — Como, se eu não fiz nenhuma prova?

— Não foi fácil, porque eles não aceitam matrícula feita por terceiros e sem procuração, ainda mais porque não apresentei nenhum documento seu. Tive que usar de toda a minha capacidade de persuasão para convencê-los a me deixar fazer a matrícula sob condição. A sorte é que lá tem um diretor que estudou comigo e abriu uma exceção para mim. Foi um superfavor. Acho que o fato de ele saber que sou delegado ajudou, apesar de eu não ter me utilizado do cargo para isso. Você sabe que sou totalmente contra essa história de dar carteirada.

— Eu sei.

— Mesmo assim, me comprometi com ele em seu nome. Disse que você iria lá amanhã mesmo para validar a matrícula. Pelo amor de Deus, Fabiano, não vá me deixar mal, hein?

— Não, de jeito nenhum.

— Então, reúna toda a documentação e compareça no endereço que está aí, logo pela manhã. Você tem o boletim do Enem, não tem?

— Tenho, claro.

— Então, não vai ter problema. A vaga na faculdade é sua.

— Puxa vida, Gael! Gastronomia... — Ele pousou os papéis sobre o joelho e tornou a falar, com ar preocupado: — Só tem uma coisa.

— O quê?

— Não quero ser ingrato nem nada, mas como é que eu vou pagar por esse curso?

— Sabia que você ia perguntar isso. É claro que sou eu que vou pagar.

— Ah, Gael, já disse que não posso aceitar.

— Eu perguntei alguma coisa?

— Não é justo. Você vai se casar, vai ter outros compromissos.

— Não se preocupe. Sei muito bem administrar meu dinheiro.

— Mas...

— Nada de mas. Ou você aceita, ou está despedido.

— Que horror!

— Ou você pensou mesmo que eu ia pagar faculdade para você sem nenhum interesse? Isso é um investimento no bem-estar do meu paladar.

— Quanta besteira, Gael! Até parece... Quando eu me formar, você já vai estar casado, e eu, bem longe daqui.

— Não é bem assim, mas isso é uma outra história e fica para depois. No momento, o mais importante é você se formar. Combinado?

— Tem certeza?

— Fabiano!

— Vou ser mesmo um *chef* conceituado? — sonhou.

— O melhor de todos.

— Está bem, primo, eu aceito a sua generosa oferta. Muito obrigado, do fundo do meu coração. Mas fique sabendo que vou lhe pagar tudo, depois que me formar e arranjar um bom emprego.

— Mais tarde, a gente pensa nisso. E agora, se não se importa, pode começar treinando e providenciar o jantar? Estou morrendo de fome.

— É para já, meu amigo! Hoje, comeremos algo realmente especial.

Estavam ambos felizes. A vida parecia haver retomado o eixo, encaixando-se nas engrenagens da felicidade. Tudo a seu tempo, encontra-se a paz.

Epílogo

A igreja estava tão bonita! Amália achava mesmo que nunca havia visto uma igreja tão bela. Irradiava luz, alegria, bem-estar, e dava uma vontade enorme de permanecer por ali, de ser parte do cenário, de circular entre as estátuas que tão lindamente representavam o que de mais puro havia na natureza divina.

Rostos desconhecidos a fitavam sem vê-la. Ela sabia que olhavam em sua direção, mas os olhos atravessavam seu corpo fluídico, sem nem se dar conta de sua presença. Um burburinho suave circulava pela nave e entre os bancos, evocando um tempo do qual, havia muito, ela não recordava. A aura geral era de alegria, embora, aqui e ali, ela detectasse uma leve energia de inveja e de contrariedade. Pessoas com ciúme, porque não eram elas as eleitas naquela ocasião.

Será que tinha o direito de estar ali? Se a vissem, e soubessem que ela era mãe de uma assassina, talvez a expulsassem como a uma bandida que só quer arrumar confusão. Mas ela não estava ali para isso. Não tinha nenhuma missão, não representava Charlote nem pretendia causar nenhum tumulto em seu nome. Queria apenas compartilhar daquele momento como alguém normal.

Alguns espíritos perambulavam entre os presentes, distribuindo eflúvios cristalinos e perfumados, que pousavam sobre eles na forma de flocos de neve translúcidos, para depois ser absorvidos por seus corpos. Era algo lindo de se ver e, durante alguns momentos, ela quedou-se boquiaberta, fascinada com a luminosidade delicada que suavizava as vibrações de cada pessoa.

Um dos espíritos passou perto dela, tão diáfano, que ela conseguiu ver através dele. Era gracioso, de uma alvura cintilante, como se pequeninas estrelas prateadas faiscassem de forma intermitente em vários pontos de seu corpo. Sempre sorrindo, o espírito parou a seu lado, e ela se encolheu. Pensou que ele estivesse ali para retirá-la do recinto.

Mantendo o sorriso sincero e contagiante, ele estendeu a mão sobre ela e disse com simplicidade:

— Salve, irmã!

— Salve... — repetiu ela timidamente, esperando um gesto que indicasse que ela deveria ir embora.

O espírito, porém, seguiu seu caminho. Amália sentiu uma agradável sensação de frescor e só então se deu conta de que ele havia espargido algo sobre ela, como uma brisa refrescante carregada de luz. Ela se levantou para segui-lo. Queria perguntar-lhe algo, porém, foi impedida pela passagem de outro espírito, dessa vez, uma mulher idosa, que a encarou com curiosidade.

— Olá — cumprimentou a senhora. — Você está bem?

— Estou sim, obrigada.

— Eu conheço você. É Amália, mãe de Charlote, não é?

Amália se retraiu. Sabia que aquilo acabaria acontecendo, que ela seria reconhecida por alguém que a convidaria a se retirar do recinto.

— Sou eu mesma — admitiu, envergonhada. — Mas não se preocupe, eu já estava de saída.

Levantou-se apressadamente, mas sentiu a mão do espírito sobre seu braço.

— Por que a pressa? Não gostaria de ficar e assistir à cerimônia?

— Eu posso? Quero dizer, a senhora não se incomoda? Não veio aqui para me mandar embora?

— E por que eu faria isso? A igreja é um lugar de acolhimento público. Por que eu mandaria embora alguém que veio buscar conforto na casa de Deus? Eu nem tenho esse direito, não sou a dona do lugar.

— Já que a senhora tocou no assunto, poderia me esclarecer uma dúvida?

— Se eu souber...

— Achei que só veria espíritos em centro espírita. Fiquei surpresa de ver a igreja cheia deles.

— Cheia de nós, você quer dizer. Ou você ainda não reparou que também é um espírito?

— Sou, claro. Mas que ideia a minha...

— Respondendo a sua pergunta, nós, espíritos, estamos em toda parte. Especificamente no que se refere à igreja, gostamos de ambientes tranquilos, energizados pelas vibrações da prece e do cultivo à palavra de Deus.

— Independentemente da religião?

— Independentemente da religião. Deus não tem religião, e qualquer lugar onde se cultive o seu nome pode ser chamado de *a casa de Deus*. Em um centro espírita, as pessoas vão para ter contato direto com os espíritos, e os médiuns estão preparados para isso. Em templos de religião não espiritualista, os espíritos passam despercebidos, muito embora aqueles mais sensíveis consigam nos detectar, ainda que não saibam definir o que somos.

— Interessante.

— Não é? As diferenças são criação do homem, não de Deus.

— A senhora fala coisas tão bonitas!

— Obrigada. Mas agora você também pode matar a minha curiosidade?

— Já sei. A senhora quer saber por que estou aqui, não é?

— Não que isso seja um problema. Eu gostaria apenas de entender.

— Nem eu mesma sei. Senti-me atraída pela ocasião, quis ver de perto o homem que colocou meu filho na cadeia.

— Por quê?

— Oh! Não pense que guardo algum ressentimento ou raiva. Eu não me expressei bem. Na verdade, quis ver o homem que tirou meu filho da vida do crime. A prisão irá evitar que Eurico prossiga matando e comprometendo ainda mais sua vida futura. Devo isso ao doutor delegado.

— Muito bem pensado, Amália. Vejo que você é uma criatura lúcida e ponderada.

— Obrigada — disse ela, acanhada, porém, satisfeita com o elogio.

— Por que não me acompanha depois?

— Acompanhá-la? Aonde?

— Existem lugares melhores e mais adequados a um desencarnado do que aqui, sabia?

— Eu sei. Aprendi algumas coisas no centro espírita que andei frequentando. Lá tem uns espíritos legais, assim como você, que me ajudaram a esclarecer algumas coisas.

— Que bom.

— Posso lhe fazer uma confidência?

— Claro.

— Eu me despedi do meu filho porque achei que já estava na hora de seguir o meu caminho, mas não sabia para onde ir. Quando entrei aqui, fiz uma oraçãozinha pedindo uma orientação e... — Parou por um momento e exclamou, surpresa: — E então, a senhora apareceu bem na minha frente! Isso não pode ser coincidência, não é?

— Não, não é. Fui designada para acompanhá-la a um lugar melhor, se você quiser.

— Deus ouviu a minha prece! E eu que pensei que não era digna... — calou-se, engolindo um soluço de emoção.

— Todo mundo é digno, mesmo aqueles que não acreditam que o são.

— Então eu quero. Não vejo a hora de sair daqui, isto é, se eu ainda puder ajudar o meu filho. Eu vou poder, não vou?

— Vai, mas precisa se fortalecer primeiro. Antes de ajudar alguém, ajude a si mesma.

— Compreendo bem isso e é o que quero. Estar forte para dar forças a ele. E quando ele sair da cadeia, quero estar ao lado dele, incentivando-o a levar uma vida honesta. Ele pode fazer isso, não pode? Sei que pode.

— É claro que pode. E, com você a seu lado, tenho certeza de que conseguirá.

— É nisso que acredito, e é para esse momento que quero me preparar.

— Muito bem falado, Amália. Você é uma pessoa muito inteligente e cheia de amor. Charlote tem muita sorte de ter você como mãe.

— Charlote... É verdade, meu filho agora não é mais filho, é filha. Tenho que me acostumar.

— Essa é a primeira coisa que você tem que fazer para ajudá-la a firmar sua própria identidade. Você agora tem uma filha. Continue a chamá-la pelo nome que ela escolheu, trate-a como a mulher em que ela se transformou. Ela precisa de reconhecimento, a fim de se sentir merecedora de habitar e transitar no universo feminino como qualquer outra mulher.

— A senhora é uma mulher muito sábia. Sinto-me lisonjeada de poder contar com a sua amizade... Posso contar com a sua amizade, não posso?

— Você é muito insegura, Amália. Está sempre se desvalorizando, achando que não merece nada de bom.

— E eu mereço?

— Se não merecesse, não estaria aqui, não é mesmo?

— Se a senhora diz, eu acredito.

— Acredite.

— Então, afirmo que estou muito feliz com a sua amizade, Dona... Não sei o seu nome.

— É Manoela. Sou a mãe de Gael.

Amália nem teve tempo de esboçar surpresa. O órgão da igreja disparou a tocar "Jesus, alegria dos homens", de Bach, e todos se levantaram. Num piscar de olhos, Manoela já não estava mais a seu lado, e sim no altar, junto a Gael.

Na ponta da nave central da igreja, uma moça linda usava um vestido branco, num tom que agora chamavam de *off-white*, enfeitado de pérolas miudinhas e brilhantes. Não era nada ostensivo nem luxuoso, mas de uma elegância reservada e de muito bom gosto. De mãos dadas com ela, via-se um garotinho pequeno, de seus quatro anos, todo orgulhoso em seu terninho azul-claro, levando na outra mão uma cestinha contendo duas alianças.

Quando a música começou a tocar, todos se puseram de pé, inclusive Amália. Ao som daquela melodia sacra, capaz de enlevar até os corações de pedra, Letícia e seu filho, Cauã, iniciaram a trajetória até o altar, onde o sorridente e emocionado noivo a esperava. À medida que ela passava, choviam invisíveis pétalas de rosa branca, atiradas do alto por espíritos que nem Amália conseguiu ver.

Sem poder resistir, Amália caiu de joelhos, chorando de emoção. E mais ainda chorou ao perceber que as lágrimas que se derramavam de seus olhos, exatamente como as flores caídas do alto, se transformavam em pétalas que deslizavam até o chão. Ao erguer os olhos, abriu a boca, maravilhada.

Ao invés da igreja, ela se encontrava agora sob um sol radiante, rodeada de pétalas brancas. O casamento havia acabado, e ela nem percebera. Partira sem nem se dar conta. Mais adiante, Manoela lhe sorria com bondade. Sua roupa era tão alva, que ela parecia parte daquele tapete de rosas branco e perfumado. Amália ia perguntar onde estava, mas o espírito amigo foi mais rápido:

— Você está no jardim criado pelo seu coração.

**Acreditamos
nos livros**

Este livro foi composto em Dante MT Std
e impresso pela Gráfica Santa Marta para a
Editora Planeta do Brasil em maio de 2021.